MW01365905

Una familia decente

Rosa Ventrella

Una familia decente

Traducción de
Mercedes Fernández Cuesta

Papel certificado por el Forest Stewardship Council®

Título original: *Storia di una famiglia perbene*

Primera edición: febrero de 2019

Printed in Spain – Impreso en España

ISBN: 978-84-9129-317-0
Depósito legal: B-28906-2018

Compuesto en MT Color & Diseño, S. L.
Impreso en Rodesa, Villatuerta (Navarra)

SL 9 3 1 7 0

Penguin
Random House
Grupo Editorial

A las dos mujeres más importantes de mi vida,
mi hija y mi madre

Cuando la nostalgia me coge a traición vuelvo a ver a mi padre aquella tarde de mayo de hace algunos años. La cara redonda renegrida por el sol, débil y afligida. Bigote ralo del color del tabaco de mascar, la boca que con el tiempo comenzó a asemejar la hoja de un cuchillo y un gorro de marinero calado en la cabeza. Agachado sobre el pañol de proa de su barca, concentrado en arreglar el trasmallo para salir a la mar. Estaba callado. De vez en cuando se volvía y me miraba. Tenía la boca pequeña, curvada en ese pliegue de resignación y consciencia que marca a veces los labios de las personas de cierta edad. Nunca había sido un gran conversador. Escupía fuera las palabras envenenadas para después volvérselas a tragar. La barca conservaba un perfume a barniz aún fresco y el nombre, pintado en un hermoso azul brillante, era lo que más saltaba a la vista. Se llamaba *Ciao Charlie*, la barca, como la película de Tony

Curtis, al que decían que mi padre se parecía tanto. Habían pasado pocos días desde la fiesta de San Nicola y todas las embarcaciones amarradas en el puerto aún estaban engalanadas con escarapelas, festones azules y rojos y farolillos de papel que decoraban las proas junto a la efigie del santo. Le miraba muda. Los ojos del desencanto. Con una mano agarraba y desenredaba con gestos meticulosos las redes, con la otra sujetaba un cigarrillo. La ceniza caía desde la punta, revoloteaba y volvía a subir empujada por el viento marino para acabar de nuevo a sus pies. Ya no oía el despotricar de las mujeres sentadas en fila en el muelle comiendo altramuces, ni los gritos chabacanos del pulpero vendiendo pulpo y cerveza con su triciclo. Solo veía las arrugas de sus manos, la expresión glacial de sus ojos claros y advertía el peso de lo que sentía hacia él. Porque a alguien como Antonio De Santis ya puedes odiarlo u olvidarlo mil veces que al final vuelves a encontrártelo dentro.

A modo de prólogo

Nunca podré olvidar el día en que la abuela Antonietta me endilgó el apodo de Malacarne. Llovía como nunca, salvajemente. Una de esas lluvias que raramente ves a lo largo del año. Cuando sucede, se oye el viento del mar sacudirlo todo con su ulular y se te hiela la sangre. La calle del paseo marítimo era un barrizal sin fin. Los campos abandonados y la vegetación desnuda en los alrededores de Torre Quetta estaban marchitos y postrados, como violentados por el batir del agua. Era el mes de abril. Una de las primaveras más lluviosas de los últimos treinta años, según comentaron días más tarde los viejos del barrio.

En contra de las recomendaciones de mi madre y de mi abuela, que sabían interpretar las voces del viento, yo me había empeñado en que quería salir.

—Cuando el mar pone la faz del diablo, la tierra se revuelve —me advirtió la abuela Antonietta al cruzar con aire insolente el umbral de casa. Las miré a las dos, madre e hija. La una tratando de rallar queso *pecorino,* como todos los días antes de comer, la otra cortando una gruesa rebanada de pan. Me limité a encogerme de hombros y salí, contraviniendo todas las recomendaciones. Quería ver de cerca el mar en tempestad y sobre todo comprobar si me daba miedo.

Crucé corriendo la Muralla de *chianche** blancas saludando con la mano a varias comadres paradas en la puerta escrutando el cielo como los arúspices de antaño. Sentía el viento en el cabello y en la cara, su azote me fustigaba, pero no tenía intención alguna de volver sobre mis pasos. De dos saltos subí los escalones de piedra que llevaban desde la Muralla hasta el paseo marítimo. Bordeé a toda prisa el teatro Margherita para cruzar el muelle y la zona del espigón. Quería ver el mar en toda su arrogancia.

Cuando llegué a la costa cerca de Torre Quetta, advertí por unos instantes una vocecita interior que me susurraba que volviera a casa. Vi otra vez el rostro de mi madre aconsejándome que no saliera. Esos ojos reprendiéndome con dulzura y esa cabeza oscilando de izquierda a derecha para acabar su discurso con las palabras de siempre: «Más cabezota que su padre». Y vi también a mi abuela, que, pese a los severos reproches con que esperaba amansarme, era tan dócil como su hija. Blanda incluso en el aspecto. Una mujer baja, con unos grandes pechos temblones que se le acomodaban sobre la barriga.

Sacudí la cabeza porque no quería que sus imágenes me disuadieran de mis intenciones. Sujetándome fuerte el

---

* Losas de piedra calcárea que caracterizan el casco histórico de Bari y otras construcciones rurales de Apulia. *[N. de la T.]*

vestido, que me llegaba a las pantorrillas y que esperaba utilizar como piola de salvación, me acerqué a la escollera. Las olas gigantescas espumeaban, batían contra los salientes rocosos, la orilla, para luego deshacerse en jirones líquidos. El horizonte se desvanecía, se confundía con el mar, que parecía una gran mancha de tinta. Extasiada por aquella visión majestuosa, ni siquiera reparé en lo amenazante que se había puesto el cielo, hasta el punto de parecer noche cerrada aunque era mediodía. Empezó a llover a cántaros y no me dio tiempo de volver a casa. Enseguida los contornos de las casas de la Bari vieja se desdibujaron, envueltos en un cielo encapotado. Un viento muy fuerte azotaba la superficie del mar, levantando una especie de niebla que se desflecaba en innumerables gotitas blancas.

—¿Y ahora qué hago? —me preguntaba una y otra vez mirando a todas partes.

Detrás de mí se alzaban las ruinas de Torre Quetta, una torre abandonada utilizada durante la guerra por los soldados para el avistamiento de la llegada del enemigo desde el mar. Los muros eran grisáceos y la vegetación alrededor escasa y sin vida. Me acerqué a la puerta de entrada que mantenían cerrada con un cerrojo herrumbroso, mientras las gotas golpeaban mi cabeza como perdigones. No tenía elección. Allí dentro podría guarecerme.

Empujé la puerta, que protestó con un ruido siniestro, y me abrí hueco para entrar. Me encontré en medio de un espacio circular con dos ventanas abiertas desde donde se podía avistar la costa. En el suelo habían dejado un colchón viejo y un poco más allá una palangana de aluminio esmaltada con el borde azul, desportillado. Entonces solo tenía nueve años y no podía saber que en el interior de Torre Quetta las prostitutas recibían a los clientes.

Así que me senté, esperando que el dueño del colchón no viniera a reclamarlo muy pronto. Me crucé de brazos porque, calada de la cabeza a los pies, empezaba a sentir escalofríos. Me miré los pies con los zuecos de madera. Los dedos negros de fango, la piel reluciente por la lluvia, por lo que parecía aún más cetrina. El corazón me martilleaba fuerte y tenía miedo, aunque jamás lo hubiera admitido una vez de vuelta en casa.

No sabría decir qué hora era cuando regresé. El cielo se había despejado, el viento se había aplacado. Del mar subía un fuerte olor a algas podridas, pero tras bordear la Muralla el hedor a rancio se convirtió en un buen aroma a salsa de albahaca y carne asada. A lo lejos, en el horizonte, aún se veían algunos jirones de nubes deshilachadas que parecían pelusas suspendidas. La alegría por haber superado con valor la aventura de Torre Quetta pronto se transformó en el miedo por la reacción de mi padre. ¿Qué diría de mi gesto de arrojo? ¿Cuánto gritaría esta vez? La visión de sus ojos claros inflamados de rabia y las mandíbulas apretadas transfigurando su hermoso rostro me aterrorizaba más que el temporal al que acababa de enfrentarme.

De repente sentía las piernas pesadas, mover los pies para andar me costaba. Hasta la cabeza me parecía un peso insostenible para mi exiguo cuerpo de niña, como un huevo sujeto sobre una vara.

La comadre Angelina me saludó desde la ventana, sacudiendo el mantel a la calle.

—Marì, Marì, ¿qué has hecho? ¿Te has caído al mar? —me preguntaba, agitada.

Con la cabeza le dije que no, porque no tenía ganas de responderle. Un poco más lejos, de pie en la puerta, me esperaban mi madre y mi abuela. La primera, pálida y descompuesta como un trapo en remojo. La segunda, doblada en dos sobre su mole baja y achaparrada, sin saber qué decir, con esa gruesa espina que yo le había clavado en el corazón desde que era una niña de pecho. Nunca se hubiera imaginado tener una nieta hembra así de maleducada y atravesada.

Lenguaje no le faltaba, porque cuando quería hablaba mucho y muy seguido de las mil cosas que hacía a lo largo del día o hasta de las que haría al día siguiente. O del abuelo, alegría de su corazón, con quien se había casado virgen y bisoña y la había visto volverse obstinada y capaz de llevar la casa.

Ahora, en la puerta, parecía la Virgen de los Dolores esperando solo una señal de su hija para empezar a hablar. Una señal que no llegó porque mamá sabía que cualquier palabra de más hubiera encendido la ira de mi padre, como la leña el fuego.

Cuando llegué hasta ellas, tuve la firme sensación de que mi corazón sonaba como un tambor y que ambas también podían oírlo. Por eso mismo fingí indiferencia. Me daba vergüenza, tan chupada, con el vestido dos tallas más grande —porque así me los hacía mi madre, de modo que me duraran varias temporadas— todavía pegado al cuerpo y el ruido de los zuecos encharcados en los pies. Me dolía el estómago y una sensación de náusea y de vértigo hacía mis pasos pesados y me nublaba la vista. El zumbido de mil abejas me retumbaba en la cabeza.

Me detuve un instante solo para mirarlas, primero a mi madre y luego a mi abuela.

Mi madre no dijo una palabra, sentía el corazón negro y el veneno en la boca, pero no rechistó.

La abuela Antonietta vino hacia mí con la intención de abofetearme, pero su mano rechoncha quedó en el aire.

Fue entonces cuando —me contaría después— notó la extraña luz en mis ojos de brea.

—Tienes la sangre fría de las lagartijas —me empezó a decir. Hablaba con un hilo de voz, casi un graznido—. ¡Pero qué digo, ni siquiera sangre, como un pulpo! ¡Eres mala carne, eso eres, mala carne! —exclamó, sintiendo la obligación de recalcarlo dos veces, la segunda más para sí misma.

Mamá asentía, como si la idea hubiese sido suya, pero le hubiese faltado valor para pronunciarlo en voz alta.

—Malacarne —se limitó a murmurar, cuando me decidí a avanzar bajo el pasadizo que sus brazos habían formado.

Creía que el corazón me iba a estallar. Era como si me latiese en todas partes al mismo tiempo. Sentía que también el espacio de la cocina había cambiado, que se achicaba a ojos vistas, dispuesto a aplastarme del todo. Papá y mis dos hermanos, Giuseppe y Vincenzo, comían *ziti* con judías verdes bien espolvoreado de queso *pecorino*. Solo Giuseppe se volvió hacia mí.

—Anda —dijo—, has vuelto.

Todavía hoy pienso que Giuseppe siempre ha sido el mejor de nosotros. En aquellos tiempos tenía dieciséis años y de pronto se había convertido en un adulto, como esos niños de los cuentos que se hacen mayores de un día para otro.

Fue en aquel momento cuando papá se volvió hacia mí. Los ojos como puntas de alfiler y los labios una raya. Me detuve en el centro de la habitación. Se detuvo también Vincenzo y su boca dejó de masticar. Giuseppe ya había terminado. Era como si incluso el tiempo se hubiera detenido. La salsa de la comadre Angelina ya no hervía en la cazuela, los pájaros tampoco trinaban. El mundo estaba en suspenso.

«Ahora explota, ahora explota», no dejaba de repetirme.

No se levantó de la silla, se limitó a apartarla ligeramente. Una mano en el muslo mientras con la otra sujetaba el vaso de Primitivo denso, denso, que se pegaba al cristal opaco. Lo levantó como si fuera a hacer un brindis. Cerré los ojos y respiré hondo.

«Luego se pasa enseguida», me decía para darme valor.

—Por Malacarne —exclamó mi padre alzando el vaso; luego miró a sus hijos varones y esperó a que hicieran lo mismo.

Cuando abrí los ojos los tres me estaban mirando, Vincenzo con la sonrisa socarrona de la mala persona que era y Giuseppe con la sonrisa sincera que enamoraba a todas las chicas del barrio.

Me miraba también él, mi padre. Estaba riendo, y en aquel momento la cosa tuvo para mí el sabor inocente de un milagro.

El mundo pequeño

1

Me llamo Maria. Maria De Santis. Nací pequeña y morena como una ciruela madura. Al crecer, mis rasgos silvestres se acentuaron y con los años, para bien o para mal, me hicieron distinguirme de las demás niñas del barrio. Una boca grande, grande, y unos ojos rasgados que brillan como puntas de alfiler. Manos largas y desaliñadas heredadas de mi abuelo paterno y un determinado modo de ser rencoroso e insolente heredado en cambio directamente de Antonio, mi padre. Era pescador. Un hombre gélido y vulgar, que alternaba momentos en que sus pensamientos estaban lejos de nosotros, la mirada fija en el plato o en la pared, y otros en los que parecía que la violencia era el único modo con que expresar su hartazgo de vivir. Su brutalidad irradiaba en nosotros con la misma fuerza con que en verano el silencio del barrio, en las horas ardientes de la canícula, amplificaba sobremanera el contrapunto de las cigarras. Los veranos en la Bari vieja transcurrían entre callejas de *chianche* blancas, persiguiéndonos por los recodos de un laberinto de callejones, entre el perfume de sábanas colgadas en alambres de hierro y sabrosas salsas donde la carne de ternera hervía durante horas. Entre aquellas *chianche* blancas transcurrieron mi infancia y mi juventud. No recuerdo que me pareciera un tiempo feo ni infeliz. Y no obstante la fealdad y el dolor estaban por todas partes. Los podía encontrar en las advertencias de las comadres: «No te acerques al mar cuando está bravo, que te traga», «Cómete la verdura o te da el escorbuto y te mueres»; o de la abuela Antonietta: «Como no reces por la noche, al infierno que vas», «Si dices mentiras, te quedas enana»; o de mi madre: «Si tienes malos pensamientos, Jesús se entera y te corta la lengua para que no digas tonterías».

Pero la fealdad también estaba en el rostro de algunas mujeres del barrio, como la comadre Nannina, a la que todos llamaban «la Caballo» porque tenía la cara larga y una boca grande, un algo de equino que le hacía parecer casi una lisiada. Los ojos inexpresivos sin ninguna vida, fríos y apagados como canicas polvorientas. Era la vecina de al lado de casa y todos los días al salir tenía que encontrarme con su cara fea y caballuna, porque pasaba horas enteras sentada en una silla de paja a la puerta, ya hiciera frío o calor. La fealdad estaba en las cucarachas que pululaban con su librea reluciente por el suelo del sótano y algunas veces también de la cocina, en el chillido de las ratas corriendo tan felices por las terrazas ruinosas. Pero lo peor, con todo, era que la fealdad también estaba dentro de mí, la sentía cosida a mi piel original como si de una segunda se tratara. Estaba en la frialdad de los ojos de mi padre cuando el furor se apoderaba de él y le transfiguraba el hermoso rostro. En los arrebatos de la noche ante la sopa caliente, en la manera febril de recoger las migas de la mesa y de hacer con ellas minúsculos montoncitos cuando algo le contrariaba, preludio de una explosión que podía golpear a ciegas a cualquiera que se pusiese a tiro. El guapo Tony Curtis se transformaba entonces en un demonio y solo le faltaba escupir fuego por la boca.

Con todo, raramente su rabia iba dirigida contra mí. El demonio enmascarado del divo del cine se despojaba de cualquier oropel de monstruosidad frente a mí. Por la noche, después de cenar, sentado a la cabecera de la mesa, me cogía la mano y me la estrechaba durante unos minutos. Sin decir una palabra, sin mirarme a la cara, una docilidad muda que yo aceptaba con reticencia y casi con miedo. Quizá le quería en aquellos momentos. O puede que le detestara más, porque se interponía entre mi odio y yo, se mezclaba con mi naturaleza malvada como la hez en el aceite nuevo. Mi abuela lo había comprendido bien. Yo era mala carne. El asunto no me disgustaba porque todo el mundo en mi barrio tenía un apodo que pasaba de padres a hijos. No tenerlo no era como para enorgullecerse porque a los ojos de todos solo podía significar que los componentes de aquella familia no se destacaban ni para bien ni para mal y, como siempre decía mi padre, era mejor ser despreciados que ser unos absolutos desconocidos.

Sinpelotas, Capullo, Músculos, Idiota, Zángano, Mediahembra. Nombres así eran los que endosaban a quienes pasaban por la vida sin dejar rastro. De mi familia, a mi padre se le conocía como Tony Curtis, de lo que estaba orgulloso. En cambio, a todos en la familia de mi madre se les conocía como *Popizz'**, porque mi bisabuela, ama de casa de grandes cualidades y una cocinera fantástica, redondeaba el sueldo de su marido friendo *popizze* junto a la ventana de la cocina. Desde entonces a la abuela Antonietta, a mi madre e incluso a sus hermanos emigrados a Venezuela se les ha conocido por ese nombre.

En mi calle vivían también los Diminuto, Cagaiglesia y Comeveneno. Diminuto era un hombre pequeño y silencioso, de cabello escaso y perennemente grasiento, que el pobre mío siempre llevaba peinado con una larga raya al medio. Todos en la familia eran pequeños, el padre, el abuelo y los hermanos. La mujer, una tal Cesira, procedente de Roma, era una matrona gorda que se pasaba despotricando contra el marido de la mañana a la noche. Diminuto daba lástima a los demás hombres del barrio. Papá siempre decía que él, en su lugar, habría degollado a aquella mujer mandona y que todos le habrían dado la razón. Sin embargo, aquel hombrecillo esmirriado soportaba las filípicas de su mujer en silencio. Siempre se le veía en la ventana, con mirada de desaliento escudriñando la calle y un rostro apergaminado que ya parecía el de un viejo.

Luego estaban los Cagaiglesia. Marido, mujer y seis hijos, tres varones y tres hembras. Su casa estaba junto a la iglesia del Buen Consejo, justo al lado de unas columnas antiguas que sin reverencia los niños ensuciaban de meadas

---

* Las *popizze* son bolas de pasta frita típicas de Bari que a menudo se venden en la calle. *[N. de la T.]*

y escupitajos. Los Cagaiglesia siempre estaban trabajando, para mantener a su numerosa familia. Los hijos parecían todos hechos en serie, pelo negro crespo y ojos azules como el padre, que era pescador como el mío. Todos los hombres de la familia habían sido pescadores y, orgulloso, Pinuccio Cagaiglesia había conservado la vieja barca roja y azul de un abuelo, amarrada en la arena de la orilla, bajo el lavadero. Los hijos siempre andaban jugando todo el día a vueltas con la barca, pero cuando sentían la necesidad de aliviarse lo hacían junto a la iglesia.

Los Comeveneno eran la familia de Maddalena. El nombre se lo habían adjudicado a la abuela paterna, que en la Bari vieja trabajaba de *masciara* —curandera— y vivía en una casa torcida y renegrida de via Vallisa. Cuando era pequeña y me dolía la tripa mi madre me llevaba a casa de Maddalena la *masciara* porque, decían, era buena «quitando las lombrices». Me dibujaba con la yema de los dedos un montón de crucecitas en el abdomen al tiempo que recitaba unos versos en una lengua que no era ni dialecto ni italiano. No sé si sería realmente una maga o una hechicera, pero el hecho es que el dolor de tripa se me iba como había venido. En el barrio todos la admiraban y la temían. Quienes la habían visto en su intimidad doméstica contaban que tenía una larga melena plateada que le llegaba hasta los pies y que todas las noches peinaba con cuidado. Por el contrario, de día llevaba el pelo recogido en un moño muy tieso que sujetaba con unas horquillas anchas plateadas. Se decía que hasta era capaz de lanzar tremendas maldiciones con su lengua venenosa y que más valía no hacerle enfadar. Por eso todo el mundo la conocía como Comeveneno. Su nieta, Maddalena, era la niña más guapa de la clase. No existía otro nombre mejor para designar a aquella niña de pelo negrísimo, que le caía en suaves ondas hasta el culo, y tenía la cara de la Virgen. Todos los varones del colegio parecían patosos o estúpidos cuando la tenían delante. Se liaban con las palabras, se aturullaban con las manos. Fue entonces cuando descubrí el efecto que la belleza puede ejercer sobre la gente.

Por entonces Maddalena y yo nos tratábamos con frecuencia. Vivíamos en la misma calle, hacíamos el mismo recorrido para ir al colegio. Yo sabía que estaba colada por mi hermano Giuseppe, pero él ni siquiera se dignaba mirarla porque era siete años mayor y solo tenía ojos para las chicas mayores. Nosotras no teníamos más que dos botones rosados que sobresalían impertinentes por la tela de la camiseta y unas piernas enjutas y largas como las de las gacelas. Las mías, en realidad, ni siquiera eran largas porque yo crecí más tarde. Durante muchos años de mi vida he sido pequeña y de tez muy, muy oscura. De pequeña me sentía fea, y la sensación de serlo se me multiplicaba cuando estaba cerca de Maddalena. Por eso la odiaba. Era la envidia lo que me hacía odiarla, porque en el colegio todos se fijaban en ella y en mí nadie. Me esforzaba en quitarle importancia al asunto. Qué hubiera hecho yo con tanto pretendiente presentándose todos los días en mi calle, o con los niñatos estúpidos que destrozaban el italiano tratando de impresionarla con una frase romántica. Pero me fastidiaba. Maddalena poseía ya esa actitud medio huraña medio frívola de las mujeres destinadas a hacer estragos en los corazones a lo largo de sus vidas. De repente parecía que los ojos de un bello marrón acuoso de Rocco Cagaiglesia la enamoraban, de repente parecía que solo mirarlo la molestaba. Un día daba la impresión de morirse por don Caggiano, el maestro, al que todos en el colegio, alumnos, colegas y hasta la directora, trataban con absoluta reverencia, y al día siguiente la emprendía con él a insultos en clase, haciendo gala del mismo lenguaje envenenado que había hecho de su abuela la bruja que era. Todos sabíamos que el maestro Caggiano era particularmente benévolo con ella. La belleza de Maddalena lograba influir incluso en un hombre austero y frío como él. O puede que fuera el temor a desairar a la abuela *masciara* lo que lo volvía tan benévolo en sus confrontaciones. Ella se aprovechaba y hacía las tareas cuando le daba la gana y, cuando sabía que no se había preparado un tema determinado, soltaba unas lagrimitas en el momento justo que enternecían el rígido corazón del maestro. Lo que un día la emocionaba al otro le daba risa. Maddalena había desarrollado las virtudes de las almas inapetentes, junto a un sentido del humor hiriente que amplificaba sus tormentos y volvía a todos terriblemente ineptos ante ella. Solo por Giuseppe daba la impresión de morirse siempre, quizá por ser el único que ni se dignaba mirarla.

Recuerdo que, en primero de primaria, el primer día de colegio el maestro Caggiano nos evaluó a todos, apuntando con sus ojillos agudos como dos rayas a la cara de cada uno de nosotros. Daba la impresión de conocer al dedillo hasta el último de nuestros secretos, y no solo los que habíamos guardado hasta aquel momento, sino también los futuros. Era un hombre alto y flaco, de nudillos huesudos y largos dedos de pianista. Todas las líneas de su cuerpo eran verticales y ascendentes, desde las piernas hasta las partes de su rostro, angulosas y parcas: la nariz afilada, la cejas que dibujaban un largo arco que se movía hacia arriba en vez de hacia abajo. Para terminar en una frente alta y lisa. Toda aquella explosión de verticalidad estaba ensamblada en su cuerpo con absoluta armonía, a excepción de una pequeña gibosidad que había empezado a aflorarle bajo la nuca, consecuencia quizá de las largas horas transcurridas leyendo. Era un apasionado de la literatura clásica, una pasión que sacaba a relucir cada vez que se le presentaba la ocasión, recitando los versos de Catulo y de Horacio. Al maestro Caggiano en el barrio se le trataba con gran respeto.

Cuando tocó que los ojos pequeños y oscuros del maestro Caggiano se fijaran en mí, por primera vez en mi vida experimenté un miedo bastante parecido al que solo la mirada de mi padre me infundía.

—¿Y tú quién eres, pequeñina? —me preguntó husmeando el aire por encima de mi pelo, luego alzó los ojos al cielo, lanzó una de sus perlas de sabiduría en latín y añadió seco de modo que todos pudieran comprender—: A mí no me la vas a dar, pequeña bestezuela. —Palabras hirientes y maliciosas que nunca olvidaría. Luego se volvió hacia el niño más grande y más gordo de la clase: Michele Straziota—. Tú —le señaló apuntándole con el dedo huesudo—, *vin' do** —porque el maestro Caggiano tenía el poder de orquestar las palabras, de mezclar el latín y el dialecto con gran maestría, tanto que hasta las blasfemias,

* «Ven aquí». *[N. de la T.]*

pronunciadas por su boca refinada, parecían auténticos prodigios literarios.

Michele Straziota asintió varias veces y, con la mirada baja, vino a sentarse junto a mí, en los pupitres de la primera fila. Me miró y, sonriéndome, se presentó:

—Hola, en casa todos me llaman Lino, Linuccio o Chelino, pero si quieres puedes llamarme Michele.

Asentí con la cabeza, porque su mole me atemorizaba un pelín. La primera impresión fue la de un niño tímido y amable. Solo eso. Entonces sentía una auténtica aversión por las personas con sobrepeso, de modo que ya sabía que iba a tratar de esquivar a mi vecino de pupitre como se evita a los insectos molestos.

Fue, en cambio, una mañana de unas semanas después cuando el niño regordete, a quien todos en mi clase habían tomado como blanco de malvados epítetos, se reveló como lo que en realidad era. Y aunque todavía no lo conocía bien, sentí confusamente que, de un modo que aún no podía imaginar, nuestros destinos iban a cruzarse. El maestro nos preguntó a todos el oficio de nuestros padres.

Cuando llegó mi turno, respondí sin demasiado entusiasmo:

—Pescador.

Igual que el cuarto hijo de Pinuccio Cagaiglesia, también pescador, y otro par de niños a los que no conocía.

Cuando le tocó a Maddalena, empezó con énfasis:

—Trabaja en la Fábrica de Tuberías del Sur.

Y se notaba que en casa se habían desvivido en que lo aprendiese de memoria, sin el más mínimo error. Al llegar a los últimos, el maestro Caggiano se dirigió justo a Michele, mi vecino de pupitre. Había un algo de taimado en la mirada de aquel demonio de docente cuando le llegó el turno a Straziota. Como un gato relamiéndose los bigotes ante un suculento plato de pescado.

Michele tenía la mirada baja. Un par de veces fue a decir algo, pero los primeros intentos por desgracia le fallaron. Las palabras se le ahogaban en la garganta y la voz le salía de ese punto indefinido del vientre del que parten todas las emociones. Desde la segunda fila, Mimmiù y Pasquale, dos niños con la tez oscura y mirada astuta, empezaron a canturrear en voz baja:

—Habla, gordinflón. ¿Es que no tienes lengua? ¿O te la has comido?

El maestro Caggiano lo oía, pero fingía no oír. Le complacía el malévolo teatro de títeres que había montado. El suyo era un plan preconcebido y nosotros los críos interpretábamos exactamente la parte que él había imaginado para nosotros.

2

Mamá es ama de casa —logró al fin responder—, y papá está parado. —No se trataba de un hecho sorprendente, porque había muchos padres sin trabajo, pero detrás de la palabra «parado» en realidad se podían esconder mil verdades.

—¿Pero vosotros sabéis cuál es el apodo de la familia Straziota? —añadió el maestro, haciendo girar el índice en el aire.

Observé a Michele y me pareció que el suyo era un intento malogrado de hundir la cabeza entre sus hombros poderosos, de desaparecer dentro de un pupitre demasiado pequeño para su mole, de evaporarse ante nuestros ojos. Respondimos a coro con un sonoro chasquido de lengua contra el paladar y esa vez el maestro Caggiano no tuvo nada que objetar ante un gesto nuestro que por lo común consideraba vulgar e inapropiado.

—¿Lo quieres decir tú, Michele? —Se acercó a nuestro banco en la primera fila. Los ojos le brillaban de tal modo en aquel momento que por primera vez reparé en lo claros que los tenía, de un azul cristalino.

«Tiene los ojos como los de papá —pensé para mí—, ¡mala cosa!».

—Entonces se lo digo yo a tus compañeros —concluyó satisfecho.

Se puso a dar vueltas entre los bancos para cargar de dramatismo su revelación. Todos estábamos callados esperando, hasta Mimmiù y Pasquale, que nunca lograban callarse.

—¿Alguna vez habéis oído hablar de los Sinsangre? —preguntó de pronto apoyándose en la cátedra.

Un «¡oh!» de consternación se propagó por el aula y sin querer todos nos miramos a los ojos, desde la primera hasta la última fila, miramos al maestro que miraba a Michele y esperaba una señal con los brazos cruzados, miramos las ventanas y miramos las paredes, como si incluso los objetos inanimados, al oír aquel nombre, pudieran desembarazarse del entumecimiento propio de su calidad de cosas y despertar a la vida. A mi cabeza acudían veloces todas las ideas que a lo largo de mis pocos años había relacionado con los Sinsangre. Sin embargo, ninguno de nosotros sabía que Michele perteneciese a esa familia. Más tarde descubriría que se avergonzaba de sus orígenes. La bisabuela de Michele —es lo que me había contado mi padre y lo que todos contaban en el barrio— se había quedado viuda durante la guerra. Sola y sin dinero, vivía en una casa ruinosa de habitaciones ahumadas y malolientes, con la pintura cayéndose a pedazos, telarañas por todas partes y un mobiliario reducido a aglomerado impregnado de mugre y café. Cansada de dejarse los hígados buscando un patrón al que servir, de abrillantar suelos y quitar excrementos de gallina con las uñas, un día, sin haber dado antes signo alguno de locura, había cogido por el cuello al patrón para el que entonces trabajaba, un hombre en torno a los cincuenta, charcutero de oficio y viudo también desde joven, y lo había destazado con uno de sus cuchillos de cortar jamón. Un tajo limpio que partía desde la mitad del pecho y llegaba hasta el ombligo. Había cogido el dinero que el hombre guardaba en una caja de galletas y había pagado el mejor corte de carne para sus hijos, el más tierno y más jugoso, para hacérselo en un guiso. Todos decían que era muy guapa, ojos negros traicioneros y sensuales, tan acariciadores que ni la seda más hermosa podía igualarlos. La boca bien perfilada y, cosa rara en aquellos tiempos, unos dientes blanquísimos, rectos y sanos. Aunque nunca pudo demostrarse su culpabilidad, Marisa se convirtió para todos en Sinsangre, como el pulpo, incapaz de mostrar sentimientos humanos. Y, a pesar de ser viuda y hermosa, ningún hombre se atrevió a cortejarla o a brindarle su compañía para aliviar el vacío de su viudez. Si algún forastero se le acercaba colmándola de delicadezas y atenciones, comiéndola con los ojos como moscas rondando un buey, ella lo apartaba con el mismo gesto de desprecio que hubiera usado con los insectos. Lo apartaba con un sencillo manotazo, con una mirada clara y tajante que de inmediato aplacaba su ardor. Toda su estirpe se convirtió en los Sinsangre, los tres hijos varones y la hija, también muy bella, la que luego pariría a Nicola Sinsangre, el padre de Michele. Un hombre grueso, desaliñado, de cabeza cuadrada y casquete de pelo rojizo.

Como mujer que era, en mi casa regía la prohibición absoluta de acercarme a él, mirarlo o dirigirle la palabra. Recuerdo que papá solía comprarle a él los cigarrillos de contrabando, entre piazza del Ferrarese y corso Vittorio Emanuele.

—Qué hay, don Nicola —le saludaba mi padre. El otro solo inclinaba la cabeza y le respondía por cumplir, con monosílabos, una voz pétrea que a duras penas dejaba escapar de los labios finos, entre los que perennemente sujetaba un cigarrillo. En algunas ocasiones me parecía notar sus ojos sobre mí, entonces yo volvía la vista y miraba con inquietud a la calle, porque aquel hombretón pelirrojo me infundía auténtico terror.

Papá cogía los cigarrillos, pagaba lo que debía y saludaba obsequioso:

—Saludos a la señora.

Me disgustaba que empleara términos tan respetuosos con un tipo al que ni siquiera se podía nombrar. Don, señor... eran palabras que en mi familia se usaban solo para dirigirnos al cura o al médico. Yo seguía a papá sin volver a mirar más al vendedor de cigarrillos y en cuanto llegábamos al paseo marítimo notaba que mi padre escupía al suelo. Dos, tres veces, acompañando los salivazos con gestos de la mano, que de modo brusco parecían cortar el aire pesado a un palmo de su nariz. Lo hacía siempre, todas las veces, antes de coger un cigarrillo y encenderlo con calma.

—Te lo advierto, Marì, no debes hablar nunca con ese de ahí. Nunca. ¿Has comprendido? Ni tú ni tus hermanos.

Aunque una vez fue el contrabandista el que se dirigió a mí.

—Tú, señorita —me dijo recalcando bien las palabras—, tienes la misma cara que tu abuela.

Me miraba fijamente, con los ojos tan achicados que costaba trabajo distinguir su color. Me helé de miedo. ¿Qué tenía que hacer? ¿Responderle? ¿Asentir? Me volví a papá, que en cambio sonreía con una de sus sonrisas falsas, de circunstancias. Estaba convencida de que de haberle respondido me hubiera aplastado con su mole de ogro de los cuentos, me hubiera vuelto de la misma sustancia inconsistente del aire, evaporada ante los ojos indefensos de mi padre. Pero, si me quedaba callada, don Nicola me hubiera tomado por una persona irrespetuosa y maleducada.

—¿Mi abuela Antonietta o mi abuela Assunta? —probé entonces a responder, y cerré los ojos esperando lo peor.

—Antonietta, claro. A la otra ni la conozco.

Abrí de nuevo los ojos aterrada y para mi gran estupor ninguna de las cosas terribles que había imaginado sucedieron. Salí, no obstante, intranquila y preocupada, porque no tendría que haberle dirigido nunca la palabra. Así que, ya en la calle, la emprendí con mi padre.

—¿Pero por qué me llevas contigo a comprar tabaco? —le pregunté con la voz vibrante, porque, aunque no lo iba a hacer, tenía ganas de llorar.

Se detuvo. Se inclinó revolviéndome el pelo y me dijo:

—Porque, Marì, para poder evitar algo primero hay que conocerlo.

Y ahora el hijo del mal, engendrado de su semilla maléfica e infecta, era mi vecino de pupitre.

Tras la revelación del maestro Caggiano sucedieron dos cosas. La primera fue que nadie en clase, ni siquiera Mimmiù o Pasquale, tuvo el valor de volver a meterse con Michele. En la imaginaria jerarquía de los apodos, Sinsangre superaba de lejos a todos los demás en poder evocador y maldad. Desde aquel día Michele fue para todo el mundo solo Michele o como mucho Straziota. Nunca más «gordinflón» o «bruto». La segunda solo me afectó a mí y en ciertos aspectos fue terrible, porque empecé a tener malos sueños en los que el cuerpo de Michele sufría macabras metamorfosis, perdía sus contornos normales para transformarse en una sustancia líquida y pegajosa, del color de la sangre y de la brea juntos, para al final recomponerse, trozo a trozo, vena a vena, en la figura horrenda de su padre. Me despertaba agitada y sudando y me repetía obsesivamente que tenía que pedirle ya al maestro que me asignara otro compañero de banco. Miraba a todas partes para cerciorarme de que estaba en mi casa, en la habitación que había pertenecido a Giuseppe y que ahora era también mía y de Vincenzo. Solo que mis hermanos dormían en una sola cama, colocados al contrario.

Giuseppe era robusto, parecía esculpido en el tronco de un olivo. En el aspecto era bastante parecido a nuestro padre, güapo y de facciones suaves, casi de niña, y ojos clarísimos. Vincenzo en cambio siempre había sido flaco como un fideo, largo y espigado, de tórax prominente. De él recuerdo cuánto me molestaba de niña ver la larga línea huesuda de su columna vertebral sobresaliendo de la camiseta empapada de sudor. También me incomodaban sus pies secos, con el segundo y tercer dedo de la misma longitud, ambos filiformes y muy oscuros, porque Vincenzo tenía la tez aceitunada como yo. Más tarde descubrí que más que su aspecto me molestaba como persona, como hermano, como niño y luego como adolescente, porque se creía más listo que los demás. Más listo que yo y hasta que Giuseppe, que era dos años mayor, y a veces incluso que papá.

Me molestaba cómo se sentaba en la cama por la mañana, al despertarse, con las piernas separadas y las manos hurgándose entre los calzoncillos abultados. Yo entonces fingía dormir, pero en más de una ocasión he pensado que él sabía perfectamente que estaba despierta, y que se tocaba ahí abajo adrede, como si alardeara lo primero de todo ante mí y luego ante el resto de mujeres: «Soy Vincenzo De Santis, hijo de Antonio De Santis, y si sueño con un día partirles la cara, no bromeo, soy más hombre que nadie».

Únicamente las noches en que me despertaba alterada por los malos sueños con Michele Straziota me alegraba de tener cerca a mis dos hermanos. Su respiración apacible cuando dormían me tranquilizaba. Me sentaba y abrazaba la almohada. Miraba de reojo sus caras adormecidas. Su manera diferente de abandonarse al sueño. Giuseppe siempre de lado, encogido, con la cabeza buscando a menudo apoyarse en los pies de Vincenzo, y el otro siempre de cara al techo, las manos a veces cruzadas sobre el vientre, hasta tal punto que parecía tumbado en un ataúd y casi daba miedo de flaco y largo que era. «Mira —pensaba yo— Vincenzo desafía hasta a la muerte. Él la está esperando, así, cuando la señora de la guadaña venga a llevárselo le escupirá a la cara y le dirá que se vaya a dar una vuelta, que todavía tiene que hacer».

Me giraba hacia el otro lado, hacia la pared desconchada, y me volvía a dormir.

3

Una mañana reuní valor e hice pellas. Quería ver la casa de los Sinsangre, sí, su casa justamente, ver por mí misma cómo eran en la intimidad de su hogar. Si tenían la apariencia de Satanás cuando nadie podía verlos. Si podían escupir fuego o realizar otros maléficos prodigios. El asunto de las pesadillas se había agravado. No lograba conciliar el sueño, me despertaba sudada y temblando, ni siquiera la visión de mis hermanos lograba ya tranquilizarme. Me levantaba y daba vueltas por la casa, deambulaba pegada a las paredes tratando de no chocar con los muebles ni las puertas. En poco tiempo me aparecieron dos ojeras tremendas que le dieron a mi cara un aspecto más escuchimizado y me acentuaron las orejas, que ya tenía grandes y de soplillo. Mamá y la abuela estaban muy preocupadas.

—Ha cogido alguna enfermedad horrible —susurraba en voz baja la abuela—. La niña come, tiene apetito, pero parece una muñeca de porcelana. Está pálida.

De modo que, sin pedir permiso a papá, decidieron llevarme a un médico especialista, no al de cabecera, que según mi madre no era capaz de distinguir un resfriado de una tuberculosis. Me llevaron al doctor Colombo, pediatra famoso en el barrio y muy caro. Lo pagó la abuela, de lo contrario papá se hubiese enfadado.

El médico me examinó con mucha atención y comprobó que tenía de todo y en su sitio. Me palpó el vientre y el pecho, me auscultó, me miró la lengua y las órbitas de los ojos. Habló mucho, sin atropellarse con las palabras ni escupir como hacían algunos viejos del barrio, sin rascarse la cabeza, justificando las treinta mil liras de sus honorarios. Hasta tal punto que a mamá y a la abuela se les hizo la boca agua ante la sola idea de hablar ellas también, de largar —sobre todo la abuela— su versión de los hechos, la teoría que a lo largo de los días habían ido elaborando para explicar mi estado. El médico, sin embargo, no les dio la menor oportunidad, empleó ríos de palabras, por lo demás incomprensibles, para concluir que me estaba desarrollando demasiado rápido, dado que solo tenía siete años, que mi esqueleto estaba creciendo y que todo aquel dispendio de energía me estaba consumiendo. Me prescribió que comiera carne de caballo e hígado para fortalecerme.

Nos despidió satisfecho en tanto mamá y la abuela salían atontadas, puede que abrumadas por la verborrea, rumiando la cháchara del doctor todo el camino. Nos encaminamos a paso lento por via Sparano, la calle rica de Bari, que tenía que conducirnos hasta casa.

A alguien que los recorriera por primera vez aquellos cincuenta pasos le hubieran parecido realmente pocos, pero la realidad era que en medio discurría un océano. Separaban lo blanco de lo negro, el bien del mal, tanto que —me lo había hecho observar mi padre cuando era todavía muy pequeña— hasta a los soldados americanos durante la segunda guerra mundial se les había aconsejado que escribieran como advertencia en un muro de la piazza Federico di Svevia la frase siguiente: «Out of bounds – Off limits – From 18.00 hrs to 6.00 hrs»*, porque los muertos de hambre del barrio viejo, amparados en la oscuridad, no tenían escrúpulos en robar unos dólares aunque fuera a los soldados.

—No lo olvides, Marì —me había dicho aquel día papá señalándome el escrito en el muro—, por la noche está cerrado para todos, pequeños y mayores.

—Papá —le contradije—, pero ahora la guerra ha terminado.

—Sí, sí, terminada... Pobre de ti como lo creas, Marì. Aquí la guerra no acaba nunca.

Antes de llegar a casa nos encontramos con la comadre Angelina, que nos esperaba a la puerta, para cruzar unas palabras con la abuela Antonietta y con mi madre.

—¿Venís del doctor? —preguntó en dialecto con mucha aprensión.

* Prohibido el paso, de 18.00 a 6.00. *[N. de la T.]*

Imitando los gestos doctos del médico, mamá y la abuela le contaron con pelos y señales el asunto de la carne y de la sangre. Y lo recrearon ante el largo hocico caballuno de la comadre Nannina y de las otras comadres que esperaban a la puerta de nuestra casa, cotorreando en voz baja entre ellas. Pronto mi estado de salud fue noticia de poca monta frente a los razonamientos a los que las comadres se entregaron, fabulando y meneando la cabeza de derecha a izquierda.

—El que estudia tiene criterio en las manos además de en la cabeza —decía la mujer de Pinuccio Cagaiglesia.

—Pobres de nosotros ignorantes. Los doctores, esos sí pueden dárnosla con queso, que nosotros no nos enteramos de nada —replicaba la comadre Nannina.

—Sí, pero se creen mejores que nosotros, como «el doctorcito», el nieto de la *masciara*.

El doctorcito era el hermano mayor de Maddalena. Era uno de los pocos en el barrio que había estudiado, pero estudiado de verdad. No solo la enseñanza media y la superior, sino también los dos primeros años de universidad. Cuando mamá hablaba con él le temblaban las piernas por temor a decir las palabras equivocadas, demasiado audaces o demasiado blandas, o simplemente a decir de más o de menos. Todos le llamaban «el doctor», hasta tal punto que yo, que en aquellos tiempos era pequeña, ya no recordaba su nombre de pila. Aunque al final no había obtenido el título, en cualquier caso había encontrado un buen trabajo, se había convertido en jefe de estación de la línea ferroviaria de Bari-Barletta. Utilizaba un lenguaje refinado que pocos viejos en el barrio comprendían. Y las palabras difíciles que utilizaba cuando compraba el pan o saludaba a las comadres hacían que lo respetaran y lo admiraran. Aunque no le comprendieran, cuando el doctorcito hablaba ellas siempre asentían y alzaban los ojos al cielo, como diciendo que eso de la instrucción era una cosa buena. Podía estar tomándoles el pelo a todos, que le hubieran hecho una reverencia.

—Puede que porque al final sí que son mejores que nosotros —sentenció seca mi madre. Las comadres callaron haciendo suya aquella consideración, con una mezcla de ternura y pesadumbre en el rostro.

Luego, como por ensalmo, asintieron una tras otra, casi como si el sentimiento de su cortedad quedara condensado en aquellas desdichadas palabras.

Mamá y la abuela abrieron la puerta vieja que chirriaba toda por la herrumbre y entraron en casa con la expresión contrita. No parecían más contentas por el hecho de que yo estuviera bien y solo tuviera que comer más carne. Que mi esqueleto estuviera creciendo y que, al hacerse más grande, requiriera más energía. Se pusieron a cocinar sin alma, lanzando de vez en cuando miradas a las paredes descoloridas y desconchadas, a la pila que había perdido su cromado original y se había vuelto verde, al piso desportillado. O quizá era yo quien por primera vez me paraba a observar detalles que hasta entonces me habían parecido, todos, absolutamente normales. Si te acostumbras a la fealdad, como me había acostumbrado a la cara de la comadre Nannina, a la larga ya no te parece tan horrible. Y al poco dinero también me había acostumbrado. Había considerado que carecía de importancia que lo hubiera o no. En aquel momento, en cambio, todas las cosas me parecían de pronto transparentes.

Quizá aquella mañana en mi mente caló la idea de que debía estudiar todo lo que pudiera. Tanto o más que el hermano de Maddalena. Era lo único que me podía sacar de todo aquello.

4

No obstante, el motivo de mis ojeras y de mi delgadez solo lo conocía yo y fue a la mañana siguiente cuando decidí resolverlo.

Había sido mi madre quien me había enseñado que hacer pellas era un pecado grave. Vincenzo le había quitado el sueño por los días que pasaba callejeando en lugar de cumplir con su deber yendo a clase. Siempre había alguna comadre que lo veía con la mochila a la espalda holgazaneando toda la mañana y de inmediato avisaba a nuestra madre. Vincenzo, por su parte, no tenía ganas ni de estudiar ni de ser un buen hijo.

Sin embargo, en aquella ocasión estaba segura de tener un motivo verdaderamente importante para faltar al colegio. Hasta el maestro Caggiano, que nos incitaba a ir al fondo de las cosas, me hubiera alentado en mi empresa. Ir a casa de Nicola Sinsangre me correspondía solamente a mí. Entonces no sabía todavía en qué negocios turbios estaba involucrado el padre de Michele. Quizá, si lo hubiese sabido, no habría tenido el valor de ir a espiarlo por la ventana. Solo sabía que tenía más dinero del que quería, que le prestaba a casi todo el mundo en el barrio y que si alguien tardaba en devolvérselo sucedían cosas malas. Vendía cigarrillos de contrabando y porquerías peores que sin embargo descubriría tiempo después.

Durante el trayecto me detuve a menudo. Me bastaba un ruido cualquiera, un color, una voz que me pareciera conocer para que me faltara el aliento. Me temblaban las piernas, y la saliva se me apelotonaba en la garganta y me impedía tragar. Al pasar frente a la basílica me persigné varias veces, escondiendo la cabeza entre los hombros para que no me vieran las comadres que salían de la oración matinal. Con paso apresurado llegué hasta el mar, que aparecía tranquilo y reverberaba.

—Qué bonito —susurré suspirando, parándome a admirarlo. Unos instantes tan solo, porque la urgencia de ver a Nicola Sinsangre me oprimía el pecho y hacía veloces mis piernas de niña, aunque mis pasos fueran titubeantes. Al llegar a la piazza del Ferrarese de pronto me detuve. Todavía estaba a tiempo de poder volverme atrás. Vagar un poco por la zona del puerto y volver a casa a la hora de costumbre. Al maestro Caggiano le diría que me había dolido la tripa y la cosa hubiera acabado ahí. A pesar de mis conjeturas e intentos de encontrar un motivo tras otro para suspender mi plan, lo cierto es que sabía que nada me hubiera hecho cambiar de idea.

Desde niña ya tenía esa particular inclinación de carácter que me hacía parecer irracional a los ojos de unos y valiente a los de otros. Sencillamente nunca he sido capaz de refrenar mis instintos.

Las casas que daban a la plaza eran pequeñas y de contornos grisáceos. Como si, por los años, la intemperie y el salitre, sus contornos se hubieran hecho menos precisos. Las esquinas sin aristas, las paredes tambaleantes, desconchadas, a punto de derrumbarse. Tiempo después pensaría con una sonrisa amarga que la forma de aquellas casas era en todo similar a las personas que las habitaban. Torcidas, renqueantes, tambaleantes. Aunque siempre vivas.

En una de aquellas casas también había vivido la abuela Antonietta, y de niña y luego de joven también había sido la casa de mi madre. Las más grandes tenían dos pisos y un sótano que en verano se utilizaba de cocina, porque unos cuantos metros más abajo se estaba más fresco.

La casa de los Sinsangre se encontraba junto a via Venezia. No era ni mejor ni peor que las otras. Una casa cualquiera que llevaba las marcas de la pobreza como las demás del barrio. Anduve un poco arriba y abajo, de un lado a otro de la plaza, con la cartera pesándome y el frío cortándome los labios. Por fin apreté los puños y decidí acelerar el paso hacia via Venezia. De repente me sentí fuerte, como si un poder animal me poseyera ocultando todos mis temores de niña. Me sucedía eso. Quizá fuera mi mala carne, el alma negra y profunda que mi abuela había leído en mis ojos, que me metía en situaciones semejantes.

Junto a la casa de los Sinsangre había una vivienda abandonada. La hoja de una ventana colgaba de un lado y golpeaba contra el poste de la luz movida por el viento. Un ruido sordo que me pareció similar al de una campana llamando a muerto. Si era una señal, lo suyo hubiera sido haberla cogido al vuelo. Pero ya tenía al animal dentro, como otra Maria que tomaba la delantera en las situaciones más difíciles. La grama se había comido el corto rodapié que guardaba la entrada, y toda la pared, que un día debía de haber sido blanca, estaba negra por la podredumbre y verde por el moho.

Cerré los ojos porque aquella imagen de desolación me infundía pavor. Sin embargo, la casa de los Sinsangre estaba viva y coleando, bullía de ruidos de gente y por ello me atraía inexorablemente.

Apoyé la cartera en el suelo y miré cautelosa en todas direcciones, para cerciorarme de que nadie me estuviera observando justo a mí, pero todos parecían cada cual a lo suyo. De modo que decidí ponerme de puntillas y atisbar a través de la ventana junto a la puerta de entrada. Dentro estaba oscuro porque la luz solo entraba por aquella ventana, así que necesité unos segundos para ajustar la vista y distinguir claramente el interior de la estancia. Pude ver a dos niños sentados en el suelo. Más adelante se vislumbraba la mesa de la cocina, los muebles y algunos adornos. Una mujer que se secaba las manos en un delantal anudado a la cintura. La observé atentamente. Debía de ser la mujer de Sinsangre. ¿Cómo había podido casarse con un hombre tan horrible? Tenía una edad indefinible. Cuando se es niño todos los adultos parecen más viejos. La tez del rostro era muy oscura, al igual que el cabello, que lo llevaba desgreñado, con algunos mechones sujetos en lo alto de la cabeza y otros cayéndole sobre los hombros. Los niños eran muy pequeños y tenían unos ojos grandes como de asombro.

Debían de ser los hermanitos de Michele. ¿Cuántos hijos tenía Sinsangre? Mi hermano Vincenzo era amigo de otro Sinsangre, un hermano mayor de Michele.

Me quedó la impresión de que la ventana de los Sinsangre era increíblemente alta y que los ojos de los dos niños, quizá gemelos porque se parecían mucho, eran más grandes de lo normal. La idea de que uno como él fuese padre me helaba la sangre. Cerré los ojos temblando, imaginando a aquel ogro como un hombre horrendo aterrorizando a sus propios hijos, con colmillos y cuchillos afilados. Cualquier ruido era para mí Nicola Sinsangre acercándose para cogerme y llevarme a lugares terribles. Era su voz la que salía entrecortada como si le faltara el aire en los pulmones. Tuve miedo y escapé jadeando.

Las palabras secretas

1

De pequeña había muchas cosas que me asustaban. El miedo era un instrumento que los mayores sabían manejar con maestría para mantenernos lejos de los peligros del barrio. Miedo a ir sola por la calle, de noche. Miedo al mar en tempestad. A los sótanos oscuros, a las ratas, a las arañas. A veces me asustaba la comadre Nannina, con su larga cara de caballo llena de aristas y los ojos a punto de salírsele de sus órbitas.

Tenía miedo de la *masciara*, pero no me aterrorizaban sus palabras envenenadas, me atemorizaba mucho más que supiese prever el futuro, que conociese de antemano hechos de mi vida que me pudieran hacer sufrir. Miedo de perder a mi madre y a mi abuela, que una mala enfermedad se las llevara. Y también a Giuseppe y, de un modo diferente, a Vincenzo y a papá. Me daba miedo asimismo la madre de Pinuccio Mediahembra. También él vivía en mi calle, junto a su madre viuda, que desde hacía un tiempo había perdido la razón.

—Antiguamente era guapísima —me había dicho una vez la abuela Antonietta—. Parecía esa actriz famosa. ¿Cómo se llama? Marilyn Monroe.

Imposible pensar que alguna vez hubiese sido joven. Cuando la conocí, el rubio del pelo se había vuelto ceniza y la piel, acartonada, se le había vuelto ajada y reseca. Como resecos tenía los brazos, las piernas, las venas mismas. Se llamaba Concetta, pero para todos en el barrio era Tinuccia la loca. Cuando hablaba, chorros de saliva salían en todas direcciones por los huecos de los dientes que le faltaban. Tenía un ojo estrábico y todo un lado de la cara deforme debido a una parálisis que había sufrido tras la muerte de su marido.

—De pena —me había dicho siempre la abuela—, cuando descubrió que su hijo era medio mujer.

Era su fealdad lo que me aterrorizaba. Entonces consideraba que quien era feo por fuera también lo era por dentro, pero sobre todo temía que fuese infecciosa, mefítica, pestilente, que la fealdad fuese una plaga capaz de contagiar otras carnes y volverlas a su vez infectas.

Tinuccia andaba siempre por el barrio con un bolso negro de piel gastada, tan grande que el peso le doblaba la espalda. De niña creía que lo llevaba lleno de cualquier porquería que pudiera encontrar, materia viva o muerta. Cuando los críos la veían pasar, con su largo vestido negro y el bolso en bandolera, la escarnecían, la llamaban bruja, loca, vieja podrida, por culpa del vestido descolorido, estropeado, lleno de agujeros. Y lo peor de todo era cuando le tiraban cogollos de lechuga, fruta estropeada o una lluvia de piedras por loca. Ella no replicaba nunca. Se limitaba a sacudir la mano ante los ojos, como si espantara una mosca sarnosa, y mover rítmicamente la mandíbula, de ese modo particular que se usa para masticar garbanzos o nueces. Ella me daba pena, mientras que por los niños sentía rabia. Se creían los amos del barrio, más listos y fuertes que los demás, aunque solo fueran unos críos. Entre ellos estaban Mimmiù y Pasquale, Rocchino Cagaiglesia, mi hermano Vincenzo y un tal Salvatore, un niño esmirriado con cara de ratón y grandes orejas de soplillo. Todos lo llamaban el Puerco porque se lavaba poco y en verano exhibía entre los dedos de los pies una suciedad negruzca que él sistemáticamente se quitaba sin pudor arrancándola con las uñas. Eran cosas que se veían con frecuencia en aquellos tiempos y nadie hubiera soñado con acusar al chico. Como máximo se le señalaba como el producto de una pobre madre a la que no se le agotaba el ciclo de fertilidad, dado que había traído al mundo doce hijos de los cuales nueve le vivían. Salvatore era de los medianos, ni carne ni pescado, ni dotado de especial agudeza, incapaz de hacer voluntariamente el mal ni siquiera a una mosca, probablemente no por falta de maldad, sino porque no había adquirido madurez suficiente como para concebir la crueldad. Y precisamente por el hecho de que no conocía la malicia, los demás le utilizaban para todas sus maldades. Denigrar a las viejas o a las locas, romper botellas de cristal ante la puerta de los ancianos, prender fuego a los gatos y otras diabluras por el estilo. Algunas comadres se dirigían a aquellos delincuentes con amabilidad, convencidas de poder domesticarlos con buenas palabras y algunas recomendaciones, pero las palabras les resbalaban sin dejar rastro.

—Eso no se hace, así os hacéis daño a vosotros mismos y al corazón de vuestras madres —los reprendía a veces la abuela Antonietta, pero Vincenzo y sus amigos se encogían de hombros y permanecían con cara de sordos, cerrados como puede estarlo una casa, una puerta condenada, un alma encerrada en sí misma, ausente o muerta.

En aquel tiempo no comprendía bien qué era lo que sentía por mi hermano Vincenzo. La mayor parte de las veces no parecía que fuese su hermana, o mejor, a él la cosa no le importaba mucho. Si Giuseppe de hecho siempre se había ocupado de mí cariñosamente —me lavaba las manos y la cara cuando era pequeña, me levantaba para que llegase al espejo, me cogía en brazos y bailaba conmigo—, Vincenzo se limitaba a ignorarme o a hacerme desprecios. Una vez que mamá estaba fregando el suelo me metió en el cubo lleno de agua y detergente; otra, después de haber yo barrido el patio, tiró al suelo la carbonilla que servía para la estufa.

Y no solo en sus modos había perdido la cortesía y la amabilidad, también en el aspecto. Su porte era desaliñado, los hombros hundidos, la espalda chepuda. Mi madre siempre decía que había captado la inclinación atravesada de Vincenzo desde niño. Robaba nabos, higos y uvas, arriesgándose a que le mordieran los perros o a encontrarse con la pedrada de algún campesino. Dadas sus innumerables caídas de los árboles, siempre volvía al barrio con las rodillas desolladas, los pantalones llenos de agujeros en el culo y una vez un feo corte en el ojo derecho que le partió la ceja por la mitad. Se llevaba sistemáticamente los insultos de los chulos mayores del barrio por sus pantalones con agujeros, los gritos de mamá y de la abuela Antonietta y los palos de papá, de quien ya había probado el cinto, las patadas y los pescozones en la nuca, sin lograr enderezarlo. De modo que mamá, entre lágrimas, le remendaba los pantalones una, dos, infinitas veces, porque no teníamos dinero para comprarle otros nuevos.

—No tienes piedad ni de tu madre —le gritaba en los momentos de desesperación, porque esperaba hacer mella en la conciencia de Vincenzo, pero el remordimiento era algo que desconocía.

Un hecho sí era cierto, no obstante: se cuidaba mucho de andar por el barrio con culeras en los pantalones. No sé por qué, pero él había comprendido antes que nadie que con sus piedras grises y blancas aquel era un lugar sin caridad, sobre todo para un chico con rotos en los pantalones. Un lugar cuyo significado todavía no captaba, sabía solo que Dios le era ajeno.

En algunos momentos mamá culpaba a papá:

—Ha visto en ti la violencia y la pone en práctica.

—La violencia está por todas partes —replicaba él—, como la mugre. —Y se ponía más quisquilloso porque no le gustaba que cargara en él la responsabilidad de los defectos de sus hijos.

Una vez —Vincenzo estaba en secundaria— mamá lo había llevado a la Comeveneno para que le sacase el mal. Sucedió cuando, de una zancadilla, mandó al profesor de matemáticas de bruces contra el suelo y le expulsaron de clase dos semanas.

—¡Tiene el demonio dentro! —había vociferado mi madre al conocer la noticia. Y dado que a las comadres de mi barrio les gustaba cuando un toquecito sobrenatural aderezaba la vulgaridad de sus vidas cotidianas, todas se convencieron de que aquello era cierto. Como cuervos posados en los cables eléctricos, permanecían de la mañana a la noche en el umbral de nuestra casa acechando en Vincenzo las señales de la presencia del maligno. La áspera maraña de su pelo rebelde, unas profundas ojeras que cavaban dos surcos profundos bajo unos ojos pequeños, oscuros, hirientes, se tomaron por indicios inequívocos.

—Para qué está la *masciara* —sentenció la abuela Antonietta, mientras mamá estrujaba el pañuelo entre las manos, llevándoselo ora a los ojos ora a los labios, mordisqueándolo entre los dientes, como queriendo agarrar y comerse al cornudo maligno.

Escoltamos a Vincenzo, que se debatía como un animal en una jaula, hasta la casa de la Comeveneno. Al llegar a la verja, el pobre Vincenzo trató de aferrarse a los extremos puntiagudos hasta casi clavárselos en la carne.

—Vincenzino —le suplicaba mi madre—, es por tu bien. Si dejas que la *masciara* te saque el mal, serás un muchacho muy valiente.

Pero cuando apareció la vieja con su larga túnica y su moño extraordinariamente tirante Vincenzo ya no se rebeló. La *masciara* le infundía miedo hasta a él.

—Que pasen solo la madre y los hijos —dijo la bruja, indicando a los demás que esperaran o volvieran a sus casas—. Terè, el ritual se lo hacemos también a la niña —sentenció—, porque algunas veces el maligno sale de un cuerpo limpio, pero, si se encuentra con otro más dócil, entra de inmediato en él.

Mi madre asintió con terror. También yo tenía miedo, pero no decía nada. La *masciara* me quitaba el habla y también los pensamientos. No lograba apartar la mirada de sus manos arrugadas, de la uña del meñique larga y amarillenta, de unos ojos claros como el hielo. Mientras, la bruja preparó dos vasos con una pizca de agua bendita, trigo y unas piedras de sal. Comenzó a rezar, haciendo la señal de la cruz sobre los vasos. Luego, acabadas las oraciones, nos llevó a Vincenzino y a mí a la salida.

—Ahora bebed un sorbo y el resto lo escupís a la calle, por encima del hombro —nos ordenó, escrutándonos atentamente. Mi madre sacó con manos temblorosas el monedero del bolso para pagar a la *masciara* por sus servicios—. Déjalo, Terè —le dijo, cogiéndola por los hombros—, eres una mujer valiente, no ha sido molestia. Gástate el dinero en comida para tus hijos.

De camino a casa mamá no hacía más que llorar. La abuela Antonietta le preguntaba qué había pasado, pero ella no respondía. Vincenzo, por su parte, en cuanto estuvo fuera de la casa de la bruja, salió por piernas para reunirse con sus amigos en el paseo marítimo. Yo caminaba junto a mamá, pero iba callada. Sabía que lloraba a menudo. En silencio, cuando trabajaba en el telar por la noche o mientras cosía redes de pesca para redondear el sueldo de papá. Fingía sonarse la nariz, pero yo la veía, aunque no le preguntaba nada. Solo gastaba dinero en nosotros, en los huevos frescos de por la mañana que nos daba a comer crudos, en la carne de caballo cuando estábamos malos, en la porción de parmesano cuando teníamos problemas intestinales. A fuerza de estar en el telar se estaba encorvando ligeramente y la expresión se le había apagado. Se había vuelto del color de la ceniza, con pocas arrugas pero profundas.

Me gustaba cuando nos hablaba de los tiempos en que era joven y guapa. Solía pasar por la noche, cuando guardaba el punto y paraba el telar. Papá había salido al mar y ella por fin estaba en paz. Se sentaba a la mesa, junto a la abuela Antonietta, y hacía canastas con las hebras que deja el trigo después de la siega.

—Mira, Marì —me decía con dulzura—, la hebra tienes que pasarla por aquí. —Y mis ojos atentos de niña aprendían veloces—. Eres muy valiente, Marì, e inteligente. De mayor harás cosas importantes.

Cuando me hablaba con tanta confianza a la abuela Antonietta también se le llenaban los ojos de lágrimas, pero antes de que le empezaran a caer se las secaba a manotazos. Solo cuando hablaba de su marido, mi abuelo Gabriele, no lograba retenerlas y una o dos lágrimas surcaban sus mejillas mofletudas. Las raras lágrimas de la vejez.

Mi abuelo no había sentido una gran simpatía por papá. Desde el primer momento se había dado cuenta de qué tipo de persona era y utilizaba con él la circunspección que se tiene con los animales salvajes, por un lado se les admira y por otro se les teme. El abuelo Gabriele había sido sastre y siempre decía que hombres como mi padre había conocido a montones.

—Guapos por fuera, bien vestidos y cuidados, pero podridos por dentro.

Eso era exactamente lo que decía, y mamá hacía un gesto como de apartar el aire ante sus ojos para no tener que oírlo, convencida de que solo ella conocía el corazón del hombre con el que se había casado. Pero, así y todo, en su fuero interno albergaba una secreta inquietud, un dolor cauto que le venía a la mente, primero en raras y aisladas ocasiones y luego cada vez con más frecuencia. Durante mucho tiempo estuvo convencida de poder cambiar a mi padre con docilidad amorosa, silencio y sacrificio. Que se iba a dejar ayudar, eso pensaba, pero papá nunca se lo permitió. La verdad es que Antonio De Santis estuvo solo toda su vida, tanto de niño, rodeado por sus hermanas y una madre dominante, como de adulto, rodeado de su mujer, nosotros sus hijos, unos vecinos entrometidos y el barrio entero. Puede que solo en el mar se sintiera en paz. Por eso nunca lo dejó, el mar, aunque tantas veces a lo largo de los años lo maldijera, lo llenara de escupitajos y se dijera convencido que iba a buscarse otro trabajo.

Los prontos contra el mar eran los mismos que volcaba sobre nosotros, hirientes y llenos de ira, pero enseguida se le pasaban.

Él, al mar, siempre lo perdonó, nunca le hizo un desaire.

2

Cuando regresamos a casa, papá ya había vuelto. Sabíamos que Giuseppe estaba por el olor a pescado que dejaba su cuerpo. Comprendí que estaba en el baño lavándose. Tras terminar el primer grado de secundaria, había empezado a trabajar en la lonja de pescado. Aún no le pagaban mucho porque era menor de edad, pero aquel poco era mejor que nada. Nunca se quejaba, ni de los horarios duros, ni del trabajo, demasiado cansado para un niño, ni de la peste que no se le iba ni restregándose a conciencia. Quizá el cansancio y el trabajo físico habían contribuido a modelarle el cuerpo, de manera que todas las chicas del barrio se volvían a mirarle. Fuerte y musculoso en los sitios justos, delicado en otros.

En la radio sonaba una música, un tema extranjero cuyo título no conocía. Papá siempre la encendía al volver a casa y la dejaba con el volumen bajo, como un sonido de fondo.

Mamá hizo como si nada. Empezó a poner la mesa y con un gesto de cabeza me invitó a que la ayudara. Era casi la hora de comer.

—¿Tú no has ido al colegio? —me preguntó papá con un tono grave que no presagiaba nada bueno.

Me quedé quieta en el pequeño espacio entre su silla y el fregadero. Un metro escaso que en aquel momento tenía sobre mí el efecto de una mordaza. Lancé una rápida mirada a mamá, que me había exonerado de ir a clase para acudir a la *masciara.* Ella me hizo un gesto para que hablara y yo, con el plato en la mano, solo logré mover la cabeza para negar.

—¿Y por qué?

Se había quitado el gorro que llevaba en la cabeza siempre que salía con la barca. Se estaba atusando los bigotes y se disponía a liar un papel de fumar.

—He ido con mamá y Vincenzo a la *masciara.*

—¿Y qué quería de vosotros la *masciara?*

Miraba fijamente la mesa donde mamá ya había puesto el mantel. Pendiente de lo suyo, dejó que se le cayeran minúsculas briznas de tabaco. Hizo montoncitos con el puño y empezó a recogerlos. Noté que no se había quitado los zapatos y que había embarrado todo el suelo, llenándolo de pisadas oscuras. Noté también que bajo la mesa una pierna le bailaba intermitentemente. Las palabras se me atragantaron en la garganta como un sapo. Dejé el plato y volví al fregadero en busca de cubiertos para poner.

—Hemos llevado a Vincenzo —intervino mamá mientras removía el caldo en la cazuela—, para sacarle el mal.

Papá soltó una carcajada, interrumpida por algunos golpes roncos de tos.

—El mal —repitió dos, tres veces, hasta meterse dentro el significado de la palabra «mal» como un clavo taladrando la piel. Entonces la voz le mudó en un gemido, un soplo casi, como un globo deshinchándose hasta estallar en una carcajada incontenible—. A sacarle el mal —remachó todavía riendo, y esta vez necesitó repetir toda la frase. Vincenzo, pues, tenía un mal, como se tiene una joroba, un bubón, un cáncer, y esa vieja bruja era capaz de sacárselo, de extirpárselo y que todo quedara en su sitio.

Mamá se volvió y lo miró fijamente. Hasta ella, que lo conocía, parecía desorientada. También yo lo miré, aunque sin lograr deshacerme del sapo que me impedía tragar.

La carcajada duró todavía unos minutos, luego se transformó y empezó a blasfemar contra la Virgen y todos los santos, primero en voz baja, entre dientes, y después cada vez más fuerte, con una voz que se hacía más clara y aguda, dando rienda suelta al nutrido repertorio que había ido acumulando en años de experiencia. Subrayaba cada nuevo epíteto con una oscilación de la cabeza, como si no creyese realmente lo que estaba sucediendo en su familia.

Desvergonzada, puta, Cristo bendito... Giuseppe volvió del baño recibido por las palabras blasfemas de su padre. Olía a jabón bueno y colonia. Era lampiño, alto, musculado, esculpido en el tronco de un olivo, como decía la abuela. En pantalones cortos y camiseta blanca le resaltaban unos músculos precozmente marcados en un cuerpo ya de hombre. Se plantó en mitad de la cocina. Miró primero a mamá, luego a mí, luego a papá, aunque de reojo, casi temiendo que aquella parrafada pudiera alcanzarlo a él, solo por haberse cruzado en su camino.

Entonces fue cuando llegó Vincenzo.

Las blasfemias de papá se interrumpieron de repente y por unos segundos mamá volvió a remover la cazuela, yo volví a por los vasos para llevar a la mesa y Giuseppe apartó la silla para sentarse.

Papá se levantó con ademán tranquilo. Sujetaba el cigarrillo en una mano y con la otra dejó el gorro en el respaldo de la silla. Yo estaba cerca, con un vaso en cada mano, cuando papá le pegó en frío, sin mediar palabra. Vincenzo perdió el equilibrio y cayó al suelo. A mí se me cayeron los vasos, que fueron a estrellarse justo a un palmo de los pies de papá. Vincenzo se quedó callado y se encogió con los ojos cerrados, acogiendo con un estertor las patadas que papá le daba lo mismo en las piernas que en la tripa.

—¡Virgen santa —gritó mi madre—, me lo vas a matar! —Y se arrodilló junto al pobre Vincenzo para ayudarlo a levantarse. Pero papá no había terminado. El mal se lo iba a quitar él y no iba a permitir que nadie, ni siquiera su mujer, se entrometiera en aquella batalla toda suya. Así que de repente cogió de los pelos a mamá y la arrastró hasta el fregadero. La golpeó contra él, y ella dejó escapar un murmullo de dolor.

Me acerqué y mamá me estrechó contra su vientre. Tapó con una mano mi oído para que no oyera su llanto, las blasfemias de papá, los gemidos de Vincenzo.

—¡El mal te lo saco yo, perro de mierda! —le gritaba mientras lo molía a patadas.

—Marì, no mires, que ya pasa. No mires —me decía mi madre. Su voz había adquirido la modulación cadenciosa de una cantinela, como si me estuviese acunando con sus palabras. Pero yo no lo conseguía. La oscuridad de la cocina, por la que se filtraba la poca luz azulada que entraba por los ventanucos junto a la puerta, lo hacía todo a mis ojos aún más ajeno, más extraño. Me esforzaba en imaginar la vida normal que se intuía al otro lado del umbral con sus propios sonidos: repiqueteos, chirridos, risas breves y alegres de mujeres y de niños, y más allá el murmullo de todo el barrio. Y aún más lejos sabía que estaba el mar. El reflujo de las olas sobre la rompiente con su sonido rítmico, como un crujir de seda, y si pensaba en eso me parecía que el corazón aminoraba su marcha. Así que probé a cerrar los ojos, a recordar el mar cercano, pero qué frágil el flujo de mis recuerdos. Se desvanecía, se desbordaba, y cuanto más trataba de encaminar mi mente hacia pensamientos hermosos, más se obstinaba ella en seguir la voz de papá.

—¿Por qué me obligáis a hacer esto? ¿Por qué? —estaba gritando, después de haber dejado el cuerpo del pobre Vincenzo agazapado, muerto, cerrado como se cierra un gusano cuando se tiene que defender. Ahora se limpiaba las manos en un paño, como hace un carnicero tras descuartizar una pieza de carne. Giuseppe se agachó a ayudar a Vincenzo, pero papá se lo impidió con una mirada severa—. Tú a tu hermano no lo tocas, que te la buscas.

Lo observé bien mientras ajustaba cuentas con cada uno de sus hijos con la dureza y la rabia que le eran propias. Su piel muy, muy oscura absorbía la poca luz volviéndolo casi irreal, un producto de la imaginación. Los ojos se le habían empequeñecido como dos rayas alargadas a los lados de la cara, anulados para permitir a los músculos, las mandíbulas, los pómulos mostrarse en toda su jactancia. La roca que era su rostro se conformaba en torno a la boca grande, bonita, carnosa, a la nariz bien hecha pero imponente, a los pliegues de las mejillas, más fláccidas por los años.

Fue en aquel momento cuando percibí muy hondo el efecto que me causaba y era una sensación extraña y perversa que me revolvía las tripas. Tenía miedo de él, pero sin saber por qué también me daba pena. Lo recuerdo claramente, con una memoria más en color y más definida que otras veces, con perfecta claridad entre los acontecimientos confusos e inciertos de aquellos años.

—Tú al colegio no vas más —siguió luego con calma. Las facciones de su rostro recuperaron la forma habitual y la voz también se volvió tranquila y distendida—. Yo no quedo como un completo imbécil en el barrio por tu culpa.

—Pero entonces Vincenzino no va a acabar ni el primer grado —intentó replicar mamá.

Esta vez papá ni le puso la mano encima ni la empujó. Simplemente miró en su dirección y le respondió serenamente:

—De nada sirve acabar el primer grado si eres gilipollas. —Y volvió a mirar a Vincenzo, que seguía sin moverse. Tampoco lloraba. Estaba allí quieto, como un trapo para tirar—. Le he encontrado un trabajo, como carretero, así se gana la vida y ayuda a su familia.

—¿Carretero? —intervino mamá, aunque era una pregunta que no esperaba respuesta.

—Eso es —añadió papá—, y punto.

Se acabó. Sin más. Y esa fue su última palabra.

3

Durante algún tiempo reinó en casa una cierta paz. Había cogido la costumbre de escrutar por la ventana el regreso de papá. Trataba de adivinar de qué humor llegaba. Sabía que todo dependía de eso, que él era el puntal en torno al que giraba la vida de todos nosotros, tanto en los días grises como en los soleados.

Desde hacía un tiempo Michele y yo recorríamos juntos el camino que llevaba al colegio; yo le hablaba de mi padre y él me hablaba del suyo. Descubrimos que algunas anécdotas, una vez suavizadas por el tiempo, podían ser incluso divertidas. Fue así, por ejemplo, como le conté que papá le había dado un guantazo a mamá por hacerse la permanente donde la *cumma* —la comadre— Angelina, afirmando que su pelo era bonito al natural y no le hacía falta estropearlo con porquerías químicas que iban a dejarla calva. Por su parte, Michele me contó que su padre les había pegado a él y a Carlo, su hermano mayor, por espiar a su hermana desnuda en el baño por el ojo de la cerradura. También le conté que algunas noches en casa, cuando papá pasaba ante mí con su silueta turbulenta e inquieta, sentía un viento frío como los que hacen que las hojas se caigan y la garganta te duela. Sinsangre padre, en cambio, tenía en él el efecto de provocarle dolor de tripa. Por eso su madre le llevaba tantas veces a la *masciara* a que le quitara las lombrices.

Solo una vez Michele se enojó conmigo, cuando le pregunté si, dado que su padre era un Sinsangre auténtico, también él algún día llegaría a serlo. De hecho, todavía no me había abandonado del todo el temor de que, tras su apariencia de chico tierno y sincero, escondiera una segunda piel, idéntica a la de su padre, que le cubriera por completo llegado el caso. Su primera reacción fue un gesto de enfado, se encogió de hombros y dio una patadita a una piedra, y cuando me volví hacia él para ver por qué había aminorado el paso, me di cuenta de que tenía los ojos brillantes y me sentí malvada por haberle preguntado algo semejante.

—Perdona —le dije en voz baja.

Michele se detuvo a observarme atentamente. Mis palabras debieron de resultarle tan absurdas que necesitó tiempo para reflexionar sobre ellas. Me pareció como desconcertado por aquella referencia al destino de su padre, al suyo y al de sus hermanos y hermanas.

—Tú no te puedes ni imaginar —afirmó de pronto.

—¿El qué?

—Lo que significa ser hijo de Nicola Sinsangre.

Me hubiera gustado preguntárselo porque, en lo que a mí se refería, sabía lo que significaba ser la hija de mi padre y lo difícil que resultaba a veces. Sin embargo, evité hablarle de ello. Con el tiempo descubriría que se había entrenado en ese papel desde pequeño. Que los movimientos lentos y en parte torpes, la media sonrisa, esa especie de distancia que mantenía frente al resto del mundo eran todas actitudes en las que se había adiestrado. Por un lado, para atenuar el miedo que le tenía a su padre; por otra, para luchar contra el instinto que lo empujaba a querer sacarle el corazón. También él había ideado su sistema salvavidas, al igual que lo habíamos hecho todos en mi familia.

En los periodos negros, bastaba lo mínimo para provocarle un estallido de rabia: una palabra fuera de tono, un mal resultado mío en clase, una discusión con otro pescador o un comentario excesivo de la abuela Antonietta. Su paciencia siempre estaba al borde. En aquella época los arrebatos en la mesa se convirtieron en una costumbre. Entonces Giuseppe miraba mudo a la pared y contaba entre dientes. Contaba hasta que las barbaridades mascculladas por nuestro padre cesaban. En ese momento veía cómo sus ojos recuperaban el azul pálido de la calma, se le deshinchaban las venas del cuello y el pulso retomaba su ritmo normal. Y entonces también Giuseppe se tranquilizaba, aliviado por el hecho de que otra vez la tempestad había pasado. Vincenzo, más duro de mollera y de carácter, cerraba los puños y apretaba los dientes. Se juraba a sí mismo que un día la emprendería a hostias con aquel padre y se las haría pagar. Mi madre, que sentía que antes que a nadie los insultos de su marido iban dirigidos a ella, se quedaba callada unos segundos como entontecida por la nueva afrenta, luego se levantaba triste y se dirigía al telar a trabajar hasta bien entrada la noche. Pisaba el pedal —uno, dos, tres—, golpes sordos y regulares. Concentrada en el *tam* de la máquina, ya no sentía nada, ni dentro ni fuera.

Mi tabla de salvación era en cambio Michele. Alargaba a propósito el recorrido hasta el colegio para no encontrarme con Maddalena y poder estar a solas con él. En realidad, delante de ella no hubiera tenido el valor de ser franca respecto a mi padre, y, además, temía que Maddalena, con su belleza felina, resultase mucho más interesante que yo a los ojos de mi compañero. En aquellos tiempos ya estaba en cuarto de primaria y la percepción de ser infinitamente más pequeña y más fea que las otras niñas de mi clase no había hecho sino aumentar.

Enana, tapón, mediometro eran solo algunos de los epítetos odiosos con que mis compañeros de clase me obsequiaban, pero Michele no. Ambos éramos feos a nuestra manera, diferentes de los demás, y eso nos unía.

La peor frase de todas me la susurró una vez Pasquale al oído, el día que el maestro Caggiano explicaba la Expedición de los Mil.

La historia era una asignatura que me gustaba muchísimo. Me emocionaba cuando escuchaba las hazañas de los héroes que habían sacrificado su vida en nombre de la libertad. Eran ideales muy alejados de la bajeza del barrio en que vivía. Parecía que todos los hombres estaban hechos para realizar gestas importantes. Mientras que las batallas del barrio resultaban en verdad algo miserable. Estirar el dinero para subsistir, pagar el alquiler de una casa ruinosa, un cuchitril de cocina anticuada, cuatro sillas por mobiliario, dos catres para cuatro hijos, chirriantes y con olor a meados todo el año porque el olor se había impregnado en los colchones, baldosines color tierra, la luz entrando como finísimos sablazos a través de los pocos orificios de ventilación de la casa. Aquel rinconcito de clase que era mi pupitre con el tiempo se había transformado en el trampolín de lanzamiento para llegar a otra dimensión que, del pasado o del futuro, no importaba, me permitía escapar. De un lado, la esfera de aire tumefacto y fétido en la que flotaban nuestras casas, todo el barrio hasta el paseo marítimo; del otro, el mundo de arriba que, en mi mente, debía partir de un punto del cielo al que no me era posible aferrarme y más allá del cual comenzaba una realidad distinta.

Las palabras dentro del aula planeaban ligeras y hermosísimas y me transportaban lejos. Por esta razón, el insulto de Pasquale desencadenó en mí una ira que en otras circunstancias hubiera sido inexplicable.

—¿Sabes qué estaba pensando, Malacarne? —empezó a decirme. El nombre de Malacarne había sustituido al mío verdadero y solo mamá y Giuseppe seguían llamándome Maria. Me hablaba desde su banco en la segunda fila, del que se había medio incorporado para acercar la boca a mi oreja izquierda. El aliento le apestaba a cebolla; me dio tanto asco que guiñé los ojos. Pasquale se había convertido en un chico alto y esmirriado, estrecho de hombros y pecho, la cabeza un poco más grande de lo normal. Daba la impresión de tener toda su energía volcada en su altura, dejando la tarea de redefinir todo lo demás en suspenso. Lo único bonito eran sus ojos grandes y muy negros, avivados por una luz malvada que lo hacía ser temido y respetado—. De altura justo, justo, me llegas a cogerme la polla con la boca —añadió, y acompañó la frase con una carcajada maliciosa, mientras de brazos cruzados saboreaba el espectáculo de mi reacción, que fue del todo inesperada incluso para mí.

Me levanté de la silla y le salté encima emprendiéndola a golpes y patadas. Tenía en los tímpanos el eco de su voz odiosa, su gruñido furibundo. Le mordí una oreja hasta hacerle sangre. Sentí su mejilla resbaladiza bañada de sudor. En mis destellos de rabia volvía a ver su boca distendida susurrándome aquella marranada mientras disfrutaba de sus palabras, y su complacencia me llenaba todavía más de rencor. Debería haberme sorprendido el hecho de que él no reaccionase, que no me mordiese también la oreja o me machacase a puñetazos. Pasaron unos segundos, que a mí me parecieron infinitos, antes de que Michele se metiera en medio a separarnos, mientras que el maestro Caggiano, al lado, le indicaba qué hacer.

De pronto me calmé, volví a mi sitio en el banco, con la respiración todavía alterada y un terrible gusto a metálico en la boca. El maestro Caggiano me miraba en silencio. Todos estaban en silencio. En aquel momento me pareció un hombre inmensamente lejano de la tierra que, con su juicio supremo, habría descubierto mi verdadera naturaleza. Lo miré unos segundos, pero no tuve valor para enfrentarme a sus ojos de hielo. Por el contrario, él seguía mirándome fijamente y era como si estuviese registrando por primera vez en su mente cada detalle de mi cuerpo de niña, mis rasgos físicos: tipo cetrino, pómulos pronunciados, frente alta, cabello crespo, corte a lo monje que no favorece. También me miraba Michele, de soslayo, como temiéndose que al final el maestro terminara culpándole a él porque su sola presencia, en calidad de hijo de Sinsangre, me había vuelto así.

Pasquale fue instado por el maestro a levantarse y acercarse a la cátedra. Me fijé en sus mejillas de tez muy clara, sus hermosos ojos engastados como piedras preciosas en una cara árida, lampiña, la frente baja, la mandíbula prominente, unos morros perennemente enfurruñados. Después fui llamada yo también. Iba dispuesta a explicarle todo, a referirle, de ser necesario, las indecencias que me había susurrado con pelos y señales. Seguro que me comprendería y me justificaría, pero en los pocos segundos que tardé en reunirme con Pasquale me di cuenta de lo que había hecho.

El maestro Caggiano se acercó, abrió el cajón y sacó la larga regla que guardaba para infligir castigos. Esperaba que me preguntase qué diablos me había pasado y sobre todo por qué lo había hecho, pero de su boca no salió palabra alguna. Se acercó a mí y a Pasquale con gestos cautos y medidos. Alcé los ojos solo cuando él nos obligó a mirarlo. En aquel momento lo vi como un hombre de carne y hueso. Tenía el pelo rizado a los lados de la cara, alrededor de las orejas, mientras que en la cabeza lo tenía tieso. Los ojos le brillaban, el blanco veteado por muchas venillas rojas. Tuve la sensación de que me estaba mirando más intensamente y más tiempo a mí que a Pasquale, que con su insistencia me estaba diciendo: «¡Cómo has podido, De Santis, justo de ti no me lo esperaba!». Era aplicada en clase, sacaba buenas notas, y en más de una ocasión hasta él me había puesto como ejemplo de alumna diligente. Me gustaba muchísimo leer y, aunque no teníamos dinero para comprar libros, en el verano de tercero de primaria había descubierto en el sótano la librería secreta de papá. Nadie hubiera imaginado que a un tipo como él le gustara leer. Era un espacio propio que custodiaba celosamente. Me encantaron las historias de Agatha Christie y ejercitarme en su lectura me hizo mejorar en el uso de los verbos y en tratar de no confundir la lengua con el dialecto. Una vez el maestro hasta me había dicho que era como una esponja, capaz de absorber todas sus enseñanzas y usarlas en el momento justo. Aquello me enorgulleció hasta tal punto que durante una semana no hice otra cosa que hablar de ello con Michele e imaginar con él cuántos trabajos maravillosos podría hacer de mayor.

Pero ahora estaba allí, con las palmas vueltas al maestro y bajo su mirada de hielo, que me pedía que pagara el precio de mi arrebato. Dio diez palmetazos a Pasquale y quince a mí. Ahí acabó todo, aunque sabía que merecía algo peor. Cuando sonó la campana, Pasquale se fue derecho por su lado sin intentar devolvérmela. Maddalena no me dirigió la palabra, miró para otro lado como avergonzándose de mí. Hice el camino de vuelta con Michele.

—Has hecho bien —me decía—, Pasquale es un capullo.

De vez en cuando lo miraba anonadada, luego a todo lo demás. Las casas me parecían más feas y ruinosas de lo acostumbrado, via Venezia gris e inmunda, la piazza del Ferrarese con un ambiente espectral, un espacio opaco. ¿De verdad pensaba Michele que había hecho bien? ¿También él formaba parte entonces del engranaje ineludible en el que todos acabaríamos? Por el cual la violencia era justa, legítima y hasta heroica.

Nos cruzamos con Mediahembra, contoneándose vestido de mujer arriba y abajo de la calle. Unos viejos se pararon a silbarle y se intercambiaron unas risitas irónicas. Un tipo al pasar al lado se tocó el sexo y puso los ojos en blanco antes de alzarlos al cielo y morderse el labio. Otro le dijo un piropo, uno de esos silbidos que el macho en celo le dedica a la hembra al pasar. Mediahembra lo miró y le puso ojos tiernos. No comprendía que solamente le estaban tomando el pelo, que de haber podido le hubieran escupido y le hubieran pisoteado su bonito vestido de mujer, le hubieran arrancado el pelo con las uñas y le hubieran arañado la cara oscura de maquillaje. Michele caminaba sin mirar a nadie. Yo en cambio lo registraba todo. Me sentí parte de aquel tiovivo obsceno, feo, sin alma. «Soy mala carne yo también», pensé, y me lo susurré en dialecto, como me lo decían algunas veces la abuela y también Vincenzo, aunque yo quería ser otra cosa, una de todas las posibles.

Dejé a Michele y salí corriendo, empujada por una fuerza melancólica, como una especie de violación física que me daba ganas de llorar. Corrí a casa, decidida a contar lo que había hecho, esperando que papá me moliese a palos como hacía con Vincenzo, porque así quizá me sentiría mejor.

La comadre Nannina estaba en su puerta y levantó la mano para saludarme, Rocchino Cagaiglesia jugaba con las canicas en la calle junto a sus hermanos y la mujer de Diminuto pelaba las judías sentada en una silla de paja. Dentro de casa estaban todos. Mamá rallaba el queso *pecorino*, Vincenzo aferraba con las manos la caja donde guardaba el sueldo de sus dos pagas de carretero y Giuseppe hablaba con papá. Los dos ya sentados a la mesa. La poca luz que entraba por el ventanuco había ido a posarse en el centro del mantel.

—¿Qué has hecho, Marì? —me preguntó antes que nadie mi madre—. ¿Te ha pasado algo? Traes cara de susto.

Papá retiró la silla para verme bien la cara. De vez en cuando apartaba la mirada en dirección a Vincenzo, que contaba y recontaba las pocas liras llenándolas todo el tiempo de saliva. Cerraba la caja y la abría otra vez. Movimientos obsesivos que terminaron por poner nervioso a papá.

—¡Como no dejes la caja, cojo el dinero y lo tiro al váter! —gritó por fin.

Vincenzo, que no sabemos si por el ritual de la *masciara* o por las patadas de papá un poquito más manso sí se había vuelto, obedeció y fue a sentarse al lado de Giuseppe. Esperé a que otros sucesos retrasaran el momento de mi confesión, pero ya no hubo más.

—Entonces ¿vas a hablar o no? Traes cara de muerta —me acució papá.

Dejé la cartera y me coloqué el pelo detrás de las orejas. Por un instante no dije nada, la garganta como atravesada por uno de esos cuchillos afilados que papá se había puesto a blandir en la mano. Mamá no lo resistió, pálida como el papel, me cogió por los hombros tratando de verme bien la cara. Las ojeras surcadas por venillas azules, los ojos hundidos, los pómulos altos y angulosos, la cara entera de fiera salvaje. Sabía lo que se estaba diciendo a sí misma. «Marì, tú que eres una chica, ¿también? ¿No me basta con el crápula de tu hermano para darme quebraderos de cabeza? Y luego tu padre...».

—He pegado a Pasquale Partipilo. —Estaba con la espalda recta y las manos juntas, como se hacen las confesiones en el colegio ante el maestro.

—¿Que le has pegado? —Papá dejó los cuchillos y separó más la silla. Quería verme bien la cara—. ¿Y por qué lo has hecho?

Mamá estaba alterada. Parecía a punto de llorar.

—Y le he mordido una oreja. Y le ha salido sangre.

Mamá se llevó las manos a la boca para sofocar un gemido que la estremeció toda. Vincenzo se levantó y empezó con la risita extraña de que hacía gala las rarísimas ocasiones que consideraba que tenían gracia. Comenzaba en sordina con un *jiji* sordo, como las primeras gotas de una tormenta de verano.

—¿Pero por qué lo has hecho, Marì? —me pregunto Giuseppe meneando la cabeza. Él nunca había soportado la violencia, por eso a menudo se enfrentaba con papá, que lo consideraba demasiado débil comparado con otros chicos del barrio.

—Me dijo guarradas al oído. Guarradas feas.

—¿Guarradas?

Papá sopesó mis palabras. Desde hacía algún tiempo vivía instalado en la resignación, donde el tiempo discurre lento y venenoso. Donde lo mismo da tener grandes que pequeños afanes. Recibos que pagar, además de la compra, el material escolar, la ropa, los zapatos, que no duraban nada. Y en la calle, peligros aún mayores. Todo quisque tratando de evitar que le hagan daño, jodiendo al de abajo para salvarse él. Sinvergüenzas, drogadictos, putas de Torre Quetta y del paseo marítimo. Así era y así lo había aceptado. ¡Que te hacen daño, haces daño!

—Has hecho bien —sentenció, volviendo a acercar la silla a la mesa.

—¿Pero qué dices, Antò? —Por una vez era mamá quien no entendía tanta indulgencia. Quizá la bofetada me la hubiera tenido que dar ella y habría tenido razón.

Como imbuido de una nueva seriedad, de la que hacía gala cuando consideraba que ser padre era la misión más importante que Cristo le había encomendado, cogió el respaldo de la silla con una mano y lo giró del todo en mi dirección y la de mamá. Estiró las piernas. Una mano la apoyó en el muslo y la otra la alzó a media altura, con el índice apuntando en mi dirección.

—Escúchame bien, Malacarne. Si quieres que la gente no te joda, debes recordar ciertas reglas. Grábatelo bien en la cabeza —sentenció golpeándose la sien con el dedo—, así un día podrás decir que te lo he enseñado yo y que te ha servido.

Se aclaró la voz y se levantó. Vino a mi lado. Olía a colonia, se había afeitado. Era guapo. Los ojos le brillaban de un azul intenso. En aquel momento no me daba miedo. Si hubiese podido, si hubiese sabido hacerlo, lo habría abrazado, le habría pedido perdón porque yo, al contrario que él, estaba segura de haber hecho algo equivocado, terrible, de lo que me avergonzaba. Eran gestos que, sin embargo, no existían entre nosotros en aquellos tiempos y que he lamentado toda mi vida.

—Regla número uno, Marì, recuérdalo bien, ¡quien golpea primero golpea dos veces!

Las estaciones breves

1

El hijo mayor de Cagaiglesia esperaba a la novia fuera de la basílica. Con una chaqueta cruzada azul y una corbata de un vivo color plata. Tenía una sonrisa bonita y sincera. Guapo, como el mediano de los hermanos, Rocchino, pero de talante más amable. Todos decían que había heredado la maleabilidad de su padre, su carácter dócil, y la belleza de su madre. Resumiendo, cuando se dice que un hijo ha salido realmente bien. Puede que por el cariño que se había ganado al no meterse nunca con nadie y porque se pasaba el día pescando con su padre, lo cierto es que todo el mundo había asistido a su boda con la bella Marianna, la hija del panadero. Guapa ella también, los ojos marrón líquido y un cabello rubio de hada que enmarcaba unas mejillas de terciopelo.

—Dios los ha hecho así de guapos y los ha juntado —murmuraba la comadre Nannina.

También ella se había acicalado para la ocasión empolvándose la nariz, que a cada rato fruncía, quizá por no estar habituada a ponerse tantos polvos, ni a pintarse los labios con una capa de carmín rojo fuerte que no le hacía pasar precisamente desapercibida. La abuela Antonietta asentía con las manos juntas posadas sobre el regazo. De vez en cuando meneaba la cabeza y parecía conmovida o entristecida. En los últimos tiempos se había vuelto más frágil, porque las lágrimas le asomaban con mucha más facilidad y hasta las cosas bonitas le provocaban el llanto.

Cuando Marianna llegó al atrio, también yo me sentí emocionada, y no porque conociese especialmente bien a la novia, con la que a lo máximo me había cruzado cuando iba con mamá a comprar el pan, sino porque la belleza del vestido inmaculado hizo que me picaran los ojos. La larga cola con la que se enredaba mientras avanzaba hacia el novio. Dos tiras de encaje calado que le revoloteaban a los lados del rostro y que la brisa del mar de tanto en tanto levantaba.

—Parece la Virgen de lo bella que está. —Esta vez fue la abuela Assunta, la madre de papá, quien habló. Había vuelto a Bari con su hija Carmela para la ocasión.

Cuando perdió al abuelo Armando —yo todavía era muy pequeña—, decidió trasladarse con su hija mayor a Cerignola. Allí la tía Carmela se había instalado en una gran casa de campo junto a Aldo, su marido, que era quintero. Angela, la otra hermana de mi padre, se había ido a vivir a Australia con su marido, que esperaba hacer fortuna.

En resumen, tenía una familia desmembrada y dispersa por todo el mundo. Parecía que a todos les había sido fácil dejar el barrio, los antepasados, el nubarrón de recuerdos que queda atrás cuando se abandona la tierra de una. Solo mamá y papá se habían quedado, como ostras adheridas a la escollera. Refractarios al inapelable deseo de otros lugares que habían arrastrado al resto de la familia.

Veía poco a la abuela Assunta, por vacaciones de Navidad y Pascua, y en poquísimas ocasiones había puesto el pie en la masía de Cerignola.

—Venid —decía la tía a su hermano—, tenemos animales, a los niños les gustará. —Y papá siempre asentía, pero, por destrozada que estuviera, nunca se atrevía a dejar nuestra casa.

Del abuelo Armando sabía lo que papá me había contado. Que era afable y abierto, que le gustaba coleccionar conchas y que por casa siempre andaba con un librote negro con todo tipo de información sobre los peces, que había aprendido a distinguir durante su vida de pescador. También coleccionaba postales ilustradas que conservaba en un álbum fotográfico compuesto por fundas transparentes hechas por él y que se podían sacar en cualquier momento y cambiar de orden.

—He sacado su inventiva, creo —refería mi padre las pocas veces que accedía a hablarme de él. Y lo hacía solo conmigo, como si fuera la única digna de heredar la atrayente excentricidad del abuelo—. Quería que siguiera estudiando. Decía que estaba dotado, pero en mi familia siempre ha decidido mi madre y ella prefirió que le ayudara con la pesca desde que cumplí trece años. Quién sabe, Marì, se ve que es nuestro destino que el mar forme parte de esta familia.

Al abuelo Armando lo conocía por la fotografía de la cómoda, la única que se conservaba de él. Se parecía a papá y por tanto también vagamente a Tony Curtis, solo que con bolsas fláccidas bajo los ojos y una papada debida a la edad y a los excesivos chilis. Eso era el abuelo Armando para mí. No sabía más.

—¡Pero cómo has crecido! Déjame que toque, toda una mujer —gorjeó la abuela Assunta en cuanto me vio—. Y mira Giuseppe, qué buen mozo. Y Vincenzo. Qué guapos mis nietos. Todos santos.

Se persignó varias veces y se secó los ojos ligeramente húmedos por la emoción. Mamá la besó con reverencia y papá la trató con el azoramiento que mostraba cada vez que la tenía delante. Él también estaba guapo aquel día, y mamá radiante. Creo que las bodas siempre le ponían de buen humor. Por primera vez, aquella mañana me di cuenta de que, en el fondo, ambos eran jóvenes todavía. Mamá tenía pocas canas y escasas arrugas. En la expresión una mezcla de ternura y pesadumbre, porque los años iban pasando e imaginaba que, tarde o temprano, también vería a sus chicos vestidos como las estrellas del cine en el pórtico de la basílica. Eran tiempos en los que todos los adultos me parecían igualmente distantes de nuestro mundo de niños. Atrapados en una vida siempre igual, que a mis ojos aparecía llena solo de obstáculos y pesadas responsabilidades. Abuelos, tíos, comadres: todos igual de viejos. Solo ahora, al recordar aquellos momentos, me doy cuenta de que mi madre debía de tener cuarenta y seis años, lo mismo que mi padre. Que intrigas por hacer y deshacer les quedaban todavía unas cuantas, como también proyectos y puede que algunos sueños. Sin embargo, entonces estaba convencida de que ya no les quedaba nada, que éramos nosotros, los niños y los jóvenes, los que contábamos con el ardor de los pensamientos, con la carne inflamada por las pasiones y los tormentos.

—Marì, ¿te das cuenta? Un día estarás tú ahí, vestida de blanco. Hermosa, como Marianna.

La voz de mi madre me pareció rota de emoción cuando pronunció aquellas palabras, pero no pude resistir la tentación de contestar.

—No, mamá, yo no me voy a casar.

—¿Qué dices, Marì, quieres quedarte soltera toda la vida? ¿Como la *cumma* Nannina?

Me estaba mirando con la cara ladeada y los rizos rojizos revoloteándole sobre los ojos como pequeñas abejas. ¿Qué iba a decirle? ¿Que la idea del matrimonio que me había hecho era la que narraba su vida con mi padre? ¿Que no quería vivir la que a mis ojos parecía una vida de pura infelicidad? Los arrebatos de él, su carácter oscilante, la paciencia infinita de ella, las lágrimas reprimidas en silencio en la cama, los días todos iguales, apagados como apagados me parecían a veces sus ojos de ortiga. Imaginaba que también a ella, llena de ilusión infantil, le habían temblado las manos y el cuerpo al prepararse el día de su boda. Maquillada con esmero, labios resplandecientes, vestido plisado con grandes volantes, un gran lazo en la espalda y la aureola de deslumbrante candor del velo vaporoso y volátil. Guapísimo él también, el atractivo Tony Curtis, con su chaqueta cruzada azul y su corbata radiante. Pero, cuando pensaba en los dos atrapados en la foto amarillenta del día de su boda, estaba convencida de que pertenecía a otra historia, a una vida pasada que ya no existía. Con todo, evité contradecirla y me quedé callada, acogiendo mansamente su sugerencia de que me buscara un buen muchacho cuando fuera mayor y que me casara, porque era la mayor aspiración en la vida de una mujer.

Entretanto, el pórtico se había llenado de invitados. Estaban Diminuto con su mujer, Cesira, y sus hijos; Nicola Sinsangre, que para la ocasión se había puesto chaqueta y corbata, acompañado por su joven y radiante mujer, con un vestidito color ranúnculo que le quedaba que ni pintado. Los gemelos a los que había espiado, ataviados con el traje de los domingos, todo encaje y frufrú, alterados y nerviosos por el calor de la primavera ya entrada. Uno de los dos, el hombrecito, fruncía la boca grande y rosada para quitarse los trozos de puntilla que se le metían entre las encías. La otra, la mujercita, parecía estar loca de alegría emperifollada como una pequeña novia, y aceptaba sin rechistar el vestido de campana que la envolvía entera en el carrito, la capota que le apretaba la cara mofletuda y se la hacía aún más redonda. Detrás de ellos estaban los hijos, Carlo y Michele. Michele... nada más verme me guiñó el ojo y me sonrió. Me pareció un poquito desgarbado con aquel traje gris que le quedaba demasiado apretado en las caderas y le hacía el cuello hinchado. Fingí no verle, aunque me hubiera gustado ir con él y charlar un poco. Eran impulsos que sin embargo trataba de reprimir delante de papá, segura de que no le habría hecho gracia que dirigiera la palabra a un varón, sobre todo al hijo de Sinsangre.

La ceremonia fue larga y bastante tediosa, a excepción de los momentos en que la novia estalló en un llanto inconsolable durante la lectura de los deberes conyugales y el novio, veloz, le ofreció un pañuelo inmaculado que guardaba en el bolsillo. Las mujeres de las primeras filas se emocionaban y se secaban los ojos con toquecitos suaves, como cuando se eliminan las manchas de tinta de una hoja de papel. Detrás de mí estaba Maddalena, junto a sus padres y la vieja *masciara*, que, antes de la ceremonia, se había interesado preguntando a mamá sobre el estado de Vincenzo.

—Parece calmado —se limitó a responder, aunque nada convencida de hecho. Lo cierto era que el espíritu inquieto de mi hermano seguía atormentando a toda la familia y probablemente también a él.

El trabajo de carretero le había durado un par de temporadas, hasta que empezó a relatar extraños sucesos que hacían horrorizarse a mamá y a la abuela, muy sensibles para ciertas cosas. La recogida del hierro con el carro era un trabajo que había que realizar preferentemente muy avanzada la noche o de madrugada, de modo que Vincenzo contaba que a aquellas horas, al amparo de la oscuridad, sucedían cosas extrañas en el barrio.

Una vez había vuelto todo sudado, gritando que una jauría de perros callejeros lo habían rodeado y que a punto habían estado de morderle y degollarle. Él se había puesto a gritar y había agarrado una tranca de hierro para ahuyentarlos y entonces los perros se habían alejado. De repente no volvió a verlos más. En otra ocasión la cosa había sido aún peor. Regresó temblando y despertó a todo el mundo. Parecía un loco o un demente, como su amigo Salvatore el

Puerco, porque, con la cara desencajada, daba vueltas a la cocina, se sentaba en la silla y se levantaba, iba y venía otra vez nervioso por la estancia.

—Virgen de los Dolores, otra vez tiene al demonio —decía mamá sollozando.

—Cálmate, Terè, que aquí el demonio no pinta nada. ¡Vincè, ahora te calmas y nos cuentas qué carajo has visto! —Papá se había puesto el gorro de pescador, había encendido un cigarrillo y solo se tranquilizó cuando Vincenzino, ya calmado, se sentó a su lado a la mesa.

—Había una nube negra que me seguía —empezó a relatar por fin con la cara lívida de miedo y los ojos hundidos—. Iba detrás de mí ululando.

—¿Ululando? —repitió papá—. ¿Pero qué carajo dices?

—Digo que había una nube negra que me seguía ululando. Digo lo que he dicho. Y había unas cadenas que golpeaban el carro. Yo corría y ella seguía allí, pegada a las ruedas.

Mamá se puso a llorar. Giuseppe negaba con la cabeza presa de incredulidad, y yo, en cambio, corrí con el pensamiento a ciertos relatos escuchados de boca del maestro Caggiano. A las calles desoladas y tenebrosas de la Edad Media, verdadero hervidero de peligros, a los condenados en los círculos dantescos, y me asombré gratamente al comprobar que mi interés por estudiar me permitía, la única de mi familia, analizar los acontecimientos sucedidos a mi hermano con cierta distancia, una especie de docta consciencia.

—Vincè, o estás realmente enfermo o quieres darnos a todos por culo. —Esta vez parecía que la paciencia de papá iba a estallar hecha trizas. De hecho, su mano había empezado a recoger briznas inexistentes de la mesa y el pie a golpear intermitentemente al ritmo de una creciente indignación. Vincenzo lo estaba mirando con cara siniestra, la mandíbula contraída y la cara en un triángulo que parecía un punto pequeño encajado entre los hombros.

Mamá corrió enseguida a protegerlo.

—Yo digo que ese trabajo no te va bien. Antò, Vincenzo tiene que encontrar otro trabajo. —Papá había empezado a respirar fuerte. No se sabía si estaba tratando de sujetar las cuerdas vocales que querían explotar en uno de sus arrebatos plagados de blasfemias o si más bien aquel hijo nacido atravesado le había provocado afanes de cuerpo y alma que tarde o temprano se habían convertido en un inmenso pesar. Con voz débil, decidió zanjarlo con unas cuantas imprecaciones. Hijo de Satanás, Cristo coronado, Virgen santa, pero aquella vez nada de palos. Puede que se hubiera convencido de que no había nada capaz de arreglar la cabeza de Vincenzo.

—Sea —había sentenciado por fin—, pero te buscas tú otro trabajo, Vincè. Yo no hago el ridículo agachando por ahí la cabeza por ti.

Mamá suspiró y corrió a abrazar al hijo atormentado, que enseguida se liberó del abrazo porque no estaba acostumbrado a tanta delicadeza. Todos se habían puesto de pie para volver a la cama —pues faltaba ya muy poco para la hora de levantarse y la noche era tan hermosa como echada a perder—, cuando una ráfaga de viento sacudió la ventana e, introduciéndose gélida en la casa, empezó a revolotear por la habitación como un duendecillo maléfico que quisiese ver de qué consistencia estamos hechos los pobres mortales. Tras examinarnos a todos a placer, el vientecillo satánico se fue tal como había venido y de golpe la luz de la cocina se apagó.

—Jesús, María y José —exclamó mamá persignándose repetidamente, y, esa vez, uno por uno todos la imitamos.

2

Llegamos de los primeros al salón del convite. Se llamaba Grotta Regina, en Torre a Mare, y estaba colgado en el acantilado.

—Papá y yo también nos casamos aquí.

Mamá me lo había dicho una vez, pero había sido hacía mucho. No frecuentábamos demasiado la zona de Torre a Mare y no porque distase muchos kilómetros de Bari. El mar que conocía era el que se extendía al otro lado del paseo marítimo. A veces el de San Giorgio, pero solo cuando mi madre lograba convencer a papá para que nos desplazáramos. Un par de veces habíamos estado en la playa de San Francesco, un auténtico lujo para gente como nosotros. En las raras ocasiones había vivido el suceso con tal excitación que la noche anterior no había podido dormir. Recuerdo lo diferente que me parecía la arena, de un esplendoroso color oro; límpida el agua, la marea insólitamente baja, tanto que podíamos caminar varios metros sin que el agua nos llegara a la barriga. Maravillosa el agua, perfectos los frecuentadores de aquella larga lengua de arena. Los adultos, los niños, los viejos, todos me parecían espejismos, sombras de seres en los que nosotros no podríamos transformarnos ni en otra vida que tuviéramos. El tono de las madres tenía la solemne serenidad que da la abundancia. Los padres mostraban el celo pacífico del desahogo económico. Hasta los llantos de los niños unían a la protesta un punto de altivez que parecía el anticipo exacto del puesto que esperaban que iba a corresponderles en el mundo.

Recuerdo que tomaba nota de cada gesto, me fijaba en cada palabra, en las uñas pintadas de las mujeres, en el esmeradísimo maquillaje, en la ropa de los padres, en los bañadores de las niñas. En los peinados bien hechos, las trenzas perfectas, los vestidos de lunares blancos.

Mi alegría se transformaba en una especie de medio luto. Que resultaba inadecuada me parecía ostensible sin que nadie me lo dijera. Ni mis habilidades en el colegio, ni las veces que el maestro Caggiano me decía: «¡Muy bien, De Santis, eres muy despierta!», todo perdía su significado y acababa en el desván de los trastos inútiles. Lo que aprendía jamás me permitiría convertirme en una de aquellas niñas. Entre ellas y yo había una distancia infinita, la misma que cubría los cincuenta pasos que separaban el barrio viejo del corso Vittorio Emanuele. Si alguien me hubiera preguntado si puede una persona sentirse extranjera en su propia ciudad hubiera contestado que sí entonces, y puede que todavía hoy.

La mesa que nos habían reservado estaba al fondo de la sala, algo lejos de los novios y de los parientes más íntimos. Nos sentamos junto a la familia de Maddalena, pero por suerte la *masciara* no había venido al convite. Ella odiaba aquel tipo de fiestas. Maddalena estaba realmente preciosa. Durante bastante rato no logré apartar la mirada de su rostro de porcelana y su vestido azul. También a mí me hubiera gustado un vestido así, capaz de poner de relieve una femineidad de la que yo todavía carecía. Era 1985 y las dos teníamos diez años, solo que ella aparentaba muchos más por los muchos halagos de mujer a los que ya parecía acostumbrada. Me percaté de que Rocchino Cagaiglesia —que tenía la edad de Vincenzino— no le quitaba los ojos de encima, y ella jugaba a hacerse la gata parpadeando.

Entretanto entraron los novios, acogidos por los alegres aplausos de los invitados y los continuos disparos de los dos fotógrafos que desde por la mañana no habían hecho otra cosa que enturbiar el aire con sus flashes molestos. Una orquestina, colocada a la derecha de la mesa de los novios, entonó la marcha nupcial. Marianna y su marido les contaron a todos que habían estado posando para el álbum de la boda en el puerto turístico de Torre a Mare. Ella sentada en una barquita amarrada y él en el acto de cogerla en brazos. Resguardados en la muralla mirando el mar. El guapo Cagaiglesia ciñéndola por las caderas frente al mar. Esta parte de casarse me gustaba, sobre todo hacer el papel de una actriz. Cuántas veces había soñado viendo a Sofía Loren, imaginando que un día sería como ella, y no solo por el físico que todas envidiaban, sino también por los modos, los papeles que interpretaba, mujeres fuertes y temperamentales que no necesariamente se dejaban domesticar por los hombres. Un modelo diferente de aquel para el que la vida de todos los días me entrenaba. Qué distinta me parecía mi madre y también Marianna en aquel momento, dispuesta a dejarse guiar por su marido en los difíciles pasos de baile, a tropezar con el vestido y sujetarse a él, aferrada a la presa firme de su amor. Parecía casi frágil, atada a él como quien se ata por necesidad a alguien más fuerte.

Yo, en cambio, no quería depender de nadie. De pronto me sentí completamente diferente. Me sentí sola y busqué con la mirada a Michele, que aplaudía alegre. Me aterrorizaba que se hubiese sentado pegado a su padre y que tuviera cerca a su hermano Carlo. Qué feo me resultaba, qué parecido a Nicola Sinsangre, con esa jeta amenazadora y esos ojos minúsculos. Y qué diferente de mi amigo era en sus maneras. Engullía la comida a toda velocidad y ya bebía vino empinando el codo hasta la altura de la cara. Andaba torpemente, embutido en un traje demasiado estrecho que le hacía el tórax prominente, la barriga saliente y unos hombros anchos donde la cabeza parecía encajada, como si no tuviera cuello donde apoyarse.

Estaba ya avanzada la tarde cuando la orquesta empezó a tocar algunos temas rápidos, canciones que jóvenes, adultos y viejos conocían bien, un nutrido repertorio de Adriano Celentano. Bailaban todos, arrastrados por una alegría ebria que había contagiado a jóvenes y viejos. Los novios en el centro y todos los invitados alrededor. Los niños pequeños saltaban alegres y levantaban el vestido de la novia cuando puntualmente se topaban con ella. Mi madre y mi padre también bailaban, Giuseppe con una chica rubia que no conocía, pariente de la novia, y también bailaba la abuela Antonietta con la comadre Angelina. Mujeres con mujeres. En nuestra mesa solo quedamos sentados Vincenzo y yo.

—¿Te diviertes? —le pregunté de pronto—. Aquí todo el mundo se divierte.

—A mí las bodas me dan asco —puntualizó, con su habitual tono áspero.

—Maria..., ¿quieres bailar? —La proposición de Michele me sorprendió. El tartamudeo torpe de sus palabras me recordó mucho los primeros días de colegio. No sabía bailar, solo lo había hecho una vez con mi hermano Giuseppe, y todo el rato le había estado pisando los pies. Dejé a Vincenzo mohíno en su rincón, mientras las demás parejas pasaban rozándole, a veces le tocaban una pierna, pero él no decía nada, permanecía insensible a la diversión como una piedra sin alma. Di la mano a Michele, que me aguardaba, y llegué titubeante al centro del salón. La orquesta entonó *24.000 besos*, canción que conocía de memoria porque cuando estaba de buen humor mamá la canturreaba contenta. Michele me cogió por la cintura, la palma de la mano abierta al final de la espalda, nuestro primer contacto físico de verdad. Qué extraña pareja, yo minúscula y flaca y él grande y gordo. Fuimos dando vueltas, deslizándonos ligeros entre las parejas enloquecidas. No le pisé, en su abrazo había algo firme que me impedía no seguir sus pasos. Lo hacía bien, la pesadez de su mole no le impedía tener movimientos seguros.

—Qué bien bailas. —Se lo dije mirándole a la cara, reparando quizá por primera vez en que tenía unos bonitos ojos verdes, grandes, rasgados, y las pestañas rizadas.

—Tú también.

La orquesta no paraba, el ritmo se hacía vertiginoso, algunas parejas paraban, volvían a la mesa con la respiración entrecortada; sentían el estómago pesado y las piernas cansadas. Yo en cambio me sentía aliviada, la pesadez que sentía en el corazón se me aligeraba bailando. Michele y yo no hablamos más. La música estaba fuerte, él demasiado concentrado en sus pies y en los míos y yo demasiado pendiente de seguirlo.

Le miraba, pero era como si mirase otra cosa.

—Un, dos, tres —entonó de pronto, casi como queriendo recuperar el ritmo que seguramente había perdido.

—Un, dos, tres —murmuré también yo.

Un, dos, tres...

Si cerraba los ojos me sentía volar.

Un, dos, tres...

Si cerraba los ojos lograba recrear la realidad, la rediseñaba a mi antojo.

Un, dos, tres...

Mi padre, Vincenzino, la *masciara,* Nicola Sinsangre ya no eran una amenaza que vigilar, el fruto enraizado de una planta enferma.

Un, dos, tres...

Si cerraba los ojos todo me parecía transfigurado y nuevo.

El miedo se escabullía.

Y fue con los ojos cerrados como me sentí arrastrada por un brazo. Cuando los volví a abrir, Michele estaba inmóvil en el centro del salón, algunas parejas bailaban todavía, otros, de pie y mudos, miraban la escena. Papá tiraba de mí con fuerza. En aquel momento, lo sentí como un ultraje, y a él lo percibí como una figura extraña que llegaba de las sombras, emergía de otra dimensión y me fagocitaba para que volviera a caer exactamente en el mundo del que había tratado en vano de alejarme. Mamá estaba detrás de mí y le imploraba en silencio a su marido que no hiciera una escena, que todos ya nos estaban mirando y que desde luego no querría arruinar la fiesta a los novios y al resto de los invitados.

Unas mujeres, que cuchicheaban en corrillo junto a las ventanas, me observaban. Con cara de consternación seguramente se preguntaban qué había liado la hija de Tony Curtis para que la sacara así de la pista. Cuando papá se sentó, evitó mirarme. No estaba acostumbrado a tomarla conmigo y se notaba que en aquella partida él jugaba con desventaja.

—Tú con el hijo de Sinsangre no bailas. —Lo dijo en voz baja, porque no podía permitirse que Sinsangre padre oyese su afrenta.

—Si es un amigo del colegio —trató de terciar mi madre, pero hizo mal porque ahora papá ya tenía en quien descargar su furia.

—¿Pero por qué me obligáis a hacer estas cosas?

La habitual pregunta que nos repetía primero a nosotros y luego a sí mismo antes de perder la paciencia o inmediatamente después de haber despachado mandobles a diestro y siniestro. Recorrí el salón con los ojos de un lado a otro. Quería asegurarme de que Michele no estaba oyendo, que nadie se daba cuenta de lo que sucedía en nuestra mesa, y recé para que la familia de Maddalena estuviera entretenida con el baile. Pero los acontecimientos no siempre se pliegan a nuestra voluntad y, cuando Maddalena y sus padres volvieron a sentarse, los ojos de papá todavía estaban encendidos. El demonio había vuelto a poseerlo y no quería abandonarlo.

—¡Dios, lo digo en serio, Terè, si no enderezas a tus hijos, te mato con mis propias manos! ¡Te mato a ti o los mato a ellos! —Y esta vez no tuvo escrúpulos en alzar la voz.

El tema de Celentano había terminado, la orquesta había enmudecido, superada por la voz de papá, que cuando quería adquiría el timbre grave de las fieras. Acudió también la abuela Antonietta.

—¡Aléjese, señora, o empiezo con usted! —amenazó a mi abuela, que se desplomó en la silla sin pronunciar una palabra.

Mamá se miraba las manos en el regazo, le temblaban los labios y el cuerpo entero era sacudido por gemidos breves, intermitentes, como los escalofríos causados por una repentina ráfaga de viento.

—No hablo en broma. O vais tiesos como una vela u os mato a todos.

Y el plato que tenía delante lo redujo a dos trozos perfectamente iguales. La salsa se derramó por el bonito mantel bordado, por su traje bueno, por sus manos que aún le temblaban de indignación. Cerré los ojos y esta vez esperé no volver a abrirlos nunca más. Veía delante las imágenes de la procesión del Viernes Santo. Cristo muerto con la corona de espinas, la Virgen de los Dolores con las lágrimas de sangre, los costaleros cubiertos por los capuchones blancos y los cirios en la mano, las comadres dándose golpes de pecho, con las cabezas contritas cubiertas de velos negros. Me sentía encarcelada. El llanto me salió como un fragor ahogado. Era la primera vez que lloraba después de una escena de papá. Nos levantamos todos y lo seguimos al coche. Giuseppe y Vincenzo caminaban ligeros, mamá y yo lentas, a sus espaldas, como las comadres en las procesiones.

Papá nos dejó a la puerta de casa y salió a escape por la A 112, refugiándose quién sabe dónde. No lograba decirle nada a mamá, aunque habría querido. Fue ella la que se me acercó y me abrazó. Luego, como vencida por un cansancio infinito, se desplomó en las escaleras que conducían al sótano. Se quitó todos los oros con que se había acicalado para la ocasión y se arregló el cabello que la humedad y el sudor le habían apelmazado a los lados de la cara. Me senté un escalón más abajo y durante un ratito estuvimos así, como dos figuritas planas, atrapadas en un engranaje que ninguna de las dos era capaz de parar.

—La otra noche tuve un sueño, Marì. Me ahogaba. Movía los brazos y las piernas para mantenerme a flote pero el agua me llevaba cada vez más dentro. Te veía a ti, a Giuseppe y a Vincenzo en la orilla, mirándome desesperados, pero no podíais hacer nada por mí.

—¿Y después, mamá? ¿Qué pasó después?

—Justo cuando todo alrededor se volvía negro, lograba agarrarme a la cola de una sirena que me sacaba del agua y luego salía volando. Entonces ya no era una sirena sino un pájaro. ¿Qué te parece, Marì? Me llevaba lejos, cruzando mares infinitos y cielos azules, hasta el otro lado del mundo.

—¿Y cómo era, mamá? ¿Cómo era el otro lado del mundo?

—Feo, Marì, y eso que yo me lo esperaba bonito. Una tierra grande y abandonada, con montañas y árboles esqueléticos. Allí volvía a veros a ti, a Giuseppe y a Vincenzo, pero estabais delgados, delgados, como los árboles de alrededor, y tu pelo estaba seco y marchito como espigas de trigo al sol. Parecíais rudos, salvajes. Luego desde lejos llegaba tu padre, me gritaba que volviera al mundo de antes, porque el nuevo, el lejano, era mucho más feo.

—¿Y tú volvías?

—Luego el sueño se acababa. Me lo he preguntado también yo, pero creo que habría vuelto. No ha sido siempre así, Marì, te lo juro. Tu padre, me refiero. No ha sido siempre así.

La miré como si quisiera confiarle mis pensamientos más secretos, mis emociones más profundas, pero las palabras se me morían en la garganta junto con las lágrimas que trataba de contener. Mamá me levantó la barbilla y me miró bien.

—Tú eres guapa, Marì. Eres buena. Eres la mejor de todos nosotros. —Estaba convencida de que no merecía tanta benevolencia—. ¿Te he contado alguna vez cuando tu padre y yo nos conocimos?

Negué con la cabeza, con una desgana en el cuerpo que me impedía responderle con más entusiasmo.

—Entonces, Marì, ponte aquí a mi lado, que es una larga historia.

La edad de los recuerdos

1

Cuando mamá y papá se conocieron, ella trabajaba como asistenta para la acaudalada familia de Latorre, propietarios de caballos desde hacía generaciones. Latorre padre se había casado con una mujer rusa bellísima. ¿Fue de ella de quien mamá aprendió la actitud de la señora que presume de tener posibles desde joven, la indiferencia de quien se siente privilegiado, el modo de mirar al mundo desde las alturas, como sopesando el género en el mercado, ese contonearse seguro y atractivo? Cuando la señora rusa mandaba a mi madre a hacer la compra al mercado, ella se maquillaba toda, se empolvaba mejillas y nariz y luego se ponía bien de carmín rojo en los labios.

—Parecía una actriz americana —decía siempre, con una media sonrisa velada por un tinte de melancolía—. Tenía el pelo de un caoba tan brillante que parecía postizo y los ojos color ortiga y unas pestañas largas, largas.

Si mamá hubiera podido estudiar solo unos añitos más hubiera hablado muy bien. Tenía talento de escritora, aunque se equivocaba al usar los verbos y cuando hablaba en italiano intercalaba términos de dialecto. En cualquier caso, no era culpa suya no haber podido estudiar más que hasta tercero de primaria. Su instrucción se interrumpió en 1947, cuando aún llevaba largas trenzas con lazos blancos y tenía la cara llena de pecas. Era la cuarta de cinco hijos, tres varones y dos hembras. Su casa daba a la piazza del Ferrarese. Dos habitaciones y un pequeño baño ganado al hueco de la escalera. Todos, hijos, madre y padre dormían en una única estancia, que en las ocasiones importantes hacía de comedor. Las mujeres en la cama de matrimonio y los hombres en catres que de día desaparecían plegados debajo de la cama. La abuela Antonietta y mamá, las que más abultaban, se acostaban en los extremos, y la tía Cornelia, la más pequeña de los hijos, una niña enclenque, de pies largos y enjutos y hombros escurridos, ocupaba el centro de la cama. Por la noche la estancia adquiría el aspecto de un lazareto, con tanto jergón ruidoso pegado a la pared y el engorro de la gran cama nupcial reinando en el centro de la habitación. Los santos en sus cuadros colgados de cuerdas velaban por todos, vigilando a los durmientes con sus ojos inundados de llanto. El silencio se convertía en un sustrato leve, obstruido por respiraciones, golpes de tos, esputos y efluvios corporales. Los tres hermanos de mamá se fueron a Venezuela cuando aún eran unos niños. Lo que se sabe de ellos es que abrieron un taller que arregla carburadores, la Casa del Carburador. De cuando en cuando llegaban fotografías que la abuela Antonietta se desvivía por enseñar a todo el barrio.

Al principio despreciaba a las mujeres, negras como la pez, a las que sus hijos abrazaban. Sin embargo, con el tiempo se había acostumbrado a sus caras redondas, a las narices achatadas y a los ojos alargados y grandes como avellanas. Ninguno de los tres se había casado, pero habían llenado con su descendencia el pequeño pueblo donde vivían, Puerto La Cruz, que bullía de niños que llevaban los nombres de la abuela Antonietta y el abuelo Gabriele.

—Son las costumbres de los países civilizados —decía con tono sabihondo la abuela Antonietta cuando la lengua viperina de alguna comadre se atrevía a hacer chistes groseros sobre el escaso pudor de sus hijos varones—. No son tan antiguos como nosotros. Aquello es América.

Cornelia, la hermana, al crecer se convirtió en una joven agraciada, aunque siguió siendo un pequeño ser inconsistente como una muñeca, raquítica de tórax y sin el más mínimo indicio de pechos. Al tener los hombros estrechos, la cabeza parecía más grande de lo normal y los brazos más largos. La salvaban los ojos, grandes, alargados y oscuros, capaces de sublevar los más opuestos instintos en los hombres, que iban de la brutalidad a la ternura. Pero la más hermosa de la familia era ella, mi madre.

Los vendedores del mercado se volvían a mirarla siguiendo el rastro de la fragancia que dejaba a su paso y se llevaban la mano al corazón. Teresa se limitaba a sonreír con discreción, elevando apenas la comisura de los labios. Soñaba con dejar la casa Latorre. Alguien como ella no podía quedarse de asistenta toda la vida.

Así, un día de octubre llevaba puesto un vestido crema ceñido en la cintura, con grandes hombreras y un adorno de encaje cubriéndole los pechos poderosos. Estaba quizá más hermosa que de costumbre y caminaba apresurada para ir a recoger unos vestidos a la modista. No solía pasar a menudo frente a la piazza del Ferrarese. No le gustaba porque allí era donde vivían sus padres y su hermana Cornelia y prefería evitar que Gabriele y Antonietta la vieran ataviada de señora. Su padre seguro que le habría tomado el pelo y le habría advertido de que no se le subiera a la cabeza. Sin duda era guapa, pero no quería que se hiciese demasiadas ilusiones aspirando a pretendientes imposibles. Así que casi evitaba los muros y caminaba en el cono de sombra que las casas proyectaban junto a la acera. Esperaba pasar inadvertida.

Perder la cabeza por ella fue para mi padre cuestión de un segundo. Su piel aceitunada se bronceaba enseguida y los potentes rayos del sol del recién terminado verano la habían obsequiado con un bonito tono melocotón y le habían adornado la nariz y las mejillas con unas deliciosas pecas. Le pareció hermosa como una pintura, de cortar el aliento como una maravillosa obra de arte.

—Señorita, ¿puedo ayudarla con la compra?

Sonreía con seguridad, y al mostrarse serio e indiferente ante mi madre por un momento ella vaciló. Se fijó en sus grandes ojos claros y en el óvalo de la cara que parecía de mujer. Y pensó que estaba perdida al descubrir el maravilloso hoyuelo que formaba un perfecto círculo justo en mitad de la mejilla derecha. El desconocido olía a brillantina recién echada en un pelo negro como alquitrán y también a polvos de talco y a colonia.

«Virgen, qué guapo es», pensó suspirando, pero no dijo nada. Durante unos segundos fue como una escena muda.

Ella más que orgullosa parecía prendada y él había vislumbrado cómo sería el futuro. Teresa se quedó contemplándolo un poco más, la frente despejada, las manos suaves de largos dedos ahusados. Las uñas parecían perfectas escamas de cera, no estaban amarillentas como las de su padre. Por un momento se sintió inapropiada y empezó a juguetear con uno de sus rizos rojizos. Un gesto que sabía de defensa y de azoramiento.

—Se lo llevo, señorita —dijo él pasando de la pregunta al hecho, y alargó la mano para cogerle las bolsas. Durante unos instantes los dedos de ambos se rozaron. Un toque muy leve que para ella fue una descarga eléctrica. Pasó por alto la fuerza de aquella sensación e inició el camino de vuelta. Le apremiaba dejar la plaza. Ahora más que nunca nadie debía reconocerla. Permanecieron en silencio hasta la Muralla. Antonio saludó con un gesto de cabeza a los hombres parados en el bar del mercado, luego fue pasando revista uno por uno todos los puestos casi como si Teresa fuese una extranjera y precisara de guía—. ¿Dónde vive? —le preguntó de pronto, mientras ella miraba a todas partes nerviosa porque no quería ni que él viese ni que nadie le viese a él. Pero, aunque hubiese querido, no hubiera sabido decirle al desconocido que la dejara en paz.

—En casa de los Latorre —contestó apresurada, acelerando el paso lo más posible—. De asistenta —dijo al fin. Suspiró al comprobar que la noticia no surtía el mismo temido efecto que en su padre; por el contrario, él se limitó a asentir y le sonrió.

—Claro, sé dónde es. La acompaño.

Se despidieron en la puerta. Ella, apurada y tímida, le hizo un gesto con la mano y se volvió.

2

Todos los vecinos del barrio llevaban la ropa nueva comprada con ocasión de la festividad de San Nicola, acontecimiento que constituía todo un privilegio para la gente del lugar. Antes del jolgorio en las calles y en la plaza del mercado, el santo exigía su buena hora de recogimiento en la basílica ante su figura custodiada en una de las capillas de la nave lateral. Un cerco de cuerpos abarrotaba el pórtico antes de la celebración solemne, y a los lados de la entrada dos mujeres rechonchas, vestidas de negro, vendían velas con la efigie de San Nicola y libritos con la vida de los santos. Mi padre estaba allí, con su amigo Gigino y un corrillo de otros jóvenes devotos. No sabía que mi madre ya lo había visto entre el gentío. En el interior de la iglesia, una intensa luz hendía las vidrieras. Años después le había contado a mi madre que se había sentido confundido, que la había buscado insistente con la mirada y que se había dejado dominar por malos presentimientos. En efecto, la ausencia de mi madre podía significar que no era devota. Y si no era devota, ¿qué mujer podía ser? Igual una mujer moderna —las había a montones por entonces—, con minifalda, la melena increíblemente lisa y hasta un cigarrillo en los labios. No podía negar que mujeres tan emancipadas y seguras de sí mismas lo turbaban, pero no era con una así con la que él hubiera querido formar una familia. Buscaba una chica moderada, es más, hasta hacía tan solo unos días todavía no sabía que buscara una mujer. Antes de haberla visto y de oír su risa la idea del matrimonio ni siquiera se le había pasado por la mente. Sin embargo, ahora sabía claramente, como claros eran los pensamientos de aquella mañana, que quería casarse y dedicarse a algo más grande que su vida de pescador. Que las juergas con los amigos y las noches bebiendo vino.

Le contó a mi madre que estaba casi a punto de renunciar a la esperanza de encontrarla cuando, más allá de los rostros y los veletes negros que cubrían la cabeza de las mujeres más devotas, al fin descubrió su rostro junto al de una mujer que se le parecía mucho. Únicamente con los ojos más hundidos y cansados, más arrugas y algunos kilos de más, pero conservaba la gracia de la figura. Se demoró entonces en el perfil perfecto de la joven que le había quitado el sueño, cuya piel de ámbar parecía brillar en la oscuridad de la iglesia. La expresión le pareció casi ceñuda, muy diferente de la levedad que le había notado unos días antes. Y sin embargo su genuina belleza le deslumbró por segunda vez. Tragó un bolo espeso y amargo de saliva y respiró con esfuerzo. En el vientre todo era un bullir de emociones nuevas y extrañas, un traqueteo de piececitos que le oprimían, le estiraban y por último le retorcían las tripas a base de bien. Mi padre, alto y fuerte, forjado en el tronco del olivo y crecido sin halagos, de pronto se veía sin defensas. No soportaba la idea de que ella lo rechazara y lo ignorase.

Entonces agachó la mirada y sintió que no soportaba las bocas que le respiraban alrededor y los cuerpos calientes que expelían sus humores junto al suyo. Por unos instantes una sensación de vértigo le nubló la vista y tuvo necesidad de salir para respirar aire fresco. Pidió perdón a San Nicola, pero en aquel momento toda la energía la tenía volcada en un único pensamiento: mi madre. Por la extraña alquimia que se desencadena cuando se encuentra el amor, cualquier otra distracción parecía de poca relevancia, meras manchas de gris sobre una tela de colores llamativos. Apoyó la espalda en la pared encalada de una vieja casa, justo frente a la iglesia, y meditó sobre el hecho de que el pensamiento de mi madre parecía colmarle todas las carencias. Le recordaba a su abuela de joven, antes de que la enfermedad la corroyese y la volviera vieja y esquelética antes de tiempo. La mujer que había templado el corazón duro de su abuelo. Pero también le recordaba a su madre de joven, como la había visto en las fotografías de los tiempos en que había conocido al abuelo. Y también a sus hermanas, las niñas que lo dejaban mudo y sin gracia con su labia veloz, las compañeras del colegio, su primera enamorada en segundo de primaria.

Mi padre miró a su alrededor y la calma surrealista del pórtico lo abrumó, haciéndole saborear por unos instantes el sabor metálico de la soledad. El aire enrarecido de las primeras horas de la tarde se mezclaba con el silencio. Todo el barrio estaba recogido en torno al santo y parecía encontrar paz en la contemplación beatífica del rostro de San Nicola. Mi padre, no.

En aquella maraña de pensamientos, el tiempo de la celebración de la misa transcurrió veloz sin que mi padre se diera cuenta. Así que se encontró de nuevo rodeado por bocas que respiraban, cuerpos que sudaban y un despreocupado palique que lo aturdía. Dispuso de unos pocos segundos para darse cuenta de que tenía que aguzar la vista y echarle valor o primero encontrar el valor para luego mirar con atención. Cuando mi madre salió de la iglesia y pasó a su lado, sintió que un viento frío le recorría la espalda. Hubiera debido moverse e ir tras ella, pero un peso más grande que la voluntad lo mantenía clavado allí, hecho un todo con aquella pared encalada. Y de nada servía tacharse de estúpido y de inútil una y mil veces. Entretanto ella pasaba con mi abuela, orgullosa y altiva, como algunas damas de alta alcurnia que moraban en castillos y palacios principescos. Aquella altivez le complació y la hizo aún más deseable a sus ojos. De pronto se notó invadido por una gran opresión y por primera vez en su vida se sintió un inepto. Un pobre ignorante de lenguaje impreciso al que se le había metido en la cabeza casarse con una princesa. Meneó la cabeza, mientras la figura pequeña y sinuosa de mi madre había llegado al centro de la plaza. Se demoró largo tiempo en la curva de sus caderas rotundas, que un vestido negro ceñido resaltaba. Ella lo vio, pero fingió indiferencia. Entonces mi padre rebuscó en los bolsillos de los pantalones, convencido de tener un cigarrillo en alguna parte. Tenía necesidad de sentirse más hombre y más fuerte y fumar le podía ayudar. Dio una larga calada y luego soltó todo el aire posible. Aquel día no había tenido valor para ir tras ella de nuevo, pero la próxima vez lo lograría. Y aquel juramento cobró fuerza en su interior, hasta el punto de convertirse en el más solemne de los compromisos.

—Va a ser mía —dijo suspirando, y desvió la mirada a otra parte.

Cuando mamá me contaba aquellas cosas de mi padre tenía la impresión de que los recuerdos no habían nacido únicamente de las confesiones de él. Era una historia que ella había ido adornando, interpretando, cambiando, para que se correspondiera exactamente con su íntima versión de los hechos.

3

Es muy probable que mi madre acogiera ese propósito la misma noche en que volvió a verlo, pero su carácter esquivo le impedía dejarse llevar con tanta facilidad. Cuanto más remisa se mostraba ella, más se enardecía mi padre y más convencido estaba de que era la mujer de su vida. Pasaron varias semanas antes de que volvieran a encontrarse.

Era ya verano y los cerezos en flor alegraban el corso Vittorio Emanuele con una explosión de colores hasta el teatro Margherita. El aire era cálido y estaba endulzado por el aroma de lavanda que adornaba los balcones panzudos. Casi todos los jóvenes del barrio andaban en corrillos disfrutando del sol. Otros se sentaban en los bancos del paseo marítimo. Alguno fumaba con la espalda apoyada en el tronco de un olivo y expulsaba el humo mirando al cielo. Mi padre liaba un cigarrillo. En el preciso momento en que llegó mi madre, se encontraba justo en la fase inicial de la operación, tratando de desdoblar el papel para colocar el tabaco. Para engañar al tiempo mientras pensaba en ella, en los últimos meses había aprendido a aromatizar el tabaco con clavo de olor, y que los cigarrillos salían mejor si se utilizaba papel hecho con paja de trigo. No la vio enseguida, también porque ella en un principio no dijo nada. Se plantó delante de él inmóvil. Solo cuando Gigì, su amigo, le hizo una señal, alzó la vista y la vio. Papel y tabaco volaron, se le cayeron de las manos, e instintivamente se puso de pie, aunque sin saber exactamente qué decir ni qué hacer. Mi madre no hubiera sido capaz de explicar con palabras la sensación nueva que experimentaba cada vez que lo veía o simplemente lo imaginaba. En aquellos meses lo había evitado a propósito porque, aunque era resuelta, le costaba admitir que aquel chico aparentemente como tantos otros conseguía alterarla por dentro.

Para ella era una sensación nueva. ¿Excitación, quizá? ¿Curiosidad? La vida le había enseñado a no dar nada por descontado. El destino podía quitarte las cosas más preciadas y no había modo de recuperarlas. Empezaba a sentir la urgencia de tomar la ocasión antes de que alguien lo hiciera en su lugar.

Se quedaron mirándose, sin más. En silencio, a un paso el uno de la otra. Increíblemente, fue mamá quien habló primero:

—La señora ha organizado una cena. Me llevaré pescado fresco.

—Muy bien, lo que quiera la señorita —asintió él, recuperando la actitud arrogante de su primer encuentro.

—Mañana por la mañana —repuso ella apresuradamente, y se alejó.

Sin embargo, no fue hasta el final del verano cuando la historia de mi madre y mi padre tomó forma. Dado que es imposible para un enamorado saber lo que sucede en el corazón de la persona amada, él no podía imaginar lo difíciles que fueron aquellos meses para mi madre. Le sucedía que por las noches se desvelaba, andaba distraída y no veía a las comadres saludarla con la mano. Era lo suficientemente madura para advertir el peligro del impulso que la empujaba a él. Tres veces había hecho el ritual de la cáscara de nuez que se deja en el alféizar de la ventana. Las mujeres de la familia le habían enseñado que, cuando el corazón late por un chico, había un sistema antiguo para saber si era el adecuado. Había que vaciar la cáscara de nuez y llenarla de sal gruesa. Colocarla en la ventana y dejarla toda la noche. Si al día siguiente la sal estaba intacta, el amor sería sólido y duradero. Si se evaporaba toda, entonces se trataba de una coladura de «chiquillos» destinada a irse como había venido. La primera vez, unos días después del primer encuentro, mi madre probó a hacer el ritual y la sal permaneció intacta. Inquieta e indecisa, había probado otra vez después de comprar el pescado y aquella vez en la cáscara había quedado agua. Así que decidió volver a intentarlo a principios del verano y esta vez ya no había encontrado sal.

Entonces buscó refugio en la única persona influyente que conocía: el Padre Eterno.

—Jesús mío, dime tú qué debo hacer. Antonio parece un buen muchacho. ¿Y si me estoy equivocando?

Había momentos en que mamá se juraba a sí misma que iba a mantenerse a distancia de aquel chico, pero en el instante mismo en que se persignaba para sellar su juramento sentía que no sería capaz de cumplirlo. Y así, una mañana de agosto, la madre que me traería al mundo fue a casa de mi padre a buscarlo.

Con la magia de un fin de verano sofocante, lleno del incesante chirriar de las cigarras y el bochorno del favonio, por fin las oraciones de una y otro fueron escuchadas. Mi madre no sabía qué hacer ni qué decirle. Se consideraba fuerte y atrevida, pero en aquel trance le temblaban las piernas como cuando de niña tenía un mal sueño. Él salió distraído de casa. La vio y no la vio en realidad, porque a la primera ojeada le siguió otra una fracción de segundo después, con la que quiso cerciorarse de que era ella de verdad. Estaba hermosa con su vestido liviano de flores, que le dejaba los hombros al aire y le hacía el escote más atrevido. La falda plisada y acampanada le llegaba a las rodillas y dejaba al aire unas piernas bronceadas y relucientes. Con la piel que tenía, en cuanto le daba una pizca el sol parecía una negra.

—¿Qué tal? —preguntó él, con un tono de inquietud y expectación, de esperanza y flaqueza.

Mi madre le sonrió.

—Cuánto tiempo —añadió él, pero cualquier intento de hilvanar un discurso se desmoronaba miserablemente. Le vibraba la voz, parecía que le costara trabajo salir. La sonrisa en los labios de mi madre murió, su bello y terso rostro quedó petrificado, creó entre ellos un muro de desencanto. Mi padre hubiera querido gritar, saltar, dar patadas a las piedras.

Los gestos que a lo largo de los años su cuerpo había ideado como defensa para los momentos de dificultad. Qué útiles le hubieran resultado en aquel preciso instante... Pero mi padre sabía que aquel no era el modo de afrontar la situación. Debía actuar como un hombre y hablar como un hombre. Entonces recordó una de las frases que más le gustaban de la película *Lo que el viento se llevó.* La había visto en el cine, y no había hombre en el país que no hubiera soñado al menos una vez en la vida con experimentar el amor de Rhett Butler por Escarlata O'Hara.

«De una cosa estoy seguro: sé que te amo, Escarlata. A pesar de ti y de mí y del estúpido mundo que se hunde, te amo». Qué fácil hubiera sido pronunciar aquellas mismas palabras para mi madre, pero le faltó valor. Presa de un nerviosismo incontrolable, empezó a rascarse la nuca, a mover la pierna adelante y atrás, y por fin se metió las manos en los bolsillos del pantalón y la contempló.

Lo que hizo después no le fue dictado por ningún gesto premeditado, ni impulsado por un improvisado valor. Lo hizo y se acabó. Sacó las manos de los bolsillos y la agarró con fuerza por los hombros, luego se inclinó para besarla con la misma pasión de Rhett a Escarlata. De una manera vacilante y torpe, porque había besado a otras chicas, pero nunca por amor. Se soltó de su boca unos instantes para mirarla y convencerse de que seguía allí esperándolo todavía. Mi madre tenía los ojos brillantes y la boca anhelante. Volvió a inclinarse y esta vez la abrazó toda, la pegó a su cuerpo como si quisiera tenerla sujeta para siempre.

Territorio de ida

1

Era primavera. El bochorno lo envolvía todo como un paño funerario. Las moscas sarnosas habían tomado por asalto el mercado de pescado y se posaban sin control sobre los peces, zumbaban alrededor de los ojos, se pegaban a las manos de los viejos, imitadas por nubes de mosquitos que formaban un remolino en el aire enrarecido. A veces, a la salida del colegio Michele y yo corríamos al mar. Íbamos al muelle, a ver las barcas pequeñas y de vivos colores amarradas. Sabía que mi padre podía descubrirnos, lo que para mí hubiera significado meterme en un buen lío. La idea de su cólera me aterrorizaba, pero quizá era más grande mi miedo a imaginar mis días sin la compañía de Michele. Así que me arriesgaba.

—¿Tu padre no te ha llevado al mar todavía? —me preguntaba siempre.

—Todavía no.

—Yo de mayor me voy a hacer una barca, pero no para pescar, para irme lejos.

—¿Lejos dónde?

—Donde acaba el mar.

—Donde acaba el mar hay otra tierra.

—Sí, pero seguro que es mejor que esta —concluía.

Nos quedábamos callados contemplando el chapoteo del agua. Y cada ola me traía un pensamiento o una pregunta. Eso te hace el mar. Sin que te des cuenta, tienes ganas de llorar y un nudo enorme en el estómago. Cuando me invadía esa sensación, quería escabullirme. Y Michele me seguía sin decir nada.

En aquella época me esforzaba mucho con los estudios y mamá siempre me alentaba.

—Tienes capacidad, Marì. Tú ocúpate del colegio, que de la casa ya me ocupo yo —me decía para dispensarme de las tareas domésticas.

El maestro también me animaba cada vez más con palabras de aliento. Había intuido mi pasión por la historia y el italiano. Un par de veces me había llamado a la pizarra para que leyera una redacción. Asentía satisfecho y a continuación decía estas palabras exactas: «Aprended, borricos, así es como se escribe».

Yo era la primera en asombrarme de mis buenas notas en italiano, más que nada porque en casa solo escuchaba dialecto y a menudo yo también lo utilizaba, y no solo para responder a mis padres, sino también a Vincenzo, a Giuseppe y a las comadres. El dialecto me salía solo como dardos envenenados, sobre todo cuando algo me contrariaba, y en más de una ocasión estuve a punto de soltar un par de burradas también en el colegio. Algunas compañeras de clase habían tomado por costumbre burlarse de mí por mi estatura, porque todavía no me había desarrollado y ellas sí, porque el pelo me crecía pegado a los lados de la cara como cogollos de lechuga, porque tenía la piel demasiado oscura y las piernas flacas hasta lo inimaginable. Sabía que las ofensas partían de un plan premeditado de Maddalena, que, envidiosa de mi rendimiento académico, recurría a aquellas bajezas para hacerme sentir de cualquier modo inferior a ella.

Hoy, con tantos años de distancia, encuentro difícil distinguir honrada y claramente qué emociones provocó en mí aquella batalla librada con frases solapadas e insultos. Solo puedo recordar la tristeza de una tarde casi estival, una de las pocas fiestas de cumpleaños a las que me habían invitado en mi infancia. La escuela primaria llegaba a su fin y en el aire se respiraba el perfume efervescente del verano, las vacaciones, los días pasados holgazaneando, sin deberes, controles ni obligaciones escolares.

Era el undécimo cumpleaños de Maddalena. Para la ocasión lucía un vestido turquesa claro que revoloteaba en cada movimiento, y cuyo amplio escote realzaba un busto bien hecho, de formas ya pronunciadas. Había invitado a toda la clase para hacer ostentación del vestido nuevo, de los muebles nuevos con los que mamá había decorado el jardín, de la televisión nueva y también del vídeo nuevo, con el que todo el mundo se divertiría viendo los nuevos episodios de *Bésame Licia.* El cuerpo bien hecho avanzaba con equilibrio de funámbulo. Maddalena medía los gestos, las distancias, los golpes de tos, los bostezos: como un prestidigitador maneja las cartas, con esa maestría cuidaba ella cada gesto de su cuerpo. Las otras niñas la miraban admiradas, imitaban su seguridad, le bailaban alrededor como abejas ante la miel, saltándole divertidas alrededor cuando ella se permitía un comentario ocurrente, copiando su modo coquetón de hablar a los varones.

Comimos bollos, empanadillas, canapés y toda suerte de manjares dispuestos con mucho esmero en una gran mesa muy bien puesta. Jugamos a la rayuela, ella muy atenta a no descomponerse demasiado sus larguísimas trenzas. Todo discurrió normal durante horas. Un par de veces regañé divertida a Michele, que intentaba saciar su apetito voraz y mezclaba sin control dulces con mayonesa. Llegué incluso a reconsiderar mi opinión sobre Maddalena, sintiéndome culpable por todas las veces que había pensado mal de ella. Sin embargo, de pronto la velada tomó un rumbo inesperado. Maddalena se colocó en medio del patio y reclamó la atención de todos.

—Ahora vamos a jugar al juego de la verdad —empezó, escrutándonos con mirada avispada. Nos sentamos en círculo, obedientes como buenos alumnos frente a la maestra. Hasta Mimmiù y Pasquale parecían animalillos amaestrados, temerosos de arruinar la escena—. Pero solo pueden hablar los chicos —siguió.

La miré atentamente, el rostro perfecto, un perfil de cine, los ojos brillantes, de un verde transparente. Me fascinaba, me atemorizaba, me ponía frente a una serie de sensaciones punzantes que me abrasaban el estómago.

—Todos los chicos tienen que decir quién les gusta. O sea, cuál de las chicas de clase es su preferida.

Las otras se miraron intimidadas. ¿Quién podía competir con ella? Esa piel diáfana y luminosa, esos dedos largos, esos tobillos finos que sostenían unas piernas interminables.

La nuestra era una clase casi toda de chicos. Los chicos utilizaban a menudo su superioridad numérica para tratarnos con desprecio o salirse con la suya cuando era necesario tomar decisiones que afectaban a todo el grupo. A pesar de ello, ante el juego de Maddalena se mostraron cohibidos. Empezó Pasquale, que era el más chulo también en situaciones difíciles.

—A mí me gusta Marisa —declaró rascándose la nuca.

Marisa era una niña rubia guapa, un pelín excesiva de formas, abundancia que quizá compensaba la exagerada delgadez de él.

Uno detrás de otro, los nombres de mis compañeras fueron resonando en el espacio vacío del patio, entre el chirrido de las cigarras y el ruido de las motos que pasaban zumbando a toda velocidad. La preferida resultó ser Maddalena, pero a todas las eligieron al menos una vez. Solo yo me quedé fuera. Por eso, cuando le llegó el turno a Michele, que era el último, lo miré fijamente a la cara esperando que dijera mi nombre. Siempre había pensado en él como en un amigo, todavía no estaba preparada para considerar masculino y femenino como dos opuestos que pudieran atraerse y gustarse más allá de una simple amistad, pero en aquel momento para mí era esencial gustarle al menos a él. Michele miró a su alrededor, las manos atenazando las piernas, los pies moviéndose dentro de los zapatos como si de pronto le quedaran muy estrechos.

«Venga, dilo. Di mi nombre», susurraba para mí.

Alzó la vista y miró primero en mi dirección, luego al centro del patio.

—Me gusta... —Se embarulló con las letras como en sus primeros días de colegio—. Maddalena —confesó al fin.

Mi corazón comenzó a latir bajo mis frágiles costillas como el de un ratoncillo cogido en una trampa y así continuó durante los minutos que duró aquella pausa. Sentí los ojos de Maddalena clavados en mí, vi su mirada de fiera salvaje, de pequeña Comeveneno dispuesta a soltar su veredicto.

—¿Has visto, Maria? Nadie ha dicho tu nombre. No le gustas a ninguno —se carcajeó satisfecha.

En aquel momento sus ojos me parecieron profundos como abismos, capaces de verdad de fulminarme como los de una bruja. Se me aceleró el pulso. «La mataré», me repetía. «La arañaré, le arrancaré los ojos. ¿Quién se cree que es?».

—Lo siento —dijo titubeante Michele, interrumpiendo el flujo de mis pensamientos. Volví furibunda la mirada hacia él. Lo consideraba mi amigo y en cambio me había traicionado. «Traidores todos. Que os jodan. No sois nadie. No tenéis futuro». Y de repente saberme las poesías de memoria, las tablas al dedillo, saber distinguir los Alpes cocios, grayos, marítimos, etcétera, retener en la mente los nombres de los siete reyes de Roma se convirtió para mí en una necesidad primaria. El conocimiento sabía a guiño, a rescate, a mordedura letal. «Vosotros, apestosos, no valéis nada». Así que escudriñé de reojo a Michele. Tenía los puños contraídos y le temblaban los labios.

—Eres un cabrón —le dije seca, y me fui sin saludar a nadie más. La mala carne, otra vez más, me había salvado.

Por la noche daba vueltas en la cama sin poder dormir. Sentía la respiración suave del sueño de mis dos hermanos. De la alcoba de matrimonio no llegaba ningún sonido. Hasta la calle estaba silenciosa. Me levanté y fui muy deprisa al baño. Coloqué una silla justo delante del espejo, cerré la puerta y me desnudé. Me escudriñé con mirada seria, volviendo la cara a derecha y a izquierda, como si la imagen pudiera cambiar. Qué feo me veía el tórax con las costillas prominentes, la cintura ancha de niña, de la misma anchura que las caderas. Los brazos filiformes parecían demasiado largos para un cuerpo tan delgado. Encontraba irritante hasta mi vientre, redondo y duro, infantil. Pensaba en la sinuosidad de Maddalena, las formas rotundas de Marisa, los signos de la edad adulta que podía encontrar en cada una de mis compañeras de clase. Pensar en mi diferencia era como sentir los dientes de un perro rabioso clavados en mi cerebro, en la cavidad de los ojos. Mordían, herían, me hacían sangrar. Hoy se me hace difícil imaginar que verme aún como una niña pudiese causarme toda aquella conmoción emocional. Sin embargo, mi aspecto físico aludía a otras carencias. La cara pequeña, las piernas delgadas, el vientre prominente, signos de un desarrollo incompleto que remitía a un mundo doloroso donde la misma vida era una contingencia incierta, un pescado sin ojos, un árbol sin raíces.

2

Era casi finales de mayo cuando el maestro Caggiano convocó a mis padres, cosa que despertó una gran preocupación sobre todo en mamá.

—Marì, pero ¿estás segura de que no has hecho nada? —me preguntó papá ya en pie de guerra.

Yo negué rotundamente, pero debo admitir que en los días anteriores a la entrevista trataba de escudriñar en el rostro del maestro cualquier señal que me permitiese intuir sus intenciones. Todo intento de hablar con él era un suplicio. Temía que papá no fuese capaz de mantener una conversación, que se expresara de modo demasiado vulgar o simple. Que mamá se trabase con el italiano, como le sucedía cuando intentaba exhibir un lenguaje demasiado culto. En pocas palabras, me avergonzaba de mis padres. Mamá insistió además en llevarle un *marsala* al huevo hecho por ella.

—No viene a cuento, Terè, es un hombre instruido. Puede comprarse todo el *marsala* que quiera.

Pero mamá no cedió. Para la ocasión se vistió con especial cuidado, se cardó el pelo como las mujeres de la televisión, se puso un vestido de punto de un rosa vivo, con un escote capaz de suscitar la envidia de mujeres mucho más jóvenes. Papá la contempló con picardía y empezó a provocarla con alusiones íntimas, creyendo que yo era todavía demasiado pequeña para interpretar ciertas señales. Salimos de casa con expresión a un tiempo de asombro y temor y llegamos más bien silenciosos a via San Sabino, donde estaba mi colegio. Caminábamos lentamente y yo miraba a mi alrededor como si fuese la primera vez que mis ojos se posaban en lugares de mi vida cotidiana. Antiguos patios convertidos en habitaciones. Antiguas capillas utilizadas como almacenes, escaleras que atravesaban muros, muros que volvían a elevarse por encima de los techos. La comadre Angelina peinando a su anciana madre, *cumma* Nannina haciendo pasta a la puerta de su casa sobre una piedra ancha y gris. Niños descalzos persiguiéndose unos a otros y silbando.

—¿Dónde vais tan acicalados? —nos preguntó en dialecto *cumma* Nannina, sin dejar de amasar velozmente con sus manos esqueléticas.

—Nos ha llamado el maestro —respondió mamá.

—¿El maestro? —Y abrió la boca de par en par—. Pues felicidades —concluyó.

A medio camino me detuve para frenar el corazón, que me iba a galope, y pensé en las veces que había citado de memoria las palabras del maestro, en la historia de Garibaldi, en las operaciones con fracciones y en las otras materias escolares que más me había costado dominar. Luego suspiré profundamente y seguí a mamá y a papá, que ya habían entrado.

A través del pasillo, entre dos filas de pupitres, con el corazón que se me salía, vi al maestro Caggiano inclinado sobre unos papeles, con unas gafas finas que le hacían la nariz aguileña aún más afilada. Nos vio a los tres, luego movió las manos para espantar a las moscas. Qué ridículo le debió de parecer el teatrillo de la madre y el padre vestidos con la ropa de los domingos..., la madre con los labios pintados y la gran pulsera de oro que la abuela le había dejado en herencia. El lazo blanco en mi pelo. Y también fuera de lugar el italiano forzado de ella y la reverencia de él, perdido en la chaqueta de hacía tres años y que ahora le quedaba grande. Frente al maestro nos esperaban tres sillas.

—Por favor —dijo, haciendo el gesto de que nos sentáramos.

Me senté en el centro, con la espalda recta, como él nos había enseñado, y las manos frías y sudadas sobre los muslos.

—Me alegro de que hayan venido los tres.

Mamá miró a papá y este le devolvió la mirada. Me pareció extraña, tanta complicidad entre los dos. Se limitaron a asentir. Siguió un largo monólogo sobre la situación sociocultural del barrio de San Nicola, en el que el maestro denunciaba la grave degradación de nuestra barriada y cómo ello repercutía tristemente también en el futuro de nuestros niños.

—Y la degradación es también lingüística, señores De Santis —dijo llegados a un punto—. Ustedes, por ejemplo, si puedo preguntar, ¿qué lengua utilizan en casa, delante de la niña?

Mamá y papá se volvieron a mirar. Nunca había visto a mi padre tan cohibido.

—Parte en dialecto y parte en italiano —confesó mamá, y el temor con que se expresó dejaba entrever que esperaba la reprensión del maestro.

—Es cierto, señora. Y en todas partes pasa lo mismo. Estos niños crecen sin conocer la lengua de nuestro país. Son forasteros en su patria. —Se ajustó las gafas y luego decidió que mejor se las quitaba del todo. Cerró un folleto arrugado que tenía en las manos y las unió en oración—. Resumiendo, señor De Santis, les he citado aquí porque encuentro extraordinarias las cualidades expresivas de Maria. Más extraordinarias aún por cuanto florecen en un contexto tan... —Dejó de retorcerse las manos y frunció los labios, antes de pronunciar el término exacto—. Tan miserable, digámoslo.

Me esperaba que papá tomase aquella afirmación como una ofensa. En cambio, nada. Encajó el agravio y tragó saliva como pudo. El maestro entonces pasó a explicarles el asunto en cuestión.

—Sí, resumiendo, se queda con todo. Asimila mis palabras y luego las utiliza como es debido.

Empezaba a sentirme a mis anchas. Me gustaba que mamá y papá estuvieran orgullosos de mí. En un momento dado el maestro sacó del cajón un trabajo mío, lo abrió y se lo enseñó. Mamá no leía muy bien y se retiró frunciendo los labios en una sonrisa apenas esbozada. Papá, en cambio, que amaba los libros, comenzó a leer con fluidez, siguiendo mi complicada letra sin ningún problema. Recordaba bien aquella redacción. La había escrito en la época de las Navidades. El maestro había dejado en cada pupitre una postal navideña y nos había pedido que comentáramos la imagen, inventando una historia relacionada con el dibujo. Recuerdo que a la mayoría de la clase le costó mucho escribir una sola página. A mí en cambio la tarea me entusiasmó. Un refugio de montaña, una pequeña chimenea cubierta de nieve, un manto blanco alrededor y un cielo estrellado. Un lugar perfecto para una familia perfecta.

—Verán, señores De Santis, su hija tiene madera de narradora.

Mamá se enderezó en la silla y me miró sonriente.

—Yo lo sabía, profesor. Siempre le digo a Maria que tiene cabeza y que tiene que estudiar.

—Cállate, Terè, deja hablar al maestro.

El profesor se volvió a calar las gafas y escribió un nombre en una hoja de papel.

—Miren —continuó enseñándonos la hoja—, si me permiten, creo que Maria debería cursar la enseñanza media en un centro apropiado para su sensibilidad. Aquí no tendría el seguimiento adecuado. Demasiados sinvergüenzas para meter en vereda. No hay tiempo para ocuparse de los chicos que destacan y con el tiempo ellos también se malogran.

Mamá y papá se miraron perplejos.

—Es un magnífico instituto, un poco lejos de aquí, pero Maria podría coger el autobús.

Recuerdo bien el impacto que fue para mí leer Sagrado Corazón de Jesús. «Las monjas —pensé—. Me manda a las monjas». Mi corazón empezó a palpitar fuerte. No creía estar hecha para la rigidez de un instituto religioso, para la moderación en todos los aspectos de la vida. Estudio y espiritualidad.

—Piénsenlo. No tienen que responderme de inmediato. Obviamente, el instituto es de pago, pero estoy seguro de que sor Linda, la madre superiora, si yo se lo solicito, podría darles un trato de favor.

—Bien, lo pensaremos —replicó razonable papá. Estaba a punto de añadir algo, pero el maestro se levantó ruidosamente de la silla y se inclinó hacia delante tendiéndole la mano.

—Ahora, lo siento, tengo que despedirles, pero ya habrá tiempo para seguir hablando, si quieren. Se trata del futuro de Maria.

Se despidió sin dignarse dirigirme una mirada, cosa que me hirió porque me esperaba un cachetito en la mejilla o cualquier otro gesto de aliento, pero el maestro Caggiano no era dado a las ñoñerías.

3

Durante una semana, en casa no se habló de nada más. Se convocó a la abuela Antonietta, la comadre Angelina, la comadre Nannina, la mujer de Cagaiglesia y hasta a la mujer de Diminuto. Desde las cuatro de la tarde desfilaba una procesión de amas de casa, cada una con una labor en las manos por terminar. La comadre Angelina hacía mantas de ganchillo, jerséis de lana para niños y patucos de todos los colores. Apoyaba las agujas en la barriga, tan enorme que parecía la quilla de una barca, y suspiraba. *Cumma* Nannina cosía, pero su pasión era el macramé. Tenía manos veloces como flechas, capaces de tejer telas de araña con maestría y al mismo tiempo hablar durante horas. Las otras dos no eran buenas con el ganchillo, pero siempre llegaban con judías para pelar o chismes de que murmurar, «garbanzos que masticar», como se decía en dialecto. Se sentaban todas en círculo tras los cristales de las ventanas y, mientras hablaban de mi futuro con las monjas, comentaban historias oídas de otras mujeres añadiéndoles variaciones distintas cada vez, maquinadas con el único fin de no aburrirse y de hacer chistes cada vez más ocurrentes. Establecían una jerarquía de desgracias por la cual, si la abuela Antonietta se lamentaba de tener una ciática horrible, *cumma* Nannina le respondía: «¡Pues anda que lo que tengo yo!», y todas empezaban a quejarse de tal o cual achaque que las mortificaba desde tiempo inmemorial. Los temas preferidos eran las muertes y los accidentes, aparte de los cuernos conyugales.

A veces mamá llevaba la conversación hacia los afanes de cada día, entonces contaba el trasiego de las tareas de la casa, del pescado que escaseaba desde que los pescadores insensatos —como los llamaba ella— destruían los fondos con las redes de arrastre, del cansancio de Giuseppe, que trabajaba por unas pocas liras, y de Vincenzo, que, desde que había dejado el trabajo de carretero, hacía de lavaplatos en una pizzería del barrio. Mi ingreso en un instituto religioso podía significar un modo de redención para toda la familia, compensaba nuestras carencias y ofrecía un rayo de salvación para todas las generaciones De Santis.

Al final, mamá suspiraba con pesar y recogía del suelo las cestas que hacía con los restos. Se ponía al trabajo con las manos arrugadas como ramas resecas y evitaba mirar a las comadres a la cara, porque sabía que en cada una de aquellas caras habría intuido algo que le hubiera provocado las ganas de llorar. Así que las comadres se retraían, primero apartaban el rostro y luego miraban a otro lado.

La sentencia de papá llegó dos semanas más tarde. Era la hora de comer y ya habían llegado Vincenzo y Giuseppe. Vincenzo estaba presumiendo de lo buen lavaplatos que era ya.

—En un mes me compro la moto. Vamos que me la compro. Esta vez seguro —decía, dirigiéndose más que a nada a sí mismo, con la cabeza baja y las manos en la mesa. Giuseppe se reía porque, aunque era mayor, jamás había pedido una moto, no hubiera sabido qué hacer con ella. Prefería caminar. Mamá cocinaba y de tanto en tanto metía baza. Cuando llegó papá, se hundió en la silla y de pronto parecía tener cien años. Se quitó el gorro y se rascó la nuca.

—Dame vino, Terè, del fuerte.

Mamá se preocupó. Quizá se temía uno de sus arranques. En las últimas semanas lo habíamos visto particularmente nervioso. No llegaba el dinero. Por la noche, cuando no salía al mar, él y mamá hacían números una y otra vez, y cuando a la enésima vez les salían unas liras de más, gritaba a mi madre y la tachaba de pobre ignorante.

—¿Con quién me he casado yo? ¡Con una que no sabe contar ni cuatro liras!

Los oía desde la habitación. Sudaba, me revolvía en las sábanas, contaba yo también con mi madre, mentalmente. «Mamá, no te equivoques. Después del veintidós va el veintitrés, sigue así, que vas bien». Y todavía hoy, con años de distancia, recuerdo con la misma ternura que entonces su rostro agitado, la tensión de la concentración, su atrevimiento manejando conceptos, números, operaciones, su inferioridad frente a papá, que comparado con ella se creía instruido y versado. Y, aunque desde otra habitación, vivía las imaginadas miradas de papá como una agresión leve, no física pero sí desconcertante. Ella se equivocaba y él gritaba. El puñetazo en la mesa me sacudía toda, un nudo duro en el estómago, saliva amarga que se me pegaba a dientes y lengua.

—Lo odio —murmuraba para mí—, odio a mi padre.

Vincenzo y Giuseppe dormían tranquilos y eso me molestaba. En aquellos momentos hubiera necesitado confiarme a un hermano, una confidencia íntima y secreta que hubiera hecho mi batalla contra él una misión común. Al mismo tiempo envidiaba su inocente despreocupación. Quizá, simplemente, ambos eran mejores que yo.

Sin mucho adorno de palabras mi padre comunicó su decisión:

—Maria irá al Sagrado Corazón —sentenció después de tomarse de un trago el vaso de vino—. Pero el dinero no lo tenemos —continuó—, y, si se va a hacer, tu madre tiene que ayudarnos —concluyó.

Mamá me sonrió. Sabía que la abuela Antonietta estaría dispuesta y feliz de contribuir a mi educación con las monjas.

—Mamá nos dará el dinero..., seguro.

—¡Qué bien, Maria! —dijo Giuseppe rozándome un hombro—. Así serás una persona instruida, como el hermano de Maddalena.

Maddalena... Las monjas eran mi desquite. Ahora también ella tendría que tratarme con respeto.

—Muy bien, entonces —protestó Vincenzo—, si Malacarne va a las *cape di pezza**, yo me compro la moto.

---

* Expresión dialectal para referirse a las monjas que, literalmente, significa «cabeza de tela». *[N. de la T.]*

Papá se volvió y le dio una bofetada, dejándole en la mejilla la marca enrojecida de los cinco dedos. Puede que necesitara desahogarse, y Vincenzo siempre estaba en el sitio equivocado en el momento equivocado. Yo, por mi parte, estaba aterrada pero también contenta. No veía la hora de volver con Michele. Ya no estaba enfadada por su confesión en la fiesta de Maddalena. No me salía estar de morros con él, y en aquel momento me moría de ganas de contarle que, a pesar de mis titubeos, pronto estaría estudiando en el mismo sitio que la Bari bien.

Territorio sin retorno

1

Vincenzino reía en contadas ocasiones, y las pocas veces que lo hacía era cuando estaba abstraído sacando brillo a su ciclomotor Ciao de segunda mano, comprado con la paga de las dos temporadas en que había trabajado de lavaplatos en una pizzería. Al final había conseguido convencer a papá. Le encantaban las correrías por el barrio sobre todo con Carlo, su compañero de aventuras. Aquella moto era su tesoro más preciado y también parecía su amiga más querida, porque Vincenzo, mientras la pulía de arriba abajo, iba enumerando con un murmullo monocorde cada parte de que estaba compuesta. Faro, una sonrisa, culata, una sonrisa, convertidor, carburador y así sucesivamente, una sonrisa. Mientras Vincenzo sacaba brillo a su moto, yo pasaba mucho tiempo en compañía de Michele, que había acogido de manera un pelín titubeante la noticia de mi ingreso oficial en el Sagrado Corazón.

—Estoy contento, siempre has sido inteligente, allí estarás bien —me dijo en cuanto supo la noticia.

Pero yo lo conocía bien y sabía que, cuando se ponía contento de verdad por algo, los ojos se le iluminaban como los de un niño pequeño. Rehuí pedirle explicaciones. Diversas aflicciones me tenían distraída. En efecto, estaban sucediendo muchas cosas en mi familia y pensar en todos los cambios a la vista me mantenía despierta por la noche y alterada por el día. Para empezar, iba a ir a las monjas, y el acontecimiento bastaba para formar revuelo entre todas las mujeres del barrio, empezando por mamá y la abuela. La noticia llegó hasta a la abuela Assunta, que se empeñó en mandarme un paquete desde Cerignola con lápices, plumas y cuadernos de una señorita de verdad, porque —le hizo escribir a la tía Carmela— no podía permitir que me presentase en un sitio así por las buenas con el material ordinario que mi madre me habría comprado.

El otro acontecimiento que estaba a punto de alterar profundamente a mi familia era la marcha de Giuseppe al servicio militar, prevista para septiembre. Desde que había recibido la notificación para su incorporación, la cara de mi madre no había perdido su expresión de pesadumbre. Lo miraba con aire perplejo, sin fuerzas para hablarle. Giuseppe, por su parte, parecía contento de vivir aquella nueva experiencia. Era un chico que no se arredraba ante las dificultades y creo que no le disgustaba estar lejos del mercado de pescado un año entero. Se había echado una novia, Beatrice, la hija de su empleador, un pescadero que ganaba bastante con su puesto, con el que recorría todos los mercados del barrio. Fue Maddalena quien me lo contó. Era siempre la primera en conocer las historias de amor que nacían en el barrio. Desde que supe que tenía novia empecé a mirar a mi hermano de otro modo. Quería descubrir en él las señales que deja el amor. En realidad, esperaba encontrar en su cara el ardor que había inflamado a las grandes pasiones de la literatura, los tormentos de Paolo y Francesca, los amores secretos y poderosos de Ginebra y Lanzarote. Sin embargo, lo único que noté, para mi desconsuelo, fue que se arreglaba más y que se perfumaba mucho también con la loción para después del afeitado de papá, pero esto era bastante normal en los chicos de su edad. Mamá lo miraba ponerse mudo la chaqueta, cambiarse la raya del pelo a la izquierda y luego a la derecha antes de salir por fin a la calle.

—Mi hijo está hecho un hombre —murmuraba, ahogando de raíz un brote de llanto.

Al caer la tarde, la calle estaba silenciosa. Giuseppe corría hacia su amada con mirada dichosa. Los ecos de las comadres, las voces chabacanas de los vendedores, el alboroto de los niños, ya no se oían. A esa hora me estaba prohibido salir, papá lo consideraba muy peligroso. El silencio, según él, amparaba negocios sospechosos, encubría el tráfico de los Sinsangre y hacía de las calles un lugar de pecado.

Michele y yo nos veíamos a menudo por la mañana. A veces también venían con nosotros Maddalena, Rocchino Cagaiglesia y en algunas ocasiones Pasquale. Nos gustaba recorrer el paseo marítimo. Rocchino y Michele se tiraban desde el espigón, aunque el agua pareciera profunda y amenazante y sucia de algas y de espuma de las barcas.

Pese a tener un cuerpo aún fuerte y pesado, Michele era muy bueno lanzándose desde las rocas, de cualquier altura. En el aire, su figura redonda y torpe volaba, y cuando caía al agua apenas salpicaba.

—Michele te hace ojitos —me decía algunas veces Maddalena, con su usual toque coquetón que le era consustancial.

Yo me encogía de hombros y evitaba responderle. No me gustaba su compañía, era un modo de escaparme de la monotonía de casa. No me interesaban esos escarceos amorosos que en algunas ocasiones veía nacer entre ella y Rocchino.

—Una vez hasta me besó —me confesó una mañana—. Rocchino me ha besado en los labios.

Sentí cierta repugnancia al pensar en la humedad pegajosa de una boca invadiendo la tuya, entrando en un espacio todo tuyo, tan íntimo y secreto.

—¿Y no te ha dado asco? —le pregunté picada por la curiosidad.

—¿Pero qué dices? ¿Asco? Se ve que los chicos no te hacen mucho caso.

—Pues mejor. Soy yo quien no les hace caso a ellos. —Sin embargo, seguía hiriéndome el modo en que volvía con angelical maldad sobre el tema.

Cuando los chicos salían del agua, volvíamos al paseo marítimo con el pelo al viento, llegábamos a Torre Quetta y explorábamos el campo abandonado que bordeaba la carretera. Años de abandono, malas hierbas, matorrales, zarzas, yedras, farolillos, tierra quemada por el sol, lagartijas, moscas, avispas. Aquel era nuestro reino. Volvíamos cuando empezábamos a sentir desfallecimiento por el estómago vacío.

Recuerdo que Michele me invitó una tarde a ir a un sitio con él.

—Quiero enseñarte una cosa —me dijo.

Era el mes de julio. Atravesamos la piazza Mercantile inundada de sol y de moscas.

—¿Dónde vamos?

—A un sitio.

Hice un amago de protesta que él me cortó de raíz suavizándolo con una risita nerviosa.

—¿Un sitio bonito o feo?

—Un sitio sin más.

Recorrimos la calle de siempre hasta llegar al campo de Torre Quetta. El mar estaba plácido y silencioso.

—No he traído bañador. No me puedo meter.

—No hemos venido a bañarnos, Maria, no necesitas bañador.

Ante nuestros ojos aparecían grupos de casas grises, una sucesión de campos quemados martilleados por el chirriar de las cigarras, y al abrigo del mar los restos desnudos y desolados de una choza que parecía a punto de hundirse en el agua. Michele se agazapó detrás de las ruinas.

—Espera —dijo—, ahora verás.

Me agaché detrás de él, mientras crecía en mí la sensación de estar a punto de cometer un acto ilícito.

—Espera. Mira, mira.

Entonces descubrí a Maddalena y a Rocchino tumbados en la hierba seca. Él la atraía hacia sí, se besaban apretando fuerte los labios, se tocaban, se separaban, se acariciaban, hasta alcanzar puntos distantes y calientes. Las manos de él se insinuaban bajo la falda, bajo la camiseta ajustada de él se enredaban las de ella. De pronto él se retiraba y el juego volvía a empezar.

—¿Por qué me has traído aquí? —pregunté aturdida por la visión de aquel cuerpo de mujer que ocultaba un corazón y una cabeza de niña. ¿Cuándo había aprendido esas cosas Maddalena? ¿Quién se las había enseñado?

—Para reírnos. Quería que vieras que Maddalena no es una mosquita muerta.

Me dejó perpleja no ver señal alguna de desconcierto en la cara de Michele. No le afectaba en absoluto el juego amoroso de nuestros dos amigos. Su intercambio de miradas aterciopeladas y dulces.

—¿Pero no estás celoso? ¿No habías dicho que te gusta Maddalena?

—No era verdad, a mí me gustas tú.

—¿Pero qué dices? Anda ya, no digas tonterías.

—No, Maria, es verdad.

La cara redonda de Michele se pintó de los colores de sus emociones, ora pálida, ora rosa, ora roja. El azoramiento me secó la garganta y desbordó mi mirada, que se hizo huidiza y empezó a posarse sobre las cosas al azar, buscando un punto fijo donde encontrar sosiego.

Maddalena y Rocchino se separaron, quizá alertados por algún ruido.

—Venga, vámonos —susurró Michele—, que nos van a pillar.

Lo seguí silenciosa hasta casa, ambos silenciosos, yo asustada por una confesión que inevitablemente me obligaba a reconsiderar nuestra amistad y a mirar a Michele desde un punto de vista distinto, nuevo y embarazoso. Él también taciturno, probablemente por el mismo motivo. Por la tarde, sin embargo, mientras todos dormían, me escabullí de la cama y me refugié en el sótano en busca de uno de los tebeos de papá que hacía mucho tiempo me habían llamado la atención. Lo encontré escondido bajo una montaña de cestos y periódicos, un pelín polvoriento pero aún en buen estado. Maddalena había azuzado en mí una turbación hasta entonces desconocida. Miraba la portada, acariciaba las letras del título, una a una.

Z-O-R-A. Zora la Vampira me atraía por sus nalgas firmes y redondas, sus pechos más grandes de lo que se pueda imaginar y sus rizos rubios perfectos. La figura me traía a la mente una estrella del cine americano.

Zora me atraía como Maddalena. Tocaba una y otra vez las letras que formaban su nombre en la portada como un niño afronta por primera vez el mar cuando no sabe nadar. Por la frecuencia de mi parpadeo, por la incertidumbre de mi mano, que temblaba y no se decidía a hojear las primeras páginas, debí darme cuenta de que algo dentro de mí decía que dejara aquel mundo desconocido aún fuera de mi vida. Luego, sin embargo, aparecía de nuevo la imagen de Maddalena en la hierba, su vestido de cuadros escoceses azules y rojos, las sandalias de cuero marrón y las uñas pintadas.

A pesar del miedo, notaba una sensación de calor punzante en el vientre. Hojeaba con la mano temblorosa las historias de Zora, pero leía superficialmente las valerosas peripecias de su vida de vampira. Descubría que Zora se había enfrentado con un pirata llamado Sandokaz, pero el asunto no me hacía gracia porque la imagen rompedora de ella me torturaba. En un momento determinado Zora la Vampira se ve rodeada de piratas de todas las edades, pequeños y ansiosos. Le mordían la carne que imaginaba debía de ser blanquísima. No pude seguir leyendo, tal era la confusión en que me había sumido aquella pecaminosa amalgama de cuerpos. Cerré el tebeo con el corazón martilleándome ruidoso en el pecho. Me detuve aún un poco en la figura de Zora, sus pechos y muslos al descubierto, la piel luminosa e increíblemente blanca. Así que dejé el tebeo en el sitio exacto en que lo había encontrado. Sabía que había cometido una mala acción, me sentía culpable, pero en el alma sabía que volvería a Zora.

Durante varias noches me sentí alterada. Me costaba dormirme, la respiración fuerte de Vincenzo y Giuseppe me martilleaba los oídos como una percusión. Me levantaba sudando y andaba pegada a las paredes pendiente de no hacer ruido. Me ponía frente a la ventana a escudriñar el silencio de la noche, buscando entre las sombras perros rabiosos, cadenas y fantasmas que habían atenazado las excursiones nocturnas de Vincenzo, pero solo distinguía algún gato y un par de chiquillos despistados con el cigarrillo en los labios. Entonces me pegaba a la puerta del dormitorio de papá y mamá y, cuando me parecía percibir algún sonido, acercaba el oído y contenía la respiración. En ocasiones solo eran voces y la mueca de lamento de papá, que necesitaba torturar a alguien hasta durmiendo. Una noche, sin embargo, oí unos gemidos nuevos y por primera vez escuché a mamá hablar con ese tono suyo melódico tan persuasivo e íntimo. Cerré los ojos y, a través de la puerta cerrada, imaginé la secuencia exacta de los gestos, los susurros más secretos. Por un momento, la cara de mi madre se convirtió en la de Zora y la interminable fila de réprobos y vagabundos que ardían de pasión por ella. Me invadió el pánico y el sentimiento de culpa, así que abrí los ojos y corrí a meterme bajo las sábanas. Temblaba de miedo y la idea de haber sorprendido a mamá y papá en un momento tan prohibido me dio ganas de vomitar. Deslizarme en los sueños de mis padres me desestabilizaba, hacía que mis miedos se desbordaran, empañaba la realidad —hasta entonces tan fácil de descifrar— con imágenes nuevas que remitían a una naturaleza más frágil y dócil que me costaba atribuir a mi padre. Me sentí sucia, rea de un pecado inconfesable.

Aquella noche lloré a mares.

Aún hoy, sin embargo, no sabría decir si me aterrorizaba más el peso de la culpa o la imagen de un padre capaz de prodigar caricias y besos como había visto hacer a Rocchino Cagaiglesia.

2

A principios de septiembre Giuseppe se marchó para incorporarse al servicio militar. Era un día lúgubre. Las barcas amarradas en el puerto cabeceaban, bien amarradas porque en el mar había tempestad y soplaba un viento traicionero. Algunos veleros habían osado desafiar su poderío y habían salido a altamar, y algunos chiquillos se divertían llamándolos a voces y silbándolos cuando veían alguno a lo lejos, lanzando improperios de toda índole a sus intrépidos capitanes. Las comadres en cambio se persignaban e invocaban a San Nicola, como si viesen con sus propios ojos a la gente faenando en las barcas. Hacía varios días que mi madre estaba alterada. Hablaba poco, los ojos brillantes de lágrimas a punto de desbordarse. Vagaba por la casa de un sitio a otro como una gallina cuando está a punto de poner el huevo. Si se encontraba con Giuseppe, no lograba contenerse. Tenía que tocarle una mejilla, un rizo del pelo, una mano, para convencerse de que su hijo se había convertido de verdad en un hombre. La abuela Antonietta, por su parte, evitaba mirar a la cara a su nieto. Disimulaba su tristeza con rabia y parecía que la hubiese tomado con él.

Salimos temprano para la estación. Papá y Giuseppe en cabeza, nosotras las mujeres detrás y Vincenzino a unos metros de distancia. Durante todo el recorrido mi madre fue rezando a la Virgen para que amparara a su hijo que se iba al *norte*, tan lejano, un lugar en su mente muy diferente.

«No te olvides, pon siempre bajo la almohada la estampa de la Dolorosa». «En cuanto puedas manda noticias». «Júntate con amigos educados». «No hagas tonterías», y una larga serie de otras recomendaciones.

A veces Giuseppe se volvía y le sonreía, casi siempre asentía levemente. Se nos unió Beatrice en la estación, y los ojos de mi hermano se iluminaron, soñadores como los de un niño. Su novia era muy guapa. Me encantaba su pelo color miel y los ojos clarísimos. El vestido ceñido le hacía un cuerpo rotundo y unos pechos de membrillo que palpitaban fuerte de emoción. A Giuseppe no le costó olvidarse de cuánto iba a añorar su casa, las recomendaciones de mamá y sus comidas suculentas. Se le notaba en la cara que su único pesar era que no iba a verla en mucho tiempo.

—Vuelvo pronto. En cuanto pueda. Tú espérame. No me olvides.

Tenía las manos de Beatrice cogidas entre las suyas y se miraban a los ojos. Se hablaban sin palabras. Se me venían a la mente palabras sin sentido, muy dulces, sacadas de algunas páginas de los libros. Palabras que solo esperaban a que el tiempo las descifrara. Y en ese momento Zora y Maddalena me parecían ambas muy lejanas de la melodía sin voz que Giuseppe y Beatrice se estaban dedicando.

Llegó el momento de partir, siempre demasiado pronto.

—¡Corre, que se va el tren!

—¡Escribe! ¡Por favor, escribe!

—Manda una foto, Giusè. Una foto bonita de uniforme. Guapo, como un actor americano.

Giuseppe asentía. Asentía a todo. Cogía el equipaje y decía que sí. Nos miraba a todos. Ya era un hombre, consciente y con los pies en el suelo, pero los ojos le brillaban y tensaba y apretaba la mandíbula. Una tímida sonrisa como una máscara ocultaba todos sus miedos.

Con el silbato del jefe de estación mi madre ya no pudo contenerse. Estalló en un llanto incontenible y la abuela Antonietta la siguió. Mi padre se secó los ojos con la mano. Nunca lo había visto tan afectado. También mis ojos ardían, tenía un nudo en el estómago. Beatrice se acercó a mí, con los ojos también brillantes, me abrazó y su perfume me embriagó y me llenó de dulzura.

—Tu hermano es fuerte. Estará bien —me dijo sin soltar el abrazo.

Vincenzo ya iba camino de casa. Empujaba una piedra con la punta del zapato. La arrastró hasta el umbral de casa, sin sacar las manos de los bolsillos en ningún momento. Mamá corrió rauda a la cocina, presa del furor de quedarse a solas con los platos. En los días siguientes cualquier ocasión fue buena para mencionar a Giuseppe. Si antes pasaba desapercibido, ahora todos recordaban con pelos y señales lo bueno y único que era.

—Nos hace falta Giuseppe —rezongaba mamá, cuando no podía levantar un peso.

—Si hubiese estado tu hijo, te hubiera acompañado —comentaba papá, recordando la mansedumbre y disponibilidad del primogénito. En otros momentos papá se animaba recordando a todo el mundo lo bien que le iba a venir hacer la mili a este hijo ya tan maduro. Debido a la angustia, mi madre volvió a tener visiones con el fantasma de su hermana Cornelia, muerta a los veinte años de una enfermedad incurable. Solo le sucedía cuando estaba muy inquieta. Las primeras veces la había confundido con el ángel de la casa, pero enseguida había reconocido el tórax estrecho, casi raquítico, los ojos grandes y apagados de muñeca, la trenza clara y el vestido azul de lunares que llevaba el día en que la habían metido en el ataúd.

En los días que siguieron a la marcha de Giuseppe, se la podía sorprender incluso charlando con el fantasma.

—Tendrías que ver, Cornè, qué hombre está hecho —decía dirigiéndose a la muerta.

Papá se preocupaba porque no quería una mujer loca bajo ningún concepto, pero la abuela Antonietta le tranquilizaba.

—Deja que se desahogue —le aconsejaba—, solo necesita hablar con alguien que le escuche y esté callado.

—Por fuerza está callada —replicaba él—, está muerta. —Y se pasaba una mano de la cara a la cabeza y luego de nuevo a la boca.

De vez en cuando la veíamos seguir a un punto invisible en el aire, como si caminara tras un espectro. Movía el aire y sonreía. Una vez incluso me dijo:

—Marì, ¿tú puedes ver a la tía Cornelia? ¿Ves lo bien vestida que va? Tenía la gracia de una princesa, lástima que se fuera al otro mundo.

—Yo no la veo, mamá. ¿Estás segura de que existe?

—Claro, Marì. Se me aparece cuando ve que la necesito, que me falta una hermana.

—¿Y dónde está, mamá? ¿Dónde la ves?

Y se puso a describirme los lugares preferidos de la tía Cornelia. Así descubrí que le gustaba pararse a la puerta del patio, ver las ramas del madroño de *cumma* Nannina mecerse al viento, pararse a mirar con melancolía la foto familiar, también esa en la que aparecía ella con un vestido amplio y largo y tocada con un sombrero de pluma. De pequeña me fascinaban las cosas de ultratumba y escuchaba ansiosa los relatos de mi madre, esforzándome por descubrir en cualquier parte el espectro de la tía Cornelia. Pero nunca sucedió, y con el discurrir de los días el corazón de mamá se aquietó y del fantasma de la tía solo quedó una estela silenciosa, como una distracción invisible que hacía lentos sus gestos, la obligaba a sacar platos y vasos de la alacena para después volverlos a guardar exactamente en el mismo lugar que antes, a bruñir los cubiertos con meticulosa obsesión y a embelesarse ante el agua que salía del grifo de la cocina.

Pero el fantasma de la tía Cornelia se retiró definitivamente a la caverna oscura de su mente, de donde había salido. Poco a poco cada rincón de la casa se vació de presencias extrañas, llegaron las primeras cartas de Giuseppe y mamá, con el corazón por fin en paz, recuperó su vida de siempre.

Giuseppe contaba lo bonita que era la plaza del Duomo de Cremona, que no tenía nada que envidiar a la basílica de San Nicola. Y lo distintas que eran las calles, construidas con muchos ladrillos oscuros que allí llamaban *sanpietrinos.* Por la noche el cielo oscurecía más tarde y había hermosos atardeceres que nunca hubiera imaginado encontrar donde no hay mar. Contaba también que había bares a los que llamaban cafeterías, frecuentadas también por mujeres elegantes que hablaban sin parar. Y las viejas iban vestidas de un modo diferente, sin vestidos negros y largos. También se maquillaban, se cardaban el pelo y se perfumaban muchísimo.

«La próxima vez os mando una foto con el uniforme», terminaba Giuseppe.

Durante días, en el barrio no se habló de otra cosa que de las descripciones de Giuseppe. La abuela Antonietta, acostumbrada a leer las cartas de sus hijos desde Venezuela, comentaba cada descripción con palabras sabias. Daba a todo el mundo la impresión de conocer al dedillo el mundo exterior aunque no se hubiera movido nunca del barrio. Algunas comadres insinuaban que, siendo guapo como era, Giuseppe terminaría cayendo entre las garras de esas mujeres modernas y mucho más emancipadas.

—Seguro que caerá en sus redes como un merluzo —insinuaba la comadre Nannina.

Una vez el comentario llegó hasta Beatrice, que evidentemente consideró a la abuela Antonietta cómplice de aquella amarga observación. Y en efecto, desde entonces y durante mucho tiempo, le retiró el saludo.

3

La foto de Giuseppe llegó un par de días después de comenzar el colegio. Con el uniforme del ejército, más guapo que un sol, acicalado y pulcro, encendió el corazón de todas las chicas del barrio. Mamá pasaba horas contemplando la cortina que resaltaba detrás de su hijito y la columna contra la que aparecía recto como un huso. Lloraba y reía al pensar que a su regreso no lo iba a reconocer. Reprendió a Vincenzo por andar enseñando el retrato por todas partes en el barrio, por temor a que se extraviara o se perdiera. Decidió guardarlo dentro de la campana de cristal que tenía sobre la cómoda y que también custodiaba la imagen de San Antonio.

—Que el santo y la Virgen te protejan —rezaba cada noche antes de dormir.

El acontecimiento de mi ingreso en el Sagrado Corazón pasó a un segundo plano ante el otro más importante de que Giuseppe se hubiera hecho soldado. Tuve que acostumbrarme sin protestar a mi delantal azul celeste que mamá me había hecho para no tener que gastar dinero. Como era su costumbre lo había hecho más grande de mi talla.

—Así te dura tres años —había comentado, ante mis intentos de objetar que las mangas me estaban muy largas y que la tela me llegaba a las pantorrillas.

—A las monjas les gusta la seriedad —había sido el comentario sarcástico de Michele cuando me vio el primer día de clase. Me esperaba al principio de corso Vittorio Emanuele, con una mochila que apenas pesaba a los hombros. Yo, por el contrario, por temor a hacer el ridículo el primer día con las *cape di pezza,* había llenado la cartera de libros y cuadernos regalados generosamente por la abuela Assunta y la abuela Antonietta. Mi gente no me había comprado una mochila nueva, de modo que me vi obligada a llevar atestada la cartera verde de primaria, que tenía que colgar de un hombro y cuyo peso me obligaba a caminar torcida.

Michele se ofreció a acarrearla y me acompañó a la parada de bus del 4, frente al teatro Petruzzelli.

Me despedí de él con un nudo en la garganta. Ir a las monjas significaba dejar el barrio, afrontar las miradas de otros, gente nueva, gente de la Bari bien, torturarme con esas dudas hirientes que te pillan a traición, como cuando te saltas un punto al tejer. «¿Estaré a la altura? ¿Me verán distinta? ¿Se me notará en la cara de dónde vengo?».

Cuando me asaltaban estos pensamientos, enseguida los desechaba, los mandaba lejos, enterrándolos entre los numerosos quehaceres del día.

El instituto del Sagrado Corazón era un gran edificio de piedra gris, con un campanario moderno que se alzaba en mitad de un hermoso y exuberante jardín, protegido del mundo exterior por una cancela con un tupido labrado de hierro forjado. Enseguida me sorprendió el olor a limpio, la fragancia de las flores que adornaban los pequeños altares y las imágenes sagradas expuestas a lo largo del corredor que desde la entrada conducía hasta las aulas. Una luz opaca lo envolvía todo, una suerte de invitación al silencio y a la melancolía. Una capillita, con la puerta siempre abierta de par en par, exhortaba en todo momento del día a la oración.

Todas las chicas de primero fueron recibidas por sor Linda, una mujer pequeña con un fuerte acento del interior de Foggia. La única nota de belleza en un rostro soso eran los ojos grandes y claros, irisados por infinitos radios color ámbar. En cambio, me sorprendió de inmediato el aire apacible de sor Graziella, que vi el primer día ocupada en limpiar la maleza del huerto de las plantas oficinales detrás del claustro. Más tarde descubriría que las monjas llamaban a aquel lugar *herbarium* y que cultivaban con cuidado hierbas medicinales de las que obtenían diversos productos utilizados también para fines curativos. Me parecía que sor Graziella se me asemejaba mucho en el aspecto. Pequeña y oscura ella también, de ojillos astutos. La simpatía fue recíproca, porque me sonrió en cuanto cruzamos las miradas.

Éramos cerca de veinte alumnas, cada una procedente de distintas zonas de Bari. Yo era la única del barrio de San Nicola. Todas descubrimos con pesar que sor Linda enseñaba italiano, historia y geografía, y que, para deleite solo suyo, también nos enseñaría nociones básicas de lengua latina. Durante los primeros días de colegio pasé mucho tiempo analizando su modo de proceder, el ceño con que solía observarnos de la cabeza a los pies. El barrio me había permitido desarrollar un sexto sentido a la hora de conocer a las personas. Para la gente como yo era una necesidad básica saber reconocer de quién podías fiarte y a quién tenías que mantener a distancia. En solo una semana me formé mi particular opinión sobre sor Linda. Me parecía que haber vivido años de soledad y tristeza habían acabado aquietando sus emociones y expurgando sus sentimientos hasta reducirlos a unas pocas y exasperadas pasiones: el latín, la literatura y las injurias.

—Eres una cretina —solía decir cuando alguna de nosotras no sabía responderle. Muchas de mis compañeras caían en interminables crisis de llanto. Otras seguían con la cabeza baja el resto de la clase, tratando a la primera ocasión de recuperar con alguna intervención inteligente la estima de la superiora. Por lo que a mí se refería, estaba acostumbrada a los modos ásperos del maestro Caggiano, a la miseria del barrio popular, a los tortuosos altibajos de humor de mi padre, razón por la que no me sentía descalificada por ningún insulto. En cierto modo sentía comprensión hacia sor Linda. Una mujer de su cultura hubiera podido ambicionar una vida acomodada, un trabajo importante. Sin embargo, había escogido la melancolía del convento. La imaginaba en una habitación oscura y silenciosa, rodeada del frío de la celda, obligada a sufrir duros colchones y levantarse al alba para la oración de la mañana. Quizá un día había sido hermosa, había vivido amores extraordinarios y únicos. Sin embargo, cualquier posibilidad se había visto truncada por la grisura del claustro, donde imaginaba que con el tiempo había tenido que contentarse con compartir las pequeñas frustraciones con las otras hermanas, los rencores mezquinos, la pulcritud maniática, las envidias disimuladas, las obras de caridad, las oraciones agotadoras, la cortesía forzada, el rigor extremo. Al final, el terror que podía inspirarme se transformó en pena.

A cambio, tuve que aceptar de repente la dura ley de las jerarquías sociales, una ley no escrita que se transmitía desde hacía generaciones en el instituto. A pesar del uniforme azul, del cabello recogido y de la prohibición de usar maquillaje, el hecho de que procedíamos de mundos distintos era una marca indeleble en la piel. Se veía en la manera un tanto altiva en que algunas niñas miraban a las demás, su forma de gesticular con cuidado, de asentir con los labios, de mover el cuello, los brazos, las manos, con una armonía de movimientos que yo ignoraba. En mi clase había hijas de abogados, de médicos, de profesores universitarios que constituían la élite del grupo. Habían terminado compartiendo los mismos pupitres sin un plan premeditado. Simplemente se habían reconocido como iguales. Entre ellas había un nutrido grupo de hijas de empleados, los cuellos blancos de la compañía eléctrica Enel y de la compañía telefónica Sip, con anhelos de ascenso social. Sus madres eran todas amas de casa y soñaban con que sus hijas tuvieran las mismas oportunidades que sus hijos. Eran las que se aprendían todo de memoria, sentían que sus oportunidades eran inferiores respecto de las compañeras acomodadas y por eso se aplicaban de un modo extenuante, estudiando durante horas y poniendo en práctica servilmente las enseñanzas de sor Linda.

Y luego estaba yo, Maria Malacarne. No era ni carne ni pescado, quizá por ello las otras terminaron por temerme y odiarme al mismo tiempo, porque desestabilizaba su jerarquía, alteraba todas las teorías de la evolución social. Hablaba con un fuerte acento dialectal, pero sacaba ochos en las redacciones de italiano. Ignoraba la utilidad de la lengua latina, pero la aprendía con cierta facilidad. Me apasionaba la historia, y aunque no obtenía calificaciones excelentes, no me resultaban difíciles ni las matemáticas. Al cabo de unas semanas me encontré rodeada de enemigas declaradas. Por un lado, las chicas de la élite, que no aceptaban la presencia de alguien como yo en su mundo simulado y apacible. Por otro, las hijas de los empleados de cuello blanco, cuyos sacrificios servían para demostrar que la emancipación era posible pero todavía no para todo el mundo.

4

Durante los primeros meses de colegio me las arreglé bastante bien. Sor Linda me alababa a menudo, reforzando así en mí las ganas de esforzarme. Los fracasos de las chicas con posibles alentaban mi esperanza de que fuera del mundo en el que había crecido podían existir leyes no preestablecidas, que cada cual podía construir su propio futuro solo con sus acciones. Seguía mirando con admiración a algunas de mis compañeras, los bonitos vestidos que revoloteaban bajo sus delantales, su modo de hablar, un vocabulario que siempre parecía más rico que el mío. Decidí aceptar de buen grado su superioridad e incluso las vejaciones de una tal Paola Casabui, que se convirtió absolutamente en mi peor enemiga. Era la hija de un famoso abogado de Bari. Soñaba con convertirse también en una abogada de renombre, era guapa, tenía una espléndida melena larga y brillante como la de una muñeca, formas ya pronunciadas y un discurso ágil y entendido capaz de enmudecer a cualquier interlocutor. Una Maddalena en versión culta.

Algunas veces se quedaba mirándome, con las manos en la cintura y el mentón hacia arriba, con aire de desafío.

—De Santis —mascullaba—, me pregunto cómo alguien como tú ha podido caer aquí dentro.

Y, aunque le guardaba rencor, callaba, porque entre los muros grises del instituto me jugaba mi redención y no iba a permitirle nunca a aquella remilgada cruzarse en mi camino. Por la mañana le contaba a Michele con pelos y señales lo que me sucedía en clase. La mochila de él siempre estaba vacía, cubierta de frases escritas a boli que se confundían con el azul eléctrico de la tela.

—¿Pero no llevas los libros? —le preguntaba.

—¿Y para qué? Me los sé todos de memoria.

Me había dicho que no le tenía mucha simpatía a su profesor de letras, al que llamaba «el zombi», porque era alto y muy delgado, tenía la piel como papel de seda y las ojeras y las sienes llenas de regueros de venillas azul oscuro.

—Es un capullo —decía, refiriéndose a su profesor—, cualquier día la tenemos.

Cuando se expresaba de aquel modo lo observaba perpleja. El nuevo instituto había establecido una distancia entre los tiempos antiguos y los actuales, y en estos el barrio a mis ojos parecía un lugar extranjero.

—Michè, pero ¿tú sabes que si no estudias te catean?

—Que los follen, Marì, a mí el colegio me la sopla.

Y recorríamos el resto del camino hasta el Petruzzelli destripando las vejaciones de la Casabui, la envidia de las niñas ricas y poco brillantes. Luego imitaba el acento de sor Linda, su voz gutural, y nos partíamos de risa hasta que el autobús llegaba.

—Nos vemos mañana —me despedía rascándose la nuca.

Le sonreía y lo miraba mientras lanzaba al aire la mochila como un ganso para llamar mi atención. La cara redonda y de niño pulcro que gustaba a todos. La gente lo consideraba inocuo, demasiado silencioso y amable, incapaz de hacerle daño a una mosca. Casi me olvidaba de quién era hijo y, en algunos momentos, cuando me encontraba en su compañía, volvía con la mente a los tiempos en que de pequeña había estado aterrorizada con la idea de que en Michele, un día, pudiese aflorar la misma esencia malvada de su padre, como un sustrato de alquitrán que antes o después pudiera cambiarle el aspecto. Me convencía de lo absurdo de aquel pensamiento que volvía sin embargo algunas veces a atormentarme en sueños. Eran sueños siempre iguales que me aterrorizaban, también por el olor que me quedaba en la nariz al despertar, a orina de gato y algas putrefactas. Vagaba por cañaverales desconocidos entre los que de repente reconocía las ruinas de Torre Quetta. Me acurrucaba entre las piedras acechando el mar en lontananza. En ese momento veía a Michele, yacía sin vida y mudo, los gusanos le salían de la boca y de las cavidades de los ojos, extendía una mano todavía viva para pedir ayuda, pero yo gritaba y gritaba hasta despertarme y mamá corría para cerciorarse de que estaba bien.

—Tienes demasiada fantasía, Marì, tu cerebro no para ni de noche. —Y es que de pequeña era sonámbula.

Vincenzo gruñía porque mis gritos le despertaban. Se volvía al otro lado y despotricaba contra mí, conminándome a que no le arruinara la noche porque por la mañana tenía que trabajar. Y fue en cambio Vincenzino, una noche, quien hizo que entendiera exactamente el sentido de aquel sueño.

Era casi Navidad y el barrio, vestido de fiesta, con las luces de colores iluminando los balcones, las estrellas de David colgando una tras otra de la fachada de las casas, los belenes que algunos viejos habían puesto a la puerta de sus viviendas, casi parecía un lugar mágico. Sor Linda nos había puesto de deberes en clase una redacción sobre el sentido de aquella fiesta. Y yo había hablado del hechizo de las luces, de la alegría en el corazón de los niños esperando los regalos, de la familia reunida, junto a la abuela Antonietta y en ocasiones también la abuela Assunta y la tía Carmela, del tiempo pasado pelando mandarinas para rellenar los cartones del bingo, de la abuela marcando el tictac de los años al rememorar la infancia de sus hijos, de mamá, de la tía Cornelia.

A sor Linda le gustó tanto mi redacción que decidió leerla también en las clases de segundo y de tercero.

—¿Habéis notado su melodía? —exclamó con ojos brillantes. Mis compañeras la miraron sin comprender—. Burras —añadió dando un puñetazo en la cátedra—, la melodía de las palabras. Parece una orquesta.

Saboreé a fondo aquel momento de felicidad, acentuado por la expresión rabiosa de Casabui, que me miraba como diciendo: «Veamos qué sabes hacer la próxima vez».

Lo conté en casa y mamá se puso muy contenta. Papá no dijo nada, pero por la noche, después de cenar, alargó la mano buscando la mía. Se la di como de costumbre de modo tímido y con cautela, como si escociese. Permanecimos así unos minutos, esperando que el calor de nuestros dedos disolviera en mí los rencores adormecidos y nunca declarados. En los inevitables momentos de la vida en que me he visto obligada a hacer el cómputo de las cosas hermosas y de las feas, los raros gestos de afecto de mi padre aparecían entre los instantes más preciados. En aquellos tiempos, no obstante, ya había aprendido a no regocijarme demasiado con la alegría porque el destino, tahúr maléfico, siempre estaba al acecho, dispuesto a estafarte.

—¿Vamos a ver los belenes iluminados? —me preguntó Vincenzo con ojos de zorro.

—Sí, buena idea, Maria. Vete, vete con Vincenzino —intervino mamá.

Asentí y lo seguí. Se había levantado un fuerte viento, frío y cortante, que se llevaba los restos de las inmundicias dejadas en la calle, las arremolinaba y luego las dejaba caer.

En la piazza Mercantile había un barullo más bien triste. En la época navideña el mercado estaba abierto también por la noche. Algunos vendedores se habían ido ya y otros empezaban a recoger. Había en el suelo restos de avellanas, semillas, papeles y algunas cacas de perro.

—¿Y los belenes? —pregunté.

—Ahora, ahora..., mira qué bonitos belenes.

Conocía aquel guiño malvado. Casi me daba miedo.

—Sé que todas las mañanas Michele Sinsangre te acompaña a la parada del autobús.

Recogió una avellana todavía con la cáscara y se la llevó a la boca.

—¿Y qué pasa? Además, se llama solo Michele. Sinsangre es su padre.

—¿Y tú crees que el fruto puede crecer lejos de la planta?

Lo miré con aire inquisitivo, parándome a analizar cada detalle de su cuerpo como nunca lo había hecho: las escápulas salientes, el tórax estrecho, la cara delgada cortada en triángulo, la barbilla apenas esbozada. Observé cómo la belleza había desertado de su rostro dejándolo despoblado.

—¿Pero tú sabes lo que hace Sinsangre en las habitaciones de su casa?

Chasqué la lengua. Solo recordaba a la mujer joven y a los gemelos de ojos grandes.

—Pues mira, mira —me incitó, tomándome del brazo e invitándome a echar una ojeada a través de la puerta. Titubeé y al mismo tiempo sentí curiosidad, así que abrí despacio la puerta que no estaba cerrada con llave. Me costó unos segundos reconocer la forma de la habitación a oscuras, y me volví a Vincenzo, que se reía—. Mira, mira —seguía pinchándome.

Entonces distinguí a una chica flaca como un fideo, de aspecto muy frágil, cruzando la habitación y sonriéndole a otra igual de menuda que parecía una niña.

Tenía la cabeza baja, los brazos colgando como si estuviese desmayada o dormida. Más allá, un chico alto y fornido avanzaba hacia las dos mujeres. Me pareció como sacado de otra dimensión, demasiado guapo, demasiado musculoso y pulcro y bien formado como para pertenecer a aquel lugar.

—¿Conoces a aquel?

Negué con la cabeza.

—Es el hermano mayor de Michele.

—¿El hermano mayor? ¿Pero no es Carlo?

—Carlo es mayor que Michele pero no es el mayor de todos. Ese es el primogénito, el heredero de Nicola Sinsangre.

Bajé la mirada, aterrorizada ante el pensamiento de que pudiera verme. ¿Por qué Michele no me había hablado de él? ¿Por qué quería mantenerlo oculto?

—Todos lo llaman Tanque y manda más que su padre.

—¿Manda? ¿Pero qué dices, Vincè?

—Compruébalo tú con tus propios ojos. —Y me hizo el gesto de que siguiera mirando.

Tanque se acercó a una de las mujeres y le alcanzó unas gomas y jeringas que ella se dejó poner mansamente en las manos. Entonces me fijé en que había otro chico en la habitación, sentado sobre una cama deshecha, se sujetaba el brazo y miraba con expresión vacua las grietas en los ladrillos.

—¿Pero qué es esta mierda, Vincè?

—Estos son los trapicheos que se trae la familia de tu amiguito. Tanque alquila habitaciones a los drogadictos, Marì. Aquí se chutan. Lo saben todos en el barrio. Ahora tú también.

Drogadictos. Habitaciones de alquiler. Yo lo único que sabía era que los drogadictos eran enfermos y que nos daban asco. Cuando yendo con la abuela Antonietta nos encontrábamos a uno de ojos pegajosos y sin vida, se persignaba y tiraba de mí a la otra acera. Papá me hablaba de las cosas feas que sucedían de noche en el barrio. Se convierte en un sitio peligroso, me decía siempre.

—Pero tú y Carlo sois amigos —repliqué, porque todavía me negaba a ubicar a mi amigo de juegos infantiles entre aquel grupo de gente nauseabunda.

—Yo a Carlo lo conozco. Ser amigos es otra cosa.

Y con aquellas palabras Vincenzo se dio por satisfecho, me cogió del brazo y me instó a seguirlo.

—Ahora podemos ir a ver los belenes.

Acepté su sugerencia indiferente, con una congoja en el corazón que no lograba dominar. De pronto me pareció que ya podía interpretar nítidamente los sueños recurrentes que me torturaban de noche. Veía a Michele como un embaucador que hasta entonces había sabido manejar mis hilos y moverme como a una marioneta. Su cara de bueno, la timidez con que se comportaba, dejarse atropellar por los demás, aparecer a mi lado cuando lo necesitaba, escuchar mis historias infantiles solo por darme gusto, para desaparecer un segundo después, volver a sus orígenes, a Nicola y Tanque, para inventar nuevas vilezas con que emponzoñar el barrio, negándose a estudiar porque, total, su destino ya estaba escrito y manchado de inmundicia, sembrado de gusanos y cucarachas asquerosas. Crucé como una autómata la piazza del Ferrarese. Solo quería regresar a casa y olvidarme de todo, volver al Sagrado Corazón, estudiar hasta la extenuación y ganarle todos los concursos a la Casabui.

—¿Ya no quieres ver los belenes?

Negué con la cabeza. Vincenzo se puso a dar pataditas con el pie a una piedra, como distraído.

—Vale, pero te acompaño a casa, que es peligroso.

Me pareció extraño que Vincenzo se preocupase por mí. Me es difícil asociar a un ser indiferente y a veces mezquino con ningún gesto de afecto, pero en cualquier caso era mi hermano, y eso quizá contaba algo para ambos.

Aquella noche no pegué ojo. Dejé la lámpara de la mesilla encendida, aunque Vincenzo protestó mucho. Los visillos separados para que entrara la luz de una mañana que deseaba que llegara lo antes posible. Mi mente hacía conjeturas a la velocidad de un coche de carreras, pero ningún pensamiento me llevaba a nada bueno. Cerré los ojos y traté de descansar, acoplándome al ritmo exacto de la respiración de mi hermano.

Un, dos, tres... Volvía a abrir los ojos y Tanque venía avanzando hacia mí.

Un dos tres... Michele tumbado, vacío, gusanos saliendo de las cavidades de sus ojos.

Un, dos, tres... El maestro Caggiano y sor Linda me miraban desde el fondo de una calle oscura y me indicaban el camino por donde salir. Mi viejo profesor, con una chepa todavía más marcada, me susurraba: «Pon mucha atención», para que no me equivocara.

Yo asentía y lo seguía hasta que aparecía ante mí el camino de salida.

El paraíso no es para todos

1

Durante unos días traté de evitar a Michele. Cambiaba de camino para no encontrármelo. Salía antes de casa y me paraba a contemplar el mar, las gaviotas que volaban a la luz cegadora de la madrugada, la línea azul del horizonte. Con todo, no lograba quitarme de encima el pensamiento de que estaba siendo demasiado severa juzgándolo. Pensaba en nuestras charlas, en su timidez y sobre todo en el hecho de que, en el fondo, era el único amigo que tenía. Entonces me esforzaba en no pensar en nada, concentrar la mirada y la mente en un punto indefinido del mar, hacer que me bastara para sentirme feliz. Pasaba las tardes en casa estudiando, en armonía con mamá y papá, al que no quería darle quebraderos de cabeza. Recitaba las desinencias latinas en el baño y por la noche, en la cama, estudiaba a fondo los primeros capítulos de la *Divina Comedia,* me esforzaba en obtener buenas notas incluso en matemáticas y seguía cultivando mi pasión por la historia. Cuando terminaba los deberes, me escabullía al sótano con la excusa de dejar en su sitio una botella o de buscar algo, y hojeaba los libros de papá. Ya no leía tan a menudo y el papel había amarilleado y se había cubierto de polvo. Varias veces saqué a mi vieja amiga Zora. Admiraba la portada, dejaba que los dedos recorrieran su sedosa melena rubia, pero me detenía ahí. Algo me impedía leer aún sus aventuras libidinosas. A pesar de que todo el tiempo me esforzaba en tratar de no pensar, echaba de menos a Michele. Por dentro me sentía inquieta y nerviosa. Temía que todo aquel trasiego interior tarde o temprano terminaría por hacerme explotar. Una noche tuve incluso la sensación exacta de que veía al fantasma de la tía Cornelia sentado a la cabecera de mi cama. Lloré mucho rato hundiendo la cabeza en la almohada, ella se inclinó y me besó en los párpados hinchados.

—Ahora te voy a contar una historia de amor —me susurró, escrutándome con esos ojos grandes de muñeca. Llevaba trenzas, como había dicho mamá, y también el vestido de lunares—. Había una vez una pequeñina pequeña, pequeña. Pasaba inadvertida y, a fuerza de ver que para los demás era invisible, al final decidió serlo de verdad. Atravesaba los muros de las casas, las puertas cerradas, tenía la inconsistencia del aire, la ligereza del suspiro. Escuchaba los asuntos de todos, las vejaciones de las comadres, los comentarios de los viejos sentados en el bar, los chistes verdes de los pescadores en el muelle. Lo oía y se le grababa todo. Era invisible, pero la cabeza tenía su propio peso, una inteligencia especial. Algunas veces se preguntaba qué iba a hacer con toda aquella cháchara inútil que había acumulado oyendo a los demás. —Eran los cuentos de mi madre, que en el sueño me contaba la tía Cornelia con pelos y señales—. Así, un día paseaba por los puestos del mercado mirando los expositores dispuestos ordenadamente, colmados de frutas y verduras. Se estaba probando la ropa colgada, le gustaban los vestidos, pero su cuerpo no quería saber nada de crecer, era pequeñito como el de una tierna niña. Entonces fue cuando se vieron, ella a él y él a ella. Estaba midiendo la tela con la palma de la mano cuando alzó los ojos y en la trayectoria de su mirada descubrió a la pequeñina. Ella miró a todos lados, se preguntaba cómo habría logrado verla si era invisible. Y sin embargo el muchacho la estaba mirando. ¿Es posible, se preguntaba la pequeñina, que no advirtiese sus hombros raquíticos y el pecho plano, el pelo cortado a lo monje, los brazos largos y flacos, los ojos llenos de lágrimas? Se puso un mechón de pelo detrás de la oreja, pero enseguida volvió a dejarlo en su sitio, no quería que el desconocido le viese las orejas de soplillo, lo único grande en su cuerpo pequeño. El muchacho eligió una pieza de tela de un verde centelleante, se lo ofreció y ella lo cogió con manos torpes. «Este te quedaría muy bien», y le dedicó una sonrisa amplia y sincera. Era guapo, tenía el cuerpo bien formado y los ojos de un marrón claro centelleante. En aquel momento ella también se sintió guapa, como si llevara ya puesto el vestido verde esmeralda. Y fue entonces cuando a la pequeñina le sucedió algo extraño. Como si hubieran abierto una puerta. Qué digo, cientos de puertas, pasillos largos y luminosos que ella atravesaba cargada de maravillas, amplias cámaras secretas, jardines soleados, terrazas floridas. «¿Has terminado con el vestido, niña?», le preguntó una voz a sus espaldas. Una comadre vieja y gorda la estaba mirando de arriba abajo. La pequeñina hizo el gesto de apuntar con el puño a su propio pecho. «¿Me dice a mí?», preguntó incrédula. Y desde aquel momento comprendió que ya no era invisible.

—¿Quién es la pequeñina, tía? —pregunté al fantasma con los ojos hinchados de llorar. Pero la tía ya no estaba. Todavía hoy, toda una mujer madura y escéptica, no sería capaz de afirmar si fue en verdad solo un sueño o si mamá siempre había tenido razón con lo del espíritu de la tía Cornelia.

En cualquier caso, fue así como decidí volver a quedar con Michele. Justifiqué mi ausencia diciendo que había estado enferma y opté por no preguntarle nada sobre su hermano. Cada cual tenía sus secretos. Nuestras familias no eran perfectas, al igual que no lo era el mundo en el que estábamos creciendo. Fingía que al menos nosotros dos éramos invisibles, como la pequeñina de la tía Cornelia.

Una mañana —acabábamos de llegar a la parada del autobús— me agarró de la mano cuando iba a subir.

—Hoy no vayas al colegio.

—¿Tú estás loco?

—Hoy solo. ¿Qué te pueden hacer? Las *cape di pezza* no lo notarán. Y yo me encargo de falsificar la firma de tu padre, soy bueno haciéndolo, ¡no sabes la de veces que he falsificado la firma de mi madre!

—No sé, Michè. Yo no hago estas cosas, y además las monjas podrían sospechar.

—Solo por hoy. Un día nada más. Mira qué sol hace. Estamos en febrero y parece primavera. Vamos al mar. Vagueamos toda la mañana. Me cuentas cómo habla sor Linda y nos meamos de risa. Al final, ¿eres Malacarne o no? Sé mala carne un día aunque solo sea por mí. Luego vuelves a tu vida de alumna aplicada y se acabaron las locuras. Te lo juro. —Y se besó los dedos en cruz antes de llevárselos al pecho. Salté del autobús justo cuando se iba, sintiendo el corazón palpitar con fuerza en el pecho.

Era la primera vez que infringía las normas tan peligrosamente. Por lo común, era Vincenzo quien hacía esas cosas, el que daba disgustos a todos. De haberlo descubierto, papá me habría molido a golpes y mamá habría estado llorando de la mañana a la noche. Pero nunca lo descubrieron.

2

Caminamos mucho rato. Nos quitamos las cazadoras porque el aire era caliente y el mar brillaba como si estuviésemos en verano. Michele se ofreció a llevar mi pesado macuto y a mitad de camino compartí con él el bocadillo de tortilla que mamá me había preparado para merendar. Llegamos hasta San Giorgio y allí nos sentamos en las rocas.

—¿Metemos los pies en el agua? —me propuso.

Así que nos quitamos las deportivas y los calcetines y nos acercamos al agua. De pronto tuve que apoyarme en el cuerpo de Michele para no caer y él me apretó fuerte la mano para que notara que no me iba a soltar. Era la primera vez que ocurría entre nosotros un contacto similar. Michele ponía toda su atención en las olas, la hierba que parecía terciopelo, las rocas, pero cuando bajaba los ojos me miraba a mí.

—¡Qué bien se está! —me dijo moviendo los pies adelante y atrás. De vez en cuando metía la mano en el agua y dejaba que le escurriese lenta entre los dedos. Era verdad. Yo también me sentía bien. En aquel momento me parecía que el mundo que me había construido para darme seguridad, el estudio, el instituto, la superiora, carecía de sentido. Y la felicidad estaba al alcance de mi mano.

—¿Sabes que vi al fantasma de la hermana de mi madre hace unas semanas?

—¿Qué has visto un fantasma? Si no existen.

—Mamá dice que sí. O dice que al menos este es un caso especial. Que la tía Cornelia aparece cuando sabe que la necesitamos.

—Ah, ¿sí? ¿Y qué te ha dicho de especial? ¿Qué mensaje te ha traído de ultratumba? ¿Te ha dicho acaso que allí el mundo es mejor? —dijo ya sin reír y con un asomo de emoción en la voz.

—No, me ha relatado la historia de unos novios.

No sabía por qué se lo estaba contando. Quizá solo quería la confirmación de que para él yo no era invisible.

Después no dije nada más. Él también se quedó callado. Soplaba un viento suave, la escollera se alzaba sobre el agua y su reflejo teñía la superficie de oscuro hasta el lugar en que asomaba otro escollo, formando un todo con los macizos de roca clara. Los unía y los separaba. Michele y yo estábamos hombro con hombro, tan solos, próximos y semejantes. Quizá fuera aquel el secreto de nuestra amistad. Ambos éramos invisibles y uno daba consistencia al otro.

En un determinado momento, a unos metros de nosotros apareció una pareja de novios. De la mano, avanzaban también descalzos hacia el agua. La chica era más alta y puede que más joven. Lo que más destacaba en ella era su risa estridente, que tapaba el rumor reiterado del reflujo sobre la rompiente. Se acuclillaron sobre una roca, miraron un momento el mar y empezaron a besarse. Ambas siluetas se fundieron en un único cuerpo negro, mientras que la chica, con una risita, trataba débilmente de soltarse. Su imagen me pareció descuidada comparada con la de la pequeñina y el muchacho que vendía telas.

—Es guapa —dije.

Michele me miró y el modo en que lo hizo me llenó de turbación.

—Sí, pero no tanto como tú.

Yo sentía la cabeza darme vueltas, observaba la superficie del mar temblar como la gelatina. Me embriagaba el perfume del salitre. Buscó mis ojos y me miró fijamente. Fue como si en ese momento nos reconociéramos, como si comprendiéramos que compartíamos una íntima ajenidad a nuestro mundo capaz de unirnos como pegamento. Sentía encima la mirada de mi amigo como si se tratase de un hormigueo difuso. Quería bajar los ojos para mirar otra vez al mar, pero Michele no me dio tiempo. Se inclinó sobre mí y me besó.

Me sentí como la pequeñina de la tía Cornelia, como si en mi mente se abrieran espacios desconocidos e infinitos, como si descubriese lo ignorado y lo temiera. Después de unos segundos me solté de sus labios, aturdida y agitada. Michele me miró pero no dijo nada. De mutuo acuerdo, sin palabras, cogimos los zapatos y emprendimos el camino de regreso. Él empujaba piedrecitas con el pie, igual que Vincenzo, y yo caminaba rápido a su lado. De vez en cuando levantaba la cabeza y resoplaba. Me ponía nerviosa no saber si tenía que considerar aquel beso como algo bonito o todo lo contrario. Por una parte el sabor de su boca me había gustado, en realidad lo que me había gustado era pensar que había elegido besarme a mí, lo que por otra parte lo complicaba todo. ¿Los amigos se besaban? Él era mi único amigo y no quería perderlo, pero no me sentía como Maddalena. No estaba preparada para ciertas angustias.

Dejamos atrás el paseo marítimo ambos presa de una gran desazón. Michele se rascaba la nuca, de tanto en tanto me miraba y apartaba luego los ojos en otra dirección, como buscando temas de que hablar. Yo iba a lo mío y no tenía la menor intención de afrontar la cuestión. En el fondo bastaba con borrar aquel beso y todo volvería a su lugar. Llegamos a la piazza del Ferrarese. Estaba muy preocupada porque se había hecho tarde y necesitaba inventarme una excusa para mis padres.

—Te acompaño un poco más. —Fueron las únicas palabras que Michele pronunció.

Asentí sin mucha convicción, más que nada porque distrajo mi atención un enjambre de comadres aglomeradas en mi calle. Distinguí a Nannina y a la mujer de Diminuto. Un poco más allá estaba la abuela Antonietta. Hablaba acaloradamente con otra mujer a la que yo no conocía.

«¿Qué sucede?», dije para mis adentros.

Se oían gritos groseros, se veían ojos desorbitados. Algo había ocurrido y justo cerca de casa.

Fue entonces cuando lo vi salir del estudio de Mediahembra.

—Mira, es tu hermano —me dijo Michele.

Nos paramos de golpe para encuadrar la escena. La madre de Mediahembra, una pobre mujer fea y lisiada, enarbolaba un bastón con el que parecía querer golpear a Vincenzo y su panda. Vincenzino, Rocchino Cagaiglesia, Salvatore el Puerco y, el último, Carlo.

—También mi hermano. Qué bonita pareja —añadió Michele con tono sarcástico.

La viuda gritaba y lloraba.

—¡Sois unos asesinos! —gritaba—. ¡Sois carne sucia, hacinada, purulenta, por dentro y por fuera!

Iba atrás y adelante con su bastón. Trataba de abrir la boca en una mueca de rabia, pero su incapacidad natural se lo impedía. Sentí un gran horror al ver su cara deforme, sus enormes ojos apagados, el gesto de rabia y miedo que desfiguraba todavía más su semblante. Me acerqué a la abuela Antonietta.

—¿Pero qué han hecho?

—Maria —exclamó angustiada—, tú no debes estar aquí. No debes ver ciertas cosas. —Pero al tiempo la charla de las comadres reclamaba su atención. Hablaba conmigo y gesticulaba con ellas. El rostro muy, muy oscuro, todo el llanto contenido en la voz ahogada.

Michele me cogió del brazo y nos acercamos a la puerta. En la penumbra se vislumbraba una forma de madera que parecía una silla, una cama deshecha y un espejo desportillado que reflejaba la luz del exterior. Jirones de vestidos, trozos de cuero, algunos entre cuchillos y leznas. Pero lo que de verdad me impactó fue la blancura de la carne al fondo de la habitación. Un ovillo de huesos y carne consumida encogido a los pies de la cama. Cuando los ojos se me habituaron a la poca luz, aparecieron claras las rodillas descarnadas contra el pecho y los dedos largos y ahusados abrazándolas con furor, los pies secos y raquíticos, las uñas negras, la cara entre los muslos, los sollozos, y el cabello largo pegado de sudor y mugre.

—¡Pero si es Mediahembra! —exclamé a Michele.

—Déjame ver, sí, es él, y está completamente desnudo.

Una mano me agarró del hombro y me empujó lejos de la puerta.

—Tú no tienes que estar aquí. No tienes que ver esto.

Era mi padre. Tiró el cigarrillo al suelo y entró en el estudio donde se hallaba Mediahembra acurrucado como un niño que ha caído en un pozo profundo y negro.

—¡Estos me han matado al hijo! ¡Me lo han matado! —gritaba la viuda clamando justicia.

Papá se inclinó hacia él, pero Mediahembra solo movía la cabeza adelante y atrás como un pobre demente. Entonces papá volvió fuera y miró alrededor. Tenía la mirada encendida, como cuando el demonio se apoderaba de él. Al otro lado de la calle Diminuto hacía señas a mi padre. Abría la boca y hacía el gesto de llevarse el puño a los labios.

—¿Pero de qué carajo hablas? —le preguntó mi padre.

—Se las estaba mamando —respondió el otro riéndose. No importaba que hubiera mujeres y niños alrededor. Aquel era el lenguaje del barrio, sin medias palabras, y lo mejor era aprenderlo cuanto antes. Entonces todas las palabras que mi padre había tratado de contener tomaron impulso para desmoronarse como la ladera de una montaña y se convirtieron en piedras, cantos afilados, cuchillos que podían herir, hundirse en la carne. Matar.

A grandes zancadas llegó hasta el grupito de los machotes. Estaban con la cabeza gacha porque alguien había descubierto su juego perverso. Carlo todavía se reía. Total, él no había hecho nada malo. ¿No era eso lo que le gustaba hacer a Mediahembra? ¿Hacer de mujer? Papá agarró a Vincenzo por el cuello y lo arrastró al centro de la calle. Él se dejó arrastrar, sin oponer resistencia. Si mal no recuerdo, tenía dibujada una media sonrisa en los labios, quizá para no ser menos que su amigo. Entonces la furia que se apoderaba de papá se desató.

—¿Ahora, me explicas qué carajo hacíais tú y tus amigos ahí dentro con Mediahembra?

Y cayó el primer puñetazo.

—¿Me lo explicas?

Pero Vincenzino no tenía tiempo de responder porque uno tras otro le caían los puñetazos.

—¡No, papá! —grité, pero no pude hacer nada más porque un rugido de dolor me subía del ombligo a la garganta.

—¡Virgen santa, llama a Teresa, llámala! —gritaba la abuela.

Estaba descompuesta, los ojos encendidos y tirándose de los pelos de desesperación.

—¡Tendría que haberte roto la cabeza a golpes cuando eras pequeño! ¡Ahogarte en tu vómito, cabrón! ¿Tú sabes qué vergüenza nos haces pasar a todos?

—¡Déjalo ya, Antò! —Había llegado mi madre y le gritaba para que parara.

En un momento el barrio entero rodeaba la casa de Mediahembra. Estaban los Cagaiglesia, la *masciara* con la pierna defectuosa por una mala caída. También llegó Nicola Sinsangre, que se limitó a agarrar a su hijo Carlo por una oreja y arrastrarlo a casa. Mi padre no. Mi padre quería resolver el asunto delante de todos.

Vincenzo estaba hecho un ovillo en el suelo, un hilo de sangre le caía lentamente del labio. Ahora encajaba mudo las patadas que papá le metía en la espalda.

—Qué vergüenza. El deshonor de la familia —despotricaba.

Michele y yo estábamos inmóviles en mitad de la calle. Las lágrimas me temblaban en los ojos, los ojos me temblaban en la cara, la cara me temblaba en el cuerpo cuyas piernas delgadas apenas me sostenían.

Mamá trató de aferrar el brazo de papá para alejarlo del cuerpo de Vincenzo, pero él le dio un empujón que la arrojó al suelo, junto a Vincenzino. Solo entonces pararon los golpes.

—Tendría que haberte matado cuando eras una criatura. —Y miró fijamente a todos con los ojos rojos de rabia y encharcados de llanto, luego escupió en dirección a Vincenzo.

Aquellas fueron las últimas palabras que mi padre le dirigió a su hijo.

3

Abro la ventana, necesito respirar aire fresco. El sol apenas despunta en el mar y lo tiñe de naranja. El perfume de jazmín inunda la cocina, se mezcla con el aroma del café. Me asomo a la ventana y lejos en la calle veo a papá, a mamá y a Vincenzo.

Mamá tiene el pelo rojo y ondulado de cuando era joven, revoloteándole sobre la frente como un montón de abejas pequeñitas. Papá lleva un cigarrillo en los labios, la piel aterciopelada. Qué guapo es, pienso. Qué guapos son los dos. Luego está Vincenzo sacando brillo a la moto, el único amor de su vida. Habla con voz grave de hombre, pero sigue encerrado en el cuerpo raquítico de un niño. Entonces me toco la cabeza y encuentro mi melenita de monje, las orejas de soplillo y la carita pequeña, llena de aristas. Temo haber caído en un mundo paralelo en el que todo ha permanecido atrapado en un punto indefinido de mi pasado. Cuando me desperezo cada imagen es vívida, me parece poder incluso tocar a papá, a mamá, a Vincenzo. Me llevo instintivamente una mano a la cabeza, el flequillo y el casquete ya no están. Encuentro una maraña de rizos ensortijados que por lo común me hacían sentirme insatisfecha pero que en este momento me parecen reconfortantes. Me arde la garganta, las sienes me laten, mi cabeza es un globo sujeto de una cuerda. En la cocina el café borbotea. Su aroma me embriaga. Abro la ventana. Aspiro el perfume dulzón del jazmín en el balcón. Me detengo a mirar el mar, teñido de rojo porque el sol está asomando en el horizonte.

Los meses que siguieron los recuerdo como los más feos de mi primera adolescencia. El episodio de Mediahembra desencadenó una oleada de otros tantos en los que de manera más o menos directa todos nos sentíamos implicados. Mi vida se acoplaba a un nuevo transcurrir, estrecho y oscuro, mortificado y monótono. En resumen, para empezar Pinuccio Mediahembra decidió que había llegado el momento de meterse en el bolsillo algún dinero para no gravar tanto el de su madre, pobre mujer. Comenzó a vestirse solo y exclusivamente con ropa de mujer. Una gruesa capa de maquillaje, que parecía hollín, le hacía los ojos profundos y más grandes. El cuerpo era alto y delgado, ceñido con faldas negras muy ajustadas. El pelo, que siempre había llevado recogido en una coleta larga, ahora le caía largo y sedoso sobre unos hombros bien formados. Mediahembra se contoneaba y gesticulaba dibujando amplios círculos con las manos. Había empezado a frecuentar el paseo marítimo, donde trabajaban las prostitutas locales que desde hacía varios años coincidían con las albanesas. Luego estaban los que eran como Mediahembra, que al verlos de lejos parecían más guapos que las mujeres pero que de cerca les traicionaba la voz y la angulosidad de la cara.

Para su madre fue tal deshonor que fue ella quien empezó a montar escenas en el barrio. Una vez llevó arrastrando de los pelos a su hijo hasta una fuente cercana al castillo. Lo obligó a meter la cara bajo el agua fría al tiempo que le iba quitando las gruesas capas de maquillaje. De haber querido, Mediahembra hubiera podido zafarse de su madre. Él era alto y su madre pequeña y delgada. Sin embargo, no lo hizo. La dejó hacer. Otra vez logró que lo ingresaran, aferrándose al convencimiento de que cuanto su hijo tenía en la cabeza se podía extirpar tal como se quita una enfermedad, un bubón, un quiste que te crece bajo la piel. Que Mediahembra se hubiese dado a la mala vida nunca hizo cambiar de idea a mi padre, que había decidido no dirigirle la palabra a Vincenzo y evitarlo como se hace con un insecto molesto. En casa se respiraba un ambiente cargado. Los silencios de papá provocaron en mamá una enorme ansiedad, de modo que el fantasma de la tía Cornelia empezó a aparecer cada vez con mayor frecuencia. Se la oía murmurar el nombre de su hermana a todas las horas del día. Miraba un punto indefinido en el aire, un cuadrado en el techo, y descubríamos que era con ella con quien estaba hablando.

—Ven, dame un beso —decía a veces, luego cerraba los ojos y fruncía los labios para depositarlos sobre las mejillas de la muerta—. Duerme a mi lado. Mira qué camisón tan bonito te he hecho. Te lo he hecho con puntilla, como te gustan a ti. —Y alzaba el camisón hasta el cono de luz y polvo que bailaba a través de los cristales de la ventana. Yo espiaba a mi madre cuando hablaba con la tía, cuando gritaba en la puerta y temía que se estuviese dirigiendo también a ella, pero descubría aliviada que al otro lado la escuchaban las comadres. Cuando salía y desaparecía en la curva de la calle, la seguía, me ocultaba, me hacía invisible y luego, de pronto, aparecía caminando a su lado.

—¿La has visto, mamá?

—¿A quién?

—A la tía Cornelia.

Y todas las veces esperaba que me dijese: «Pero qué dices, Marì, tu tía está muerta. Los muertos no vuelven».

—No, hoy no —me respondía en cambio ella—. Se ve que tiene que hacer.

Los únicos momentos de alegría eran los que pasábamos con Giuseppe cuando venía de permiso. Traía consigo manjares de todo tipo, quesos y embutidos que en nuestra región nunca habíamos visto, mostazas picantes y macutos de ropa para lavar. Mamá se sentía loca de alegría cuando vaciaba la ropa en el suelo y comentaba cada mancha y cada olor.

—Pobre hijo mío. Solo en el norte, ¿quién le va a ayudar? Solo su madre.

También papá recuperaba la sonrisa. En la mesa, destapaba el vino joven y brindaba a la salud de su primogénito, que en cada viaje volvía más mayor y más guapo. De vez en cuando Giuseppe nos amenizaba con sus relatos sobre la instrucción militar a la que sometían a los soldados y las pruebas para comprobar su sagacidad.

—Hace dos semanas nos dejaron en mitad de un bosque abandonado. Con una brújula, una manta y nada de comer —contó una vez—. Nos dijeron que teníamos que apañárnoslas y aprender a sobrevivir. Lo logramos, salvo por el inconveniente de volver todos con garrapatas.

—Bah —comento papá—, tonterías. En mis tiempos cogíamos garrapatas aunque no fuera en el bosque. A esos bicharracos los ahogas con aceite de oliva. Acabas con ellos.

—Lo hice así, papá, me acordé de cuando mamá me lo contó.

Y a mi madre se le llenaban los ojos de lágrimas. Luego miraba a Vincenzo con la esperanza de que, aunque hubiera nacido torcido, un día él también pudiese ser como su hermano mayor. Y luego, para no desairarnos a ninguno, me acariciaba el pelo y empezaba a hablarle de mí a mi hermano.

—Pues tu hermana nos está dando muchas satisfacciones. En las *cape di pezza* es una de las más listas. Dicen que tiene talento de escritora —comentaba presumiendo.

—Bravo, Marì. Vas a hacer que todos nos sintamos orgullosos.

Mamá y papá reían y a veces también Vincenzo. Reía incluso yo, sin comprender muy bien por qué, pero me gustaba unir mi risa a la de mis padres. De este modo me sentía atrincherada en el interior del círculo de una familia que, aunque imperfecta, en cualquier caso me hacía sentirme segura, mientras que fuera todo estaba a punto de saltar por los aires. Era una mala época para el barrio. Sucedían cosas desagradables y la gente tenía miedo. Habían aumentado los atracos sobre todo a la gente mayor y a los más débiles. Chicos montados en moto arrancaban por la fuerza bolsos, cadenas de oro, relojes. Veloces y avispados, zigzagueaban entre las calles del barrio para luego alejarse hacia el paseo marítimo. A la comadre Angelina le habían robado el bolso y, al caerse, se había partido el fémur. Los *carabinieri* patrullaban el barrio haciendo controles y vigilaban las calles armados, pero aquellos canallas no se detenían. Cuando Giuseppe volvió a irse, la casa quedó silenciosa y triste. Papá se encerraba en un mutismo de protesta y mamá se afanaba siempre en cualquier labor. Al poco tiempo empezó a traerse las revistas atrasadas de la peluquería. Las leía de noche, bajo la ventana. Veía su mirada inquieta seguir los amores tortuosos y pasionales de sus protagonistas.

—¿Se puede saber por qué lees esas porquerías? —despotricaba papá—. ¿Crees que van a hacerte más instruida?

Entonces yo me acordaba de su *Zora* y se me subía la sangre a la cabeza, porque hubiera querido decirle que tampoco su vampira tenía nada de instructivo. Sin embargo, callaba, porque jamás hubiera sido capaz de atacar a mi padre.

Cuando estallaba un temporal, mamá se acurrucaba bajo la ventana escrutando el cielo por temor a los rayos.

—Aléjate, Marì —me decía con cariño si estaba sentada a su lado haciendo los deberes.

Recitaba una extraña cantinela sobre truenos y relámpagos y se persignaba varias veces. Yo fingía que me alejaba y la espiaba por detrás del frigorífico. Miraba a la ventana y a ella, luego al cielo iluminado como de día.

—¡Golpea esta casa y haz que se convierta en polvo! —recitaba a mi vez. Mi madre seguía leyendo, el viento penetraba a través de las rendijas y recorría la casa. Yo me escondía en su murmullo y observaba la lámpara oscilando despacio.

«Ya está aquí —pensaba—. El fantasma de la tía Cornelia».

La estación de los adioses

1

Con el paso de las semanas me volví intolerante. Sentía la necesidad de acotarme un trozo de mundo solo mío, totalmente separado de la vida que llevaba a diario. Sentía una sensación punzante que me quemaba en la garganta. Comenzó un periodo de gran apatía en el colegio. Hasta las clases de sor Linda me aburrían. Los primeros calores de la primavera aumentaban la sensación de tedio, el aire se llenaba de moscas irritantes, desenfocaba el azul del mar hasta hacerlo desaparecer. También con Michele se me hizo insoportable. Él seguía acompañándome fiel a la parada del autobús, pero yo le hablaba sin entusiasmo. Del beso no habíamos dicho ni media palabra. Había quedado aprisionado en aquel único instante, como una vieja foto que de vez en cuando pudiéramos contemplar.

—¿Qué te pasa? —había probado a preguntarme alguna vez, pero yo me limitaba a encogerme de hombros. No entendía nada de la sensación que me embargaba. Hoy podría definirla como una especie de melancolía latente, pero entonces eran emociones a las que no lograba poner nombre. Tenía doce años. Solo sabía que me parecía que cada día me asemejaba más a la pequeñina de la historia de la tía Cornelia. Podía atravesar muros y puertas, estar sentada en una habitación y ser invisible. Mamá se preocupaba de que comiera lo suficiente, que descansara por la noche al menos nueve horas y que estudiase lo debido. Atendía a mis necesidades y no se atrevía a hurgar más a fondo, quizá por miedo a encontrar cualquier cosa, algo que rompiera el equilibrio doméstico ya en exceso precario.

Un día de mediados de mayo, al volver del colegio me percaté de que la abuela Antonietta me estaba esperando a la puerta de su casa.

—Ven, Marì, ven dentro.

Le di un beso en la mejilla. Me liberó del peso de la cartera y me hizo entrar.

—¿Qué tal hoy el colegio?

—Bien, abuela, todo normal.

Se sentó frente a mí con las manos cruzadas sobre el regazo. En la mesa había galletas y una taza de café por la mitad.

—Come una galleta, Maria, las he hecho esta mañana. Come tú, come tú, que yo mientras me termino el café.

—Vale, abuela, pero después me voy, si no mamá se preocupa.

Entonces le entró prisa. Apuró el café de un sorbo, dejó taza y cafetera en el fregadero y me puso en la mano un platito con dos galletas.

—Antes de que te vayas, Marì, tengo que enseñarte una cosa.

La vi dirigirse a toda velocidad a la habitación de matrimonio. Me comí una galleta y la seguí. El olor de su habitación es uno de los aromas de la infancia que recuerdo con más nostalgia. Una mezcla de madera vieja con olor dulzón a polvos de talco más la naftalina del armario, donde todavía guardaba la ropa del abuelo. La cama era enorme y alta, con una pila de almohadas que llegaban a los pies de los cuadros de los santos. Encima de la mesilla siempre la Biblia y un corazón de Jesús que se iluminaba en rojo.

—¿Qué es lo que tenemos que hacer?

Pero ella no respondió.

Me quedé de piedra al ver que se bajaba los tirantes del vestido de verano, luego los del sujetador, sin pudor, como si fuese un gesto de lo más natural ante su nieta. El sujetador quedó suelto en la cintura y unos pechos grandes y fláccidos cayeron sobre la barriga. Las areolas eran anchas y oscuras, rodeadas de pelos blancos y blandos que crecían indiscretos a su antojo. Unos pechos diferentes a los que había visto a mi madre siendo más pequeña.

—¿Qué pasa, abuela? —pregunté tratando de alejar los ojos de aquel cuerpo desnudo, decadente, pero ella, siempre pródiga en palabras, en aquel momento permaneció callada. Se limitó a cogerme una mano y llevársela lentamente hacia uno de los pechos. Tenía la voz sumisa, susurraba, como si las palabras que estaba a punto de pronunciar quisiera decírmelas solo a mí, como si rehuyera escucharlas.

—¿Lo notas tú también? —Y me abrió los dedos para que los deslizara lentos en torno a la masa blanda que rodeaba la areola.

Al principio solo noté calor y la infinita blandura en la que los dedos se hundían como en un amasijo a punto de fermentar.

—Cierra los ojos, Marì, así lo notas mejor.

Entonces me concentré sobre algo que estaba escondido bajo el calor y la blandura, un retículo de masa, puntitas, vénulas, que se me escurría bajo las yemas de los dedos para luego, como un obstáculo pétreo a lo largo del camino, volver a aparecer. Un grumo duro justo bajo la piel. Abrí los ojos de golpe con los dedos apretando aquel guijarro insidioso y secreto.

—¿A que sí, Marì? Tú también lo has notado, ¿verdad?

Sus dedos, secos y arrugados, aferraron los míos. Sentía su respiración muy cerca. Y, sin saber por qué, me invadió una sensación de vértigo y ganas de vomitar. Y de algo más, como un presentimiento, un dolor cauto y silencioso que sin embargo se expandía por todas partes. La sensación de que algo estaba cambiando de modo inexorable y que todo lo demás era nada.

Retiré la mano con terror, al tiempo que la abuela se volvía a vestir deprisa tratando de enmascarar con su sonrisa el velo de pena que le cubría el rostro.

—¿Qué es, abuela? —le pregunté, mientras la cabeza me daba vueltas y mi sangre bramaba como sacudida por infinitas descargas eléctricas.

—Nada, Marì, solo quería ver si tú también lo notabas. No es nada, tú no te preocupes.

Volvió a la cocina y puso las galletas en su sitio.

—Bueno, me voy a casa, que si no mamá se preocupa. ¿Pero qué es, abuela? —insistía yo.

—Nada, Marì, nada. Pero me tienes que prometer una cosa. —Y fue a coger la Biblia de la mesilla—. Pon la mano aquí.

La miré a los ojos negros de brea que yo había heredado y puse la mano sobre aquel volumen arrugado.

—Jura que no se lo dirás a nadie. Ni siquiera a tu madre. Será nuestro secreto.

Lo hice, con una sensación dolorosa que me oprimía el pecho. Luego, con más juicio, pensaría que en aquella habitación inevitablemente había muerto un pedazo de mi infancia.

Más tarde, en casa, no comí nada so pretexto de que me dolía la tripa. Pasé el resto de la tarde en la cama. De vez en cuando miraba la calle al otro lado de los cristales, luego suspiraba y volvía a cerrar los ojos. Al día siguiente apenas atendí en clase. Durante la hora de educación física la Casabui me provocó, insultándome porque llevaba unos pantalones con dos agujeritos en las rodillas que mi madre se había olvidado de remendar.

—De Santis, eres una verdadera pordiosera —dijo burlándose.

Se apoderó de mí una furia desconocida que había permanecido apaciguada desde los tiempos en que había pegado a mi compañero de primaria. Salté sobre ella, le arañé la cara, le tiré de los pelos mientras ella, incrédula, forcejeaba. Antes de que llegaran las monjas a separarnos, ya le había hecho un buen arañazo con sangre que desde el ojo derecho le caía hasta el labio.

—¡Y no me llames más De Santis! —le grité a la cara—. ¡Me llamo Malacarne! ¡Que lo sepas!

Me expulsaron de clase hasta final de curso. Sor Linda, decepcionada y dolida, me reconvino diciéndome que, de repetirlo otra vez, se vería obligada a expulsarme del instituto.

—Y agradéceselo al maestro Caggiano, que me ha suplicado que te dé otra oportunidad. Nunca me lo hubiera esperado de ti, Maria.

Así concluyó mi primer año en secundaria.

2

La abuela murió un mes y medio después, sin hablarle a nadie de la enfermedad que la estaba corroyendo sin descanso. Era julio. Una semana antes de irse, como andaba echando cuentas de los días que le quedaban sobre la tierra, me hizo ir a su casa. Había adelgazado mucho y tenía la cara color ceniza, la piel apagada y los ojos también sin brillo. A las comadres les había contado que tenía una bronquitis mala que no la dejaba dormir ni comer y a mamá, que insistía en llevarla al médico, le respondía que los médicos no se enteraban de nada.

—Ten, coge esto —me dijo abriendo el cajón de la cómoda—. Escóndelo, Marì, para ayudarte a estudiar donde las monjas. Escóndelo, no se te ocurra dárselo a tu padre. —No se fiaba de él.

Me puso en las manos setecientas cincuenta mil liras —imagino que serían todos sus últimos ahorros—, luego me las dio junto a una foto de ella con el abuelo de jóvenes.

—Eras guapa, abuela.

—Sí, era guapa. Y tú te pareces a mí, Maria. ¿Lo ves? Tienes mis ojos. Espera a crecer y verás.

La cogí con cuidado porque no quería mancharla.

—Esta foto te traerá suerte, Marì. Ya verás como encuentras a un buen muchacho que te quiera. Tu abuelo me quería mucho.

Me besó la frente y el pelo.

—Y otra cosa, Marì. Recuerda que la mala carne que vi en ti cuando eras pequeña no es algo malo. Tienes que sacarla cuando la necesites, cuando los demás quieran pisarte y llenarte de mierda. Úsala para sobrevivir. —Y me besó otra vez el pelo—. Y espera, espera, otra cosa. —Se inclinó apenas hacia mí, porque estaba demasiado cansada para agacharse, y me miró con dulzura. Parecía serena y aquel rostro tranquilizador es la imagen de mi abuela que decidí conservar—. Recuerda que la muerte no debe darte miedo. ¿Sabes lo que decía San Agustín?

Negué fuerte con la cabeza.

—Que morir es como estar escondido en la habitación de al lado. Por eso yo siempre estaré ahí. Tú llamas y yo voy.

Su último día sobre la tierra todos estuvimos a su cabecera. Yo miraba a mi madre. Había en sus ojos desconsuelo y dolor, desbordados de llanto, como arena en el fondo del mar. Unas pesadas cortinas cubrían las ventanas y dejaban filtrar una luminosidad mortecina que a duras penas iluminaba la estancia. La abuela estaba echada en la cama de matrimonio, cubierta por una colcha azul bordada en oro que parecía la de una princesa. El cabello hirsuto, completamente blanco, extendido a los lados de la cara en bucles cortos. Tenía los ojos ligeramente hundidos desde la última vez que la había visto y la piel del cuello aún más rugosa y parecía seca, descamada. De pronto daba la impresión de que las mejillas le colgaban más y de que había envejecido irremediablemente de un día para otro. Me parecía que el tiempo para mí transcurría con infinita lentitud, retrasando como un mago exasperante el momento en que me haría mayor de verdad. Para la abuela, sin embargo, era como si hubiesen pasado años. Era una persona distinta.

Su cuerpo inerme se volvió hacia un lado, con una especie de estremecimiento que dejó a todos sobrecogidos, sin palabras ni aliento. Mamá, la comadre Nannina, la *masciara*, la comadre Angelina y Cesira. Todas mudas ante una vida que se iba. Permaneció así inmóvil un momento, dando la espalda a aquella esquina de la habitación que ningún cirio encendido iluminaba y ofreciéndonos a todos el espectáculo de su nuca débil e infantil. Por un instante, de aquel cuerpo en la penumbra, pequeño, frágil, un amasijo de huesos sin nervio, llegó un único suspiro, leve y larguísimo. Luego sucedió. Lo que mamá temía porque lo había visto antes con su padre. Aquel estertor helador, como una especie de torbellino, lo que nosotros definimos con una palabra que no se puede traducir: *'u iesm'*, una especie de último suspiro, el esfuerzo del alma para salir del cuerpo.

—Ha muerto —exclamó mamá, inclinándose hacia su madre.

Papá llegó poco después.

3

Estábamos todos reunidos para el velatorio. Habían vestido a la abuela con la ropa de fiesta que llevaba el día de mi primera comunión. Un pañuelo atado a la cabeza con un lazo le sujetaba la mandíbula. Las comadres se habían traído la labor de punto y las judías para pelar. Decían que mi abuela era una mujer laboriosa y que hubiera preferido verlas trabajar mientras velaban su cuerpo. Estaban sentadas en círculo en torno al ataúd y, mientras trabajaban, se pasaban un retrato de Jesús con una luz roja que le salía del pecho descuartizado. El corazón terminaba en punta como en los dibujos de los niños. Giuseppe había mandado nuevas de que cogería el tren de la noche.

Mi madre no quiso que me pusiera un vestido negro. Decía que la muerte y los niños no se deben mezclar, así que me puso un vestido verde de señorita, pegado a las caderas que no tenía y que me bajaba ceñido hasta las rodillas. En el pecho me prendieron un botón negro.

Algunas comadres comentaban que una mala bronquitis se la había llevado al otro mundo. Mamá escuchaba y callaba. Ella no quería ni oír hablar de esa cosa fea que le había entrado en el cuerpo y que la había devorado. Sentía demasiada repugnancia y mucho miedo de que de solo pronunciarlo pudiera entrarle a ella también. Entre suspiro y suspiro, miraba a su alrededor con aire perplejo.

—¿Y a tu hermano qué le ha pasado? Ni siquiera ha llegado a despedirse de la abuela —repetía, paseando la mirada por la habitación compulsivamente—. Ven, ven a sentarte a mi lado, Cornelia —dijo de pronto, y se acercó la silla vacía.

Papá se puso de rodillas y se limpió los ojos. Ahora ya no estaba la abuela para decirle que no se preocupara, que mamá solo necesitaba desahogarse con alguien.

Cuando dieron las dos de la tarde, el nerviosismo de mi madre por la ausencia de Vincenzo se hizo insoportable. Salí a buscarlo, contenta de alejarme un poco del olor asfixiante de las flores que me irritaba la nariz. Hacía mucho calor y el viento favonio levantaba polvo y papelotes en los callejones del barrio. Cerca de la iglesia del Buen Consejo me encontré con el maestro Caggiano.

—Maria, ¿qué haces aquí? —me preguntó sorprendido.

—Ayer murió la abuela —respondí sin saludarlo siquiera.

—¿La abuela ha muerto? ¿Entonces tú no sabes nada todavía? ¿Y en tu casa tampoco saben nada?

Negué con la cabeza. El profesor me cogió de la mano. Era la primera vez que notaba qué consistencia tenía su piel.

—Vamos a buscar a tus padres.

—Tengo que ir a buscar a Vincenzo. Mis padres ya saben dónde estoy.

Entonces me miró con una dulzura como nunca le había visto, luego se agachó y se puso de rodillas frente a mí.

—Escucha, Maria, a veces suceden cosas en la vida que no podemos cambiar. Hemos de aceptarlas sin más y seguir nuestro camino.

—¿Me lo dice porque la abuela ha muerto?

Se incorporó y echó a andar arrastrándome de la mano.

Entonces fue cuando vi la fila de coches aparcados en el arcén de la carretera, la patrulla de los *carabinieri* con las luces de emergencia y la muchedumbre amontonada frente a las casas, los viejos en las ventanas, los niños escondidos tras las faldas de sus madres.

—Vamos antes a buscar a tus padres —me insistió el maestro, pero la curiosidad me hizo soltarme de su mano y correr hacia la multitud.

—¡Maria! ¡Ven, por favor! —Pero mi paso era demasiado rápido y el maestro se detuvo. Las mujeres comentaban que había sucedido una tragedia, pobres hijos. Un viejo, en cambio, decía que se lo tenían merecido. Había sido el enésimo tirón. En el barrio ya no aguantaban más. La gente se quejaba de que se sentían abandonados por el gobierno y las fuerzas del orden. Por eso los *carabinieri* habían empezado a hacer controles y a parar las motos de esos desgraciados, malditas sanguijuelas, como les llamaban, que desconocían lo que era ganarse el pan con el sudor de la frente.

Uno de los *carabinieri*, uno joven, había gritado: «¡Alto o disparo!». Lo había gritado fuerte y más de una vez a aquel rayo de ciclomotor que atronaba a toda velocidad por los callejones del vecindario, a los dos degenerados con la cara tapada con una media de nailon que habían atracado a una anciana en el mercado.

«¡Alto o disparo!», pero ellos nada.

«¡Alto o disparo!», y ellos apretando el acelerador.

«¡Disparo!», cerrando los ojos.

Y disparó.

Y el proyectil había atravesado primero el aire, luego había rebotado en algún lugar de la moto, quién sabe en cuál, y finalmente se había clavado en la carne del pasajero. El delincuente que conducía en un primer momento ni siquiera se había dado cuenta de que llevaba un peso muerto a la espalda. Unos metros después, lo vio caer al suelo, justo a unos pasos del *carabiniere* que había disparado, y entonces se paró. El delincuente que conducía era Carlo Sinsangre. El joven novato, todavía con la pistola en la mano, lloraba, mientras el otro le instaba a que se estuviera callado, cobarde, qué había hecho, ahora era un problema también para él. Luego llegó la gente del barrio, los viejos, los niños, el maestro. Y, por último, yo.

Cuando le quitaron la media al chico muerto, la bala dichosa en pleno pecho, todo el mundo lo reconoció.

—Virgen santa, el hijo de Tony Curtis. ¿Y ahora quién se lo dice? Y acaba de morir la comadre Antonietta.

¿Cómo se les dice a esos pobres que se les ha muerto también el hijo?

Cuando lo vi seguía en el suelo. No parecía muerto como la abuela, cuyo cuerpo se había ido deshaciendo, marchitando, hedía. Vincenzo estaba intacto, sereno. De no haber sido por la gran mancha roja en el pecho, hubiera parecido dormido. La cabeza inclinada hacia un lado, un pie de través, el único toque de desaliño en una postura que parecía natural.

No sabría decir qué sentí en aquel preciso instante. En el fondo, no sabía si de verdad quería a mi hermano Vincenzo. Era una presencia, tenía mi sangre, formaba parte de un álbum que mamá había ido rellenando a medida que pasaban los años y que, irremediablemente, nos situaban en la misma escena, unidos por un hilo sutil e invisible pero eterno. Por un momento el tiempo se detuvo y los recuerdos de nuestra breve vida entraron en erupción como la lava de un volcán. Los chapuzones en San Jorge, los desprecios cuando era pequeña, mi expresión impasible cuando papá le pegaba.

El dolor más grande fue cuando llegó mamá. Durante buena parte de mi vida he estado convencida de poder soportar cualquier cosa, salvo el dolor de mi madre.

El fragor de su lamento se propagó a través de la calle. Gritando, corrió primero hacia el guiñapo de Vincenzo y luego hacia el joven *carabiniere* que, atónito y culpable, encajó sus puñetazos en el pecho. En cambio, mi padre clamó al cielo sus blasfemias. La emprendió a patadas contra piedras y papeles, se doblaba en dos y volvía a blasfemar.

—¡Jesucristo, puerco bastardo del demonio! —Y los demás hombres que se le habían acercado se le unieron en sus imprecaciones, quizá en la esperanza de que aquel desahogo coral pudiese atenuar su dolor. Por la misma razón, las mujeres se reunieron en torno al cuerpo de mi madre, que, tras la ira, se había desplomado, deshecha, junto al de Vincenzo. Su lamento se propagó a través de las puertas y las ventanas abiertas de par en par. Incluso quien no conocía a Vincenzo lloraba por una madre que había perdido a su hijo. Porque en el vecindario todos eran hijos.

Intenté acercarme a ella, pero no pude. Me quedé allí mirándola. Pasados unos momentos vi a mi lado a Michele. Me cogió la mano y se la apreté fuerte. Juntos, nos detuvimos cerca de un coche aparcado, nos apoyamos en el capó. Tenía los ojos secos, pero un gran peso en el corazón. La sensación nítida de que todo desde aquel preciso momento iba a cambiar. Que iba a comenzar un periodo completamente nuevo de mi vida. Que yo misma comenzaba ahí.

4

En el camposanto, descendieron los dos ataúdes junto a sendos túmulos de tierra: uno marrón brillante con tiradores dorados y otro blanco con una cruz negra sobre la cabecera. Caminábamos sobre montículos de tierra arcillosa, áspera y desigual. No llovía desde hacía semanas y la tierra estaba roja y seca. Los pasos crujían ahuyentando a los pájaros y las lagartijas se escabullían y se escondían bajo las piedras. Cuando llegó Giuseppe, demudado por la desgracia de tener que asistir no a uno sino a dos funerales, contó que había tenido un presentimiento mientras estaba en el tren.

El aullido del viento, dijo, que le susurraba «ve, ve a casa, que tu hermano te espera».

Llegó cuando ya estábamos en el cementerio. Mamá lo abrazó fuerte y sollozó sobre su hombro. Giuseppe llevaba el uniforme del ejército, como en la foto que nos había mandado. Las mujeres se admiraban de lo guapo y agraciado que era y comentaban que aquel hijo con los pies bien plantados en el suelo tenía que ser la salvación de aquella madre. Papá se limitó a estrecharle la mano, luego se hizo a un lado para contemplar la escena de la madre y el hijo compartiendo su dolor. Yo estaba junto a papá. Nuestros cuerpos se rozaban. Cuando creía perder el equilibrio, mi hombro tocaba su tripa, pero de inmediato me apartaba. A lo largo de los márgenes de la avenida del cementerio, a la sombra de los matorrales de cistáceas, asomaban ramilletes de ciclámenes, una larga estela de colores que me recordaba a los parterres colocados a lo largo de via Sparano. Me paré a mirar aquella estela para apartar los ojos de todo lo demás. Michele estaba junto a mí del otro lado, como uno más de la familia. Frente a él, su hermano Carlo, ileso y deshecho en lágrimas. Cuando la tierra los cubrió, papá me apretó fuerte la mano y yo contraje todos los músculos de la cara para impedir que me cayeran las lágrimas.

Se oían las voces sumisas de las mujeres haciendo comentarios con tono de dolor. Decían: «Era un buen chico. Qué mala suerte ha tenido. Qué mala vida, sin encontrar nunca la paz. Ahora que finalmente la ha encontrado». Ahora que estaba muerto, a Vincenzo se le perdonaban todos sus pecados, se olvidaban sus travesuras, sepultadas con él.

«Y la comadre Antonietta, qué gran mujer. Qué trabajadora». Luego siguieron señales de la cruz y variados amén, hasta que una procesión de cuervos negros se dirigió hacia mamá y Giuseppe primero, después a mi padre y a mí.

Por último, llegaban la abuela Assunta y la tía Carmela. Besos, abrazos, apretones de manos, palabras de consuelo. Yo me aburría. Decía gracias a todos, estrechaba manos, ponía la mejilla.

Sentí la voz de Michele susurrándome sus condolencias. Me volví hacia él, acepté su beso de consuelo. Tenía los ojos transparentes, del color de la hierba mojada, brillantes y hermosos.

Luego me alcanzó la voz de la abuela Assunta.

—¿Cómo, Maria, no lloras?

La miré presa de una extraña sensación de embrutecimiento. Sí, querría, le hubiera respondido, pero la voz de mi padre a mi espalda me disuadió.

—Maria, escúchame bien. —Y me volví a él aún confusa. Entretanto, se había puesto de rodillas para hablarme seriamente—. Tú a ese de ahí no lo ves más —me dijo con la mirada puesta en Michele, que ahora estaba a mis espaldas—. A ese animal hijo de puta, me has comprendido, no lo vas a ver más. Es culpa de su hermano que tu hermano haya tenido este final. Ha sido él quien lo ha llevado por el mal camino. ¿Lo entiendes? Toda la familia tiene el demonio, trae mala suerte. Son unos delincuentes, Maria. Unos delincuentes.

Luego me cogió la cara y me la apretó fuerte.

—Si descubro que lo vuelves a ver, lo mato con mis propias manos. Juro que lo hago, Marì, lo mato como a un perro. Lo mando al hoyo con tu hermano. No tengo nada que perder. Al infierno que lo mando. No puedes verlo más. Nunca más. —Y recalcó bien aquellas dos últimas palabras, para que me las grabara en lo profundo. Tenía los ojos hundidos y mirada malvada, la barba crecida le endurecía la línea de los labios y le ocultaba la boca carnosa. Asentí con la cabeza, y entonces las lágrimas me mojaron las mejillas. La piel me ardía por la ansiedad, la fiebre, por todo. En ese momento estaba convencida de que, de haber sido necesario, lo hubiese matado de verdad.

Me volví hacia Michele. Él me sonrió, aunque tenía los ojos brillantes, y lo miré sin decir nada. ¿Cómo podía imaginar que en aquella mirada se escondía un adiós? Me reuní con mi madre y con Giuseppe, me dejé abrazar por su dolor y su piedad. Estuvimos así los tres, abrazados unos a otros durante un tiempo interminable, como náufragos a la deriva sobre balsas. Como interminables fueron también los meses que siguieron a aquel día en el camposanto, un tiempo que parecía cristalizado en gestos y palabras repetidos hasta el aburrimiento. Los silencios y la rabia que papá incubaba siempre, el mutismo de la desesperación de mi madre, que, de vez en cuando, estallaba y culpaba a papá de todo.

—Tú lo has criado en la violencia —decía—, y la violencia lo ha matado.

De golpe envejeció, su cabello encaneció, las comisuras de los labios y los párpados se le llenaron de arrugas. Me acompañaba todos los días a la parada del autobús, a la ida y a la vuelta, me despedía con un beso en la mejilla, me abrazaba, pero su expresión estaba apagada, parecía muerta ella también. Por mi parte, me sentía muy sola. Me recluí en casa, concentrándome solo en los libros y el colegio. En nada el vecindario se convirtió en un lugar ajeno y desconocido, un mundo paralelo que atravesaba furtivamente y sobre el que evitaba poner la mirada. Intenté mantener a raya mi inquietud para no abalanzarme más sobre la Casabui, para evitar otras sanciones o, aún peor, la expulsión. Me faltaban la abuela Antonietta y también Vincenzo. Y me faltaba Michele. Solo un día, después de muchas semanas, intentó ir a buscarme a casa. Papá lo echó entre gritos y juramentos y mi amigo ya no se dejó ver más. Aunque me esforzaba en no pensar en nada y refugiarme en los sueños de la noche, el dolor volvía sin avisar. Dolía, como las cicatrices con el mal tiempo.

Hoy, primeros pasos

1

Padre, Hijo y Espíritu Santo... ¿Quién quiere mal a esta pareja?

»Padre, Hijo y Espíritu Santo... ¿Dónde están los que pueden destruir este matrimonio?

»Padre, Hijo y Espíritu Santo... ¿Quieres enviarlos lejos?

»Como era en el principio, ahora y siempre, por los siglos de los siglos. ¡Amén!».

La *masciara,* limpiándose las manos en el vestido negro y refrescándose la frente caliente con un pañuelo blanco, fue hacia la despensa, cogió una palangana, la llenó de agua y vertió treinta y tres granos de sal, como los años de Jesucristo. Los cogió con la mano derecha y los mezcló bien.

—Terè, acerca la frente de tu hijo.

Mamá obedeció seria y Giuseppe la dejó hacer. Sabía que ese rito servía para dar gusto a su madre y a su novia, así que se puso de rodillas ante la *masciara*, que dibujó una cruz en su frente. Luego la vieja repitió la misma sucesión de gestos con Beatrice.

—Padre, Hijo y Espíritu Santo, bendice a esta pareja de las malas lenguas, la mala suerte y la mala sangre. —Cuando todo terminó, mamá puso en las manos de la bruja diez mil liras, a lo que añadió una cesta de doradas fresquísimas que papá había pescado por la mañana.

—Ya verás, Terè, este matrimonio será bendecido.

Beatrice se había convertido en una hermosísima mujer, los ojos, el cabello, la línea sutil del mentón, la figura armoniosa de las caderas y el pecho. Ella y mi hermano se habían enamorado y su historia de amor duraba ya muchos años. La ceremonia se iba a celebrar el 5 de julio, la fecha que había deseado mi madre, porque conmemoraba el séptimo aniversario de la muerte de Vincenzo. Giuseppe había aceptado de buen grado, y también Beatrice, movida por una sincera compasión por la suerte de la suegra, que había perdido un hijo siendo casi un niño. Razón por la cual trató de complacerla siempre, también en los preparativos de la boda. La tuvo en cuenta en la elección del vestido de novia y también de los recuerdos de la boda. A Beatrice le hubiera gustado un jarroncito de cristal con adornos de plata, pero mamá prefería un marco.

—Así los invitados pueden poner la foto de los novios.

Se hizo según su voluntad, a pesar de las miradas enconadas de la consuegra, que a duras penas ocultaba cierta disconformidad con el hecho de que la madre del marido tuviera tanto peso mientras que ella debía contentarse con hacer de comparsa.

A mí me nombraron dama de honor y, cuando intenté protestar, mi madre me conminó a que hiciera el favor de no aguarles la fiesta.

—Ay, Maria, no hagas lo de siempre —advirtió—. Dale gusto a tu hermano. —Sabía que en realidad era ella quien lo pedía y no osé contradecirla. En los últimos años nuestra relación había evolucionado hacia un vínculo único pero delicado.

Recuerdo que en el primer aniversario de la muerte de Vincenzo estalló en un llanto inconsolable cuando la acompañaba al cementerio. La abracé fuerte, ciñendo sus caderas, que en los últimos meses mostraba descarnadas.

—Lo siento —me susurraba entre lágrimas.

—¿El qué, mama?

—He perdido un hijo y he dejado de ser una madre para ti también. Lo siento, Maria, ¿podrás perdonarme?

Le cogí las manos y la estreché fuerte. Hacía mucho que no me sentía tan feliz. Hicimos el resto del camino saboreando una especie de despertar del mundo, recogiendo brotes tiernos de los parterres para ponérmelos entre mi pelo rizado, mirándonos y sonriéndonos, sin volver a hablar. Mamá no estaba aún preparada para dejar a un lado el dolor, pero en todo caso había dado un primer paso. Con el tiempo, tuve que aceptar que continuara afrontando el sufrimiento a su modo, nutriéndose de realidad y de fantasía al mismo tiempo. Sus oídos me escuchaban y sus ojos me miraban, pero su mente estaba firmemente anclada a un mundo secreto animado por los espíritus de la abuela, de la tía Cornelia y de Vincenzo, y por las tiernas y absurdas conversaciones que entablaba con cada uno de ellos.

Podías darte cuenta de que estaba manteniendo una por el aire que adoptaba, semejante a cuando tenía que hacer un cálculo mental difícil.

También papá había afrontado el dolor a su modo. Se había vuelto esquivo y taciturno y nadie en el vecindario había vuelto a llamarlo Tony Curtis. Tenía un aspecto rudo y descuidado, aunque la edad le hubiera limado la aspereza del rostro, haciéndolo más redondo, pero se cuidaba bien de cubrirlo con una barba de montañés que él mismo se recortaba cuando se cansaba de ensuciársela en la sopa. Se vestía sin cuidado, con pantalones con desgarrones y camisas descoloridas. Las cosas habían dejado de interesarle. Miraba a todos de reojo, con expresión torva. Y continuaba siendo —lo sería toda la vida— propenso a la ira, bastaba una nimiedad para que estallase en terribles ataques.

En cambio, en lo que a mí se refería, los años transcurridos me habían convertido en una mujer. La niña que a mis ojos siempre había resultado pequeña e insignificante había cedido espacio a una joven mujer, de aspecto moruno, sensual y sinuosa. No había desarrollado el cuerpo de mi madre, sino un tipo más refinado en el que destacaban unas piernas largas y delgadas y unos ojos inmensos.

El barrio se había convertido para mí en un completo desconocido. Me consideraba una extraña, y aquella sensación por una parte me daba seguridad y por otra me hacía sentir incompleta. De cuando en cuando me cruzaba por la calle con Maddalena, Rocchino —que se había vuelto gordo y desgarbado—, Mediahembra o Pasquale, todavía seco y largo como un clavo. No volví a ver a Michele. Aun habiendo formado todos parte de mi infancia, los sentía muy lejos de mí. Desde hacía más de siete años llevaba una vida de la que lo ignoraban todo. Las monjas, luego el liceo de ciencias Enrico Fermi. Por último, pasaba los veranos con mamá en el campo, en casa de la abuela Assunta. Era papá el que nos mandaba allí: «El aire del campo os sentará bien», decía.

Luego otra vez a estudiar, y así hasta el verano siguiente. Como una muñeca cargada de resortes, seguía un destino que en cierto modo ya no me pertenecía.

2

La mañana del 5 de julio hacía un día caluroso, de cielo blanco cubierto por un paño ceniciento de humedad sofocante. Mamá, papá y yo nos reunimos con la novia en casa de sus padres. Hacía realmente mucho tiempo que no veía a mi padre tan arreglado y tan guapo con su flamante traje de chaqueta azul de doble botonadura. Habíamos ido los tres a encargarlo a una sastrería junto al teatro Petruzzelli.

—Venid, vamos a dar una vuelta —nos había dicho a mamá y a mí después de elegir el traje y un poco a regañadientes aceptar pagarlo en cuatro plazos. Nos llevó a corso Cavour a ver las tiendas. Se encontró con un par de amigos que no veía desde hacía tiempo y presumió de mi expediente escolar y de la bondad de Giuseppe, un estupendo muchacho que gustaba a todo el mundo. Estuvo simpático y jovial. Gesticulaba, sonreía continuamente y se tocaba la barba. Me enseñó la piazza de Umberto, la universidad en la que quería matricularme, via Sparano y corso Vittorio Emanuele, pensando que aquellos lugares me eran realmente desconocidos. En efecto tuve la sensación de verlos a través de una luz nueva, la de sus ojos. Me sentí atraída por nombres que enumeraba, por el ruido del tráfico, por las voces, las risas que florecían en los rostros de la gente. ¿Era posible que aquella parte de la ciudad fuese tan diferente de nuestro barrio? ¿Que bastasen unos pocos pasos para sentirse personas nuevas? Recordé haber transitado miles de veces aquellas calles sin que nunca me hubiera parado realmente a mirar.

Por último, nos llevó a ver el mar. A lo lejos un crucero avanzaba lentamente, los peces mordisqueaban las sobras de pan arrojadas por un viejecillo y una librea plateada brillaba como infinitas esquirlas de diamante. Después de mucho tiempo, por fin me sentí en paz. Papá cogió una piedra de la rompiente y la lanzó al mar.

—Es así, Marì, si lanzas una piedra sola al mar ni siquiera la ves, pero todas juntas en el fondo, mira qué bonitas, mira cómo brillan. Así somos también nosotros, Marì, como las piedras del mar. Solo brillamos si estamos junto a los demás.

Cuando volvimos al barrio de San Nicola y cruzamos la calle papá me cogió de la mano como temiendo que me pudieran atropellar. Se me aceleraron los latidos del corazón y, aunque tenía diecinueve años, me sentí como la niña perdida de tantos años antes, la misma que de vez en cuando me visitaba en sueños, de orejas de soplillo como las asas de un azucarero, ojos grandes y flequillo de monje.

Ahora lo miraba el día en que mi hermano iba a casarse. Perfectamente afeitado, la piel suave. Otra vez parecía el bello Tony Curtis. Y mi madre seguía con él. Llevaba el pelo cardado como las actrices de *Beautiful,* cuyas historias apasionadas seguía con tanta preocupación.

Para que mi padre y yo nos compráramos ropa buena ella se había tenido que contentar con ropa de segunda mano, comprada en el mercado, en los puestos que vendían las «prendas americanas», cosas usadas que llegaban al puerto para grandes mayoristas. Desde allí, los sinvergüenzas las vendían a los mercados de barrio. Las mujeres rebuscaban y rebuscaban entre colores chillones, cogían vestidos y luego los dejaban, tejidos tiesos, tiesos, tratados con colorantes de efectos desconocidos, nailon que raspaba la piel. Metía las manos en aquel amasijo de trapos y esperaba a que la vecina sacase algo que valiera la pena. Fue en aquel trasiego de manos y voces donde mamá encontró su vestido rosa de fiesta, con encaje en el pecho y en el dobladillo.

—¿Qué te parece, Marì? ¿Lo ves demasiado escotado?

La hubiera abrazado de alegría. Ni siquiera se había dado cuenta de que acabábamos de dejar el luto. Luego estaba mi vestido de dama de honor. Se lo habían pasado de mano en mano las comadres, con ojos chispeantes y ansiosos. Nada de rosa, plata o rojo. Un casto color crema en el que mi piel oscura resaltaba como el chocolate en la leche. Dos tiras de encaje calado caían de los hombros y una rosa blanca de tela adornaba la cintura.

—¡Mira mi niña! —exclamó emocionada mamá contemplando mi figura en el espejo.

También yo me observé, el perfil derecho y luego el izquierdo, el amplio escote, los volantes en las rodillas, y me volvió a la mente, una vez más, la Maria niña, un borrón negro entre el enjambre de mujeres que le zumbaban alrededor.

Nos encaminamos a casa de Beatrice, muy, muy juntos, con el rostro en tensión, entre la gente que nos saludaba, nos señalaba, nos sonreía. Al llegar nos encontramos con el vocerío chabacano de las mujeres del barrio que venían para ver a la novia, de los parientes, de la propia Beatrice, gritando porque había perdido ora un zapato ora un pendiente.

—¿Antò, te acuerdas de cuando nos casamos nosotros?

—Uy, Terè, ¿hace cuántos años?

Luego, como cohibido, se puso a darse toquecitos en los pantalones para estirarse la raya, después se sacó un peine del bolsillo interior de la chaqueta y se colocó el tupé.

—Qué guapo estás, Antò.

—Tú también, Terè.

Y en aquel momento, la insólita luz en sus miradas me pareció un milagro.

3

En la iglesia de San Marcos de los Venecianos nos esperaba don Vito. Un interior extremadamente sencillo y más bien descarnado, un altar con pocos ornamentos, dos ramos de margaritas y nada más. En el lado de la sacristía destacaba, en cambio, la espléndida representación de San Antonio y San Marcos con la Virgen del Pozo. Todos los parientes y los amigos del novio se colocaron a la derecha, los de la novia a la izquierda. Un fotógrafo bastante pasado de peso disparaba fotos continuamente, cambiaba de ángulo, se situaba sobre el altar, taladrado por las miradas de don Vito, que lo reprendía por profanar también el espacio sagrado. Don Vito seguía siendo un párroco a la antigua. Él era quien había bautizado a Beatrice y quien ahora la casaba. Ella, espléndida, en un nimbo de radiante candor, la cola del velo muy larga y un escote audaz que fue la sensación de los invitados más ancianos.

Con todo, Beatrice no era vulgar. La tela cobraba vida en el blanco lechoso de su piel y ponía de relieve lo demás, el trigueño dorado del cabello, el rojo de los labios y el verde de los ojos.

Todo el mundo estaba guapo. Las comadres, los parientes, los chicos del vecindario amigos de Giuseppe. Él, guapísimo, parecía una estrella de cine, la piel aterciopelada, los ojos rasgados, el cabello peinado con fijador en una larga raya al lado. A mitad de la ceremonia, mientras don Vito se explayaba en una homilía complicada que hacía que los más viejos arrugaran la frente y enarcaran las cejas, noté detrás de mí a Alessandro.

—Estás guapísima —dijo susurrando.

—¿Pero qué haces aquí?

—Sé que no me has invitado a la boda, pero quería veros a tu hermano y a ti también.

Me volví a mirarlo y le sonreí. Ojos muy azules y la frente con entradas. Colorado claro. Con ese aspecto germánico que me había llamado la atención desde el día en que nos conocimos.

Alessandro Zarra llegó a mi clase en tercero del liceo. Al principio no había sentido simpatía por él, quizá por ese aspecto de niño mimado que provocaba en muchos cierto rechazo. Los primeros dos años los había cursado en el liceo de letras, antes de decidir que aquella rama no era la apropiada para él y pasarse al de ciencias. Ojos muy despiertos y actitud arrogante de quien se siente superior a todos. Le molestaba mi inteligencia, seguramente, o quizá era un modo de vencer la incomodidad que experimentaba cuando estaba conmigo, porque me pinchaba continuamente con bromas machistas, razón por la que en los primeros tiempos lo evitaba. Fue en la fiesta de una compañera de clase cuando su actitud cambió. Yo obviamente no había dejado de considerarme diferente del resto de mis compañeros, todos procedentes de un mundo distinto al mío. Para no salir escaldada, iba a lo mío, evitando forjar vínculos demasiado estrechos. Mis compañeros me miraban con recelo. Todos excepto él. Mi diversidad lo atraía.

Aquella fue una de las pocas fiestas del colegio a las que asistí y solo por dar gusto a mamá. Era en un barrio muy rico en via de Marinis, conocido por todos como el barrio de los chalés. La festejada era la hija gorda y poco agraciada del director del departamento de Cirugía del Hospital de Venéreas de Carbonara. Creo que me había invitado por pura piedad, porque de otro modo hubiera sido la única excluida. Fui también por curiosidad, por ver cómo era en realidad una villa.

Fue en aquella ocasión cuando Alessandro me sacó a bailar. No sabría decir por qué acepté, quizá porque su aspecto nórdico me intimidaba, porque me atraía o porque en aquel periodo de mi vida era mi cuerpo el que le sugería a mi cabeza que realizara acciones que en otras circunstancias jamás me hubiera permitido. La habitación en la que nos encontrábamos era un gran salón decorado con muebles barnizados en un bonito marrón, con incrustaciones florales y un cierto gusto colonial que en conjunto me encantaba. Dos grandes alfombras cubrían el suelo de mármol gris y en la pared más grande colgaba un tapiz con escenas de caza.

Nos deslizábamos lentos al compás de la banda sonora de *La fiesta.* Las luces eran tenues, nuestros pies torpes, los cuerpos rígidos por una promiscuidad que quemaba en la piel.

—Tengo que decirte una cosa —me susurró al oído.

Su piel clara era tan cálida, me sentía embriagada por el aroma a lavanda de su camisa de algodón blanca y su loción almizcleña. El tono insólitamente suave de su voz me inmovilizó. Tibios escalofríos me recorrieron la piel como descargas eléctricas.

—¿Qué?

—En realidad, hace tiempo —añadió. Su voz tenía un tono cada vez más cálido.

—Pues di —le pedí brusca, pero vivía aquella inusual inquietud como una debilidad, así que me paré, aunque la música seguía derramando su melodía romántica por el amplio salón. Tardó demasiado. Alessandro todavía no sabía que yo era así, que no me gustaba estar en la cuerda floja, que la incertidumbre me consumía—. Tengo que irme —dije casi irritada por su repentina delicadeza. La indiferencia me servía para ocultar, sobre todo a mí misma, que su espera me provocaba reacciones incontrolables.

—¿Te vas? ¿Ahora? Aún es pronto.

—Para mí no. Tengo que coger el autobús para volver a casa.

—Te acompaño.

—No hace falta —dije enseguida, pero una parte de mí quería que lo hiciera.

Así que nos encaminamos silenciosos por via de Marinis. Allí estaba el instituto del Sagrado Corazón. Lo busqué con la mirada con una mezcla de nostalgia y disgusto.

Consideraba aquella parte de mi vida ya concluida, como si la hubiese vivido otra persona.

—Al final de la calle está el colegio donde hice el primer grado de secundaria —dije abrazándome al jersey porque había oscurecido y sentía frío. Entonces le dio un nuevo arrebato. Me cogió del brazo y me empujó contra la pared. Traté de frenarlo, llevada por una sensación de disgusto, aunque no era la única sensación que experimentaba. Sentía mariposas en el vientre, un intenso calor que subía de la ingle a la barriga.

—Quería decírtelo desde el primer momento en que te vi —me jadeó en la cara.

¿Qué quería decirme? La respuesta era una. Su aliento en mi boca. Y entonces me besó. Desde que Michele me había rozado los labios frente al mar no había besado a nadie más.

—Eres solo una pequeña insolente —me susurraba sin dejar de morderme los labios—. Piensas que eres distinta a mí, pero eres más burguesa que todos nosotros. —Y cuanto más me atacaba, más aumentaba su deseo. Sentía en el vientre la turgencia de sus pantalones. Me disgustaba y me excitaba. Experimentaba a un tiempo vergüenza y deseo. Las piernas de pronto flojas, una zarza ardiente en el pubis, fuego en el cuello, en los labios, ganas de decir que no y luego que sí. Déjame pero abrázame.

Así comenzó mi historia con Alessandro. Era el hijo de un coronel del ejército, un hombre —como él lo definía— honrado y tedioso. Su hijo, un rebelde anticonformista, odiaba las jerarquías, odiaba a la gente de derechas, odiaba seguir las normas.

Me fascinaba su inteligencia, la desenvoltura con que relacionaba episodios de la historia del siglo XIX, su visión amplia del mundo, diferente de la mía. Era un comunista convencido, siempre en primera línea durante las manifestaciones estudiantiles, hablaba con firmeza en las reuniones del Consejo del Instituto, enarbolaba la bandera del Che Guevara, gritaba a voz en cuello lo que era justo y lo que le parecía equivocado. Yo lo seguía sin una verdadera fe política. Juntos hablábamos de las clases de filosofía de la profesora Soldani. Después de clase, algunas veces paseábamos bajo los árboles del parque Dos de junio. Él me besaba, cuando le dejaba hacer, me tocaba el pecho por encima del jersey, pero cuando intentaba ir más allá, me escabullía y lo paraba en seco.

Ahora sé que me gustaba porque a mis ojos representaba lo más distante que puede una sentirse del barrio.

4

Lo que vino después de la ceremonia fue un confuso sucederse de besos, abrazos, lanzamiento de confeti y arroz a los novios. Montones de flashes inmortalizando momentos a la buena de Dios y, luego, mientras los novios subían a su flamante Mercedes blanco, los invitados montaban en sus coches y se marchaban al salón del banquete.

—Así que adiós. —Me despedí apresuradamente de Alessandro, antes de subir al coche que para la ocasión nos había alquilado Giuseppe. Él se quedó un poco cortado.

—¿Y ese quién es? —preguntó papá.

—Nadie, un amigo del colegio.

—Pues es mono —comentó mamá, quien seguramente echaba de menos tener las conversaciones entre madre e hija, de amor, que se suponía que debíamos tener, considerando mi edad.

Me limité a encogerme de hombros, mientras papá espiaba mis ojos por el espejo retrovisor. Fuimos de los primeros en llegar al salón, seguidos poco después por la tía Carmela, la abuela Assunta y unos primos segundos y terceros que había visto por primera vez en los funerales de la abuela y de Vincenzo. De la familia de la novia no conocía a nadie. Por otro lado todos estábamos a lo nuestro, como dos bandos que se escrutaran furtivamente.

Se sirvieron canapés acompañados de copa de vino espumoso helado. Me desplomé en una silla. No estaba acostumbrada a los zapatos de tacón y sentía los gemelos hinchados y doloridos. Entretanto, la orquesta se preparaba en el salón. El cantante colocaba el micrófono, probaba la voz. Los invitados más ancianos, cansados de aguantar el bochorno del exuberante y exótico jardín, empezaron a sentarse en las mesas de dentro. Se abanicaban con las servilletas. Las chaquetas apretaban, las corbatas agobiaban. Nadie estaba habituado a llevarlas.

Mi madre continuaba de pie y empezó a conversar con una tía de Beatrice que venía de Monopoli.

—Mi hija asiste al liceo de ciencias —decía—, el año que viene quiere ir a la universidad.

La otra, una mujer guapa y rotunda, tenía los ojos tan grandes que parecían abiertos en un esfuerzo de atención, sombreados por unas pestañas tan largas y rizadas que parecían falsas, si es que no lo eran de verdad.

Por fin llegaron los novios, recibidos por la marcha nupcial interpretada por la orquesta. Fueron acogidos por una salva de aplausos mientras, radiantes, cortaban la cinta de raso y entraban en el salón. Me sentía feliz por ellos, pero me aburría. Había otros jóvenes en la fiesta, amigos de mi hermano, pero no conocía a ninguno. Ocupaban la mesa del fondo y charlaban entre ellos. Mamá ya tenía bastante con intentar entablar amistad con la familia de Beatrice. Hacía calor, el tafetán del vestido me arañaba la piel. Empezaba a sentirme impaciente. Giuseppe y Beatrice bailaban *Unchained Melody* en el centro del salón. Los ojos de todos estaban puestos en ellos. De vez en cuando el cantante gritaba: «¡Un aplauso!». Era el momento justo para escaquearse. Imaginaba la cara de Alessandro de haber asistido a aquel circo: «Sois unos mediocres. ¡Plebeyos!». Y el pensamiento me hizo sonreír.

Un calor pegajoso envolvía las bonitas sillas blancas estilo *liberty* del jardín, las camelias exuberantes, las hileras de boj y rododendro colocadas a ambos lados de la avenida que conducía al salón del banquete. El chirrido de las cigarras se mezclaba con las notas de la orquesta. Cerré los ojos tratando de respirar regularmente para aliviarme del bochorno, inspirando hondo, como cuando tomas bocanadas de aire libre. Fue entonces cuando oí su voz. Sonora, aguda, de mujer madura.

—Te dije que íbamos a llegar tarde —se lamentaba.

Abrí de nuevo los ojos y lo primero que vi fue a ella. Avanzaba lentamente sobre unos tacones altísimos que se clavaban en la grava. No la reconocí enseguida. Me traicionó la redondez de la cara y sus formas excesivas, unos pechos enormes que rebosaban de un vestido escotado, de un rojo intenso. Puede que a alguno le pareciera vulgar, a mí sencillamente me pareció fatal. Me di cuenta de que era ella por la larga cabellera negra que terminaba en suaves volutas en la espalda.

—¡Maddalena! —dije suspirando.

Me levanté de un salto, sin comprender muy bien por qué. Deseaba ir a su encuentro, puede que quisiera que viera cómo había cambiado, ahora yo también era una mujer, no la pequeña insignificante Malacarne. En plena avenida se agachó para colocarse un tacón demasiado fino y solo en ese momento me fijé en su acompañante. Maddalena había acaparado toda la atención de mis ojos, quien iba a su lado solo me había parecido alguien con traje gris y camisa blanca, pero cuando ella se paró y lo hizo él también entonces me fijé y me quedé inmóvil, muda, clavada. El óvalo de la cara largo y afilado, el cabello muy negro y una boca grande de pliegue duro y severo. Solo los ojos seguían siendo los mismos, de un verde intenso, pestañas larguísimas, cejas tupidas. Nos reconocimos en el mismo momento.

—Michele —susurré con un hilo de voz.

—Maria.

Y como en una burla cruel, todas las cosas volvieron a la mente. El olor a mar, la voz de las gaviotas. Su mano estrechando la mía ante el cuerpo muerto de Vincenzo. El mes y el año, nuestro primer encuentro. El maestro que le había puesto en ridículo delante de todos. El gordinflón, el bruto. Cómo había cambiado. Qué guapo se había puesto. Los hombros anchos, las piernas bien formadas, la mandíbula prominente. Cada kilo de más de su cuerpo de niño se había transformado en músculos y fuerza. Pero recordé mucho más. Como si volverle a ver a él me hiciese volverme a ver a mí misma, cómo era entonces, creando un puente entre el presente y el pasado. Una breve, luminosa vida, transcurrida en un pestañeo. Recordé los llantos, míos y de mi madre, la abuela Antonietta haciéndome tocar el nódulo duro bajo la mantequilla blanda de su seno, la cara crispada de papá: «No puedes verlo más. Nunca más». Una decisión irrevocable, una certeza insoportable. Y ahora, en cambio, ahí estaba, a unos metros de mí.

—Michele —volví a susurrar.

—Anda, mira quién es, la pequeña Malacarne.

La odiosa voz de Maddalena me devolvió a la realidad, me hizo sobresaltarme como cuando de noche te despiertas de repente creyendo que te estás cayendo por un precipicio. Una nota estridente en aquel armonioso silencio.

Como guijarros en el mar

1

No fue fácil conversar con él. La liviandad con que le hablaba de mí cuando éramos niños había desaparecido.

—Te encuentro bien —me dijo tranquilo pero visiblemente cohibido, mientras que Maddalena se prodigaba en besos y abrazos sin el menor cuidado por las manchas de carmín que me dejaba en la cara.

—¿Dónde has estado? No te he visto en todo este tiempo por el barrio.

—Tú también desapareciste.

Me toqué el pelo, me coloqué un mechón tras la oreja. Era evidente que no podía decirle que había vivido los últimos años como una reclusa, cambiando a propósito de calle cuando creía que me podía cruzar con él.

—He estudiado mucho. Estoy en el último curso del liceo de ciencias.

—Ah, el colegio —intervino Maddalena—. Tú tienes la cabeza de mi hermano, pero ¿de qué sirve? No hay trabajo. Tiene que irse fuera, intentarlo en otros sitios si quiere comer. Yo hace años que dejé de estudiar y trabajo de peluquera. Voy a domicilio y me va bien, en nada me compro el coche.

Mira, pensé, la misma de siempre. Capaz de echarte los planes abajo de un plumazo, de herirte con una mirada, un comentario fuera de lugar.

—Ya veremos. Por ahora me presento a la prueba de selectividad —corté en seco.

Noté que Michele me miraba.

—Desapareciste de repente —dijo con cautela, casi como si temiese que pudiese evaporarme justo delante de sus ojos. No respondí, quizá imaginaba que en realidad no esperaba una respuesta.

—¿Sabes que Michele hizo el servicio militar en Roma? —intervino Maddalena, tratando de cortar el flujo de miradas entre ambos—. Una vez fui a visitarlo. Me llevó a ver la ciudad. ¡Qué bonita, de verdad que es la ciudad más bonita del mundo!

Me volvió a la mente cuando, hacía muchos años, mi amigo de la niñez había dicho delante de todos que le gustaba Maddalena. Y ahí estaban ahora, ante mis ojos, habían venido juntos a la boda de mi hermano y juntos habían visto Roma. Traté de imaginarme a Michele con el mismo uniforme que había llevado Giuseppe el día del funeral. Ahora eran una pareja. Al fin y al cabo, yo también tenía a Alessandro, pero no sé por qué en aquel momento me di cuenta de que no era lo mismo.

—Tengo que volver —solté deprisa, sintiéndome incómoda.

—Sí, vamos todos. Nosotros llegamos tremendamente tarde. Michele ha pasado a buscarme hace solo media hora.

Hubiera querido preguntarle si trabajaba, a lo mejor con su padre o con el tristemente célebre Tanque, cuya existencia me había ocultado con tanto empeño. Lo dejé estar. Aunque no pude impedir que los latidos del corazón se me acelerasen.

Al entrar en el salón me recibió la voz aguda y oxidada del cantante. Algunos invitados bailaban. Otros estaban de pie charlando. En los labios de algunos capté una mueca de disgusto porque, según sus desvaríos, algunas mesas se habían servido primero mientras que a las otras la comida les había llegado fría, o por las cantidades, que no habían sido equitativas, y otros cotilleos semejantes.

Me molestó mucho. «Pobrecitos —pensé—, se van a pelear por nada». Pero aquel pensamiento no me consoló.

Me dejé caer en la silla. Nuestra mesa estaba vacía. Mamá y papá bailaban, me parecieron muy guapos. La abuela Assunta y la tía Carmela charlaban de pie con dos parientes que no veían desde hacía tiempo. Los novios habían desaparecido para hacerse las fotos en los jardines del salón. Levanté el plato que mi madre había puesto sobre mi risotto con marisco. Lo volví a tapar sin hambre. Como los anillos de una serpiente, me envolvió una sensación conocida, mi vieja amiga. Me había acompañado en muchísimos momentos de mi breve vida. Me sentía presa de una grata tortura. Superior a los demás, capaz de captar su desolación, de erigirme en juez, pero por ese mismo motivo distinta, y por lo tanto sola.

Me abstraje y empecé a conjeturar, como hacíamos Alessandro y yo cuando nuestra conversación se enardecía y él empezaba a hablarme de los pensadores que a lo largo de la historia habían cambiado los destinos del mundo. Medité sobre el hecho de que en aquel salón ninguno de nosotros era libre de verdad. Yo no había sido libre de ver a Michele. Tampoco en aquel momento era verdaderamente libre, porque no le había dicho la verdad.

—¿Te apetece dar un paseo?

Fue la voz de Michele la que me sacó de mis pensamientos. Me sobresalté en la silla y él sonrió.

—No has cambiado tanto. Siempre has sido un poco rara.

Esa consideración me molestó, pero decidí aceptar su invitación. La verdad era que me moría de ganas de estar con él un momento.

—¿Estás seguro de que a Maddalena no le va a molestar?

—No es mi dueña, Maria. Además, está demasiado enzarzada en su conversación sobre los cortes de pelo a la moda.

Caminamos lentamente, bajo un sol que me abrasaba la piel y hacía mis pensamientos aún más confusos.

—Es extraño, ¿sabes? Entiendo lo de Maddalena y tú. Veros juntos. Resumiendo —añadí, temerosa de la conversación que había iniciado sin querer—, recuerdo que de niño eras muy diferente a ella.

Se paró a observarme mejor, luego metió las manos en los bolsillos del pantalón.

—No ha sido algo preconcebido. Sé que a veces Maddalena puede resultar odiosa, me doy cuenta. Recuerdo lo que te hacía de pequeña, pero también tiene cualidades. Es una chica inteligente.

Negué con la cabeza.

—¿He dicho algo que no sea verdad?

—Venga, inteligente. Dirás que son otras las cualidades que un hombre busca en una mujer como ella.

De repente, empezó a reírse a carcajadas.

—Si no te conociese bien, diría que te molesta. ¿Te molesta que ella y yo estemos juntos?

Sin quererlo, ambos retrocedimos años atrás, cuando nuestro vínculo nos hacía libres para contárnoslo todo.

—Quizá sí, no sabría decir. Solo que es extraño.

Llegamos a un pequeño lago con montones de preciosos nenúfares flotando sobre la superficie del agua. Al otro lado de la tapia del salón del banquete se veía el mar. Un horizonte de agua y cielo. Michele se detuvo, con la mirada fija en la línea azulada que parecía tan lejana.

—¿Recuerdas cuando te dije que de mayor quería coger una barca y cruzar al otro lado?

—Es verdad. Lo recuerdo bien.

—¿Tu padre todavía sale al mar? ¿Cómo se llama su barca?

—*Ciao Charlie* —exclamé, con un nudo en la garganta.

—Estuve fuera un año, ¿sabes? Roma es bonita, pero es como si no me hubiera ido nunca en realidad. No del modo que pretendía.

Conocía la sensación de la que me hablaba. Como una especie de indolencia.

—Yo no me he movido de aquí, pero es como si de verdad nunca hubiera formado parte de este lugar.

Durante unos momentos me miró. Me observaba con un aire indescifrable, aunque suficiente para que montones de escalofríos me recorrieran la espalda. Ninguno de los dos habló. Solo sentí que los ojos se me llenaban de llanto y que una lágrima tan solo se me escapaba.

—Estás preciosa —murmuró, antes de inclinarse a besarme.

Sentí temor y me aparté de su boca cálida.

—Lo siento —dijo.

—No pasa nada —farfullé, antes de estrujar el tafetán del vestido entre los dedos e inventar la excusa de que tenía que volver al salón.

—Debo irme. Nos vemos.

Me despedí deprisa. Sentía los labios ardiendo, las mejillas coloradas, la cabeza mareada y estaba totalmente confundida. Feliz y triste. La realidad me parecía a un tiempo espléndida y llena de insidias. Era el fruto de una primavera engañosa, de una estación simulada.

2

Dejé a mi viejo amigo de pie ante el pequeño lago y volví al salón, asustada por las sensaciones que Michele había despertado en mí. Hacía siete años que no nos veíamos. ¿Era posible que mi madre no supiera nada de lo de Maddalena con él? Algo sabía seguro. Era una barriada pequeña y lo que hacían los Sinsangre le interesaba a todo el mundo. Pero en mi casa no se hablaba de ellos. Aquel nombre estaba vedado, yo había seguido con mi vida como si no existiera.

Volví a mi sitio en la mesa, sin poder prestar atención a nada ni nadie de mi alrededor. Ni a la música, ni a las voces de los invitados, ni a las parejas que bailaban. El zumbido de mil abejas en la cabeza me impedía pensar con lucidez. Me crucé con los ojos grandes e inquisidores de Maddalena, que probablemente se estaba preguntando dónde había ido con su novio. Poco después volvió también

Michele. Se sentó en su mesa, cogió un vaso de vino y se lo bebió de un tirón. Noté que Maddalena empezaba a bombardearle. Estaba muy pálida, ya no mostraba la sonrisa resuelta de poco antes. Michele negaba con la cabeza, se servía otro vino, bebía, volvía a negar, mientras Maddalena seguía asaeteándolo a preguntas. Por un momento él pareció a disgusto, cohibido, bajó la cabeza, miró a otro lado.

—¿Dónde has estado? —me preguntó mi madre, pendiente de colocarse unos rizos rebeldes que le caían sobre la frente. Sentía cómo se me ruborizaba la cara por los nervios y la vergüenza.

—He vuelto a ver a Michele. Mi amigo.

—Ah, Michele Sinsangre. —Y aunque quería simular tranquilidad, por el tono en que pronunció el nombre sabía que la noticia no la había dejado indiferente—. Lo habrá invitado tu hermano. Dijo que invitaría a algunos amigos. Diez en total. Será uno de ellos. ¿Pero desde cuándo Giuseppe es amigo de Michele?

—No es amigo suyo, mamá. Está aquí con Maddalena. Ha venido con ella.

En ese momento pensé que quizá Maddalena lo había hecho adrede. Puede que incluso, después de tantos años, todavía experimentara placer poniéndome en situaciones embarazosas.

—¿Quién? ¿La nieta de la *masciara*? —preguntó casi incrédula—. Él se ha puesto muy guapo, podría permitirse algo mejor.

—Mamá, Maddalena es guapísima.

—Bah, yo más bien diría que es vulgar.

Volví a mirar en dirección a su mesa. Michele estaba de pie, Maddalena le tiraba del brazo con las dos manos, pero él oponía resistencia. Daba la impresión de que, de haber podido, la habría arrastrado a ella, al mantel, a la mesa y a todo lo que había encima. Se libró de su agarre con decisión. Ella miró en torno avergonzada, esbozó apenas una sonrisa, sacó del bolso el carmín y se lo pasó varias veces sobre los labios.

La orquesta empezó a tocar otra vez *Unchained Melody,* ante la insistencia de los recién casados. Las parejas corrieron a la pista, mientras las luces se hacían difusas para crear una atmósfera más romántica e íntima. Giuseppe y Beatrice se movieron con soltura hasta el centro del salón. Por un momento la figura de Michele desapareció, pero luego oí su voz.

—¿Quieres bailar? —Su tono era tan acariciador. ¿Cuándo sucedió que el niño al que conocí, con quien me sinceraba, en quien tenía puesta mi confianza, se había convertido en un hombre? Y menudo hombre.

Mi madre me observó con atención y seguramente comprendió lo que estaba sucediendo y lo que a continuación iba a suceder. Sin embargo, no dijo nada.

Por un momento me demoré en un último pensamiento, me preguntaba qué hubiera pasado si en todas las encrucijadas de mi vida hubiera tomado siempre el otro camino, el que no había escogido. ¿Me hubiera encontrado en el mismo punto? ¿Sintiendo aquel torbellino de sensaciones nuevas, abrasadoras, dulces y amargas que me secaban la boca?

Sin darme cuenta le tendí la mano y nos unimos al resto de parejas que estaban bailando. Con la voz de fondo del cantante desafinando para llegar a los agudos, fuimos rememorando el tiempo de nuestra infancia. ¿Te acuerdas? Yo sí. ¿Tú estabas? Yo sí. Ah, ¿sí? ¿Y luego? ¿Al final qué hiciste? A veces mezclábamos las fantasías con los recuerdos. A los dos nos complacía prolongar aquel momento mágico. Un brotar y sucederse de sentimientos conocidos y olvidados que volvían a la superficie. Experimentaba la extraña y hermosísima sensación de sentirme fuera de control, de ser un guijarro rodando por una montaña, como si nuestro encuentro fuese un suceso inevitable, como si los años hubieran transcurrido con el único fin de reunirnos en aquel instante único. Me demoré en la profundidad de sus ojos, en la línea de sus cejas, en su piel de oliva, en su boca grande, a conciencia. Si preguntaba a sus ojos, volvía a pensar en el Michele de antaño y las dos imágenes chocaban, también chocaba su voz cálida y ronca, que desentonaba con la del niño que tenía en la cabeza. Durante un tiempo permanecimos en silencio, un sutil silencio lánguido, cargado de expectación.

—¿Por qué desapareciste? —preguntó cuando vio que la música estaba a punto de terminar.

Acerqué mi cara a la suya, mientras la boca me temblaba porque la respuesta me estrujaba el corazón. Nunca más. Era así de definitivo. Así de apremiante. Las palabras de mi padre resonaban ásperas.

Las notas llegaban como un rumor de pasos lejanos. Era el ritmo cauto de la batería lo que modulaba nuestros pies, hacía mover nuestros cuerpos. Nuestras caderas rozándose y alejándose, creando una complicidad nueva y sorprendente.

—Yo era tu amigo.

Abrí de nuevo los ojos, buscando la respuesta que le pudiera hacer menos daño. No la encontré. No tuve tiempo.

—Quita ahora mismo las manos de mi hija.

Conocía aquella mirada, la rigidez de cada músculo contraído por la rabia, la voz dura, los ojos extraordinariamente claros. Cuántas veces durante los años de mi infancia y luego en la adolescencia, cuando su humor era particularmente negro y sus estallidos estaban a la orden del día, había tratado de refrenar mi miedo. Por la pasta demasiado fría o demasiado caliente, que no hubiera pan, que faltara el vino o no estuviera suficientemente frío, que el dinero no llegara. Su lengua afilada golpeando a diestro y siniestro, puñetazo fuerte en la mesa, los platos volando, mamá llorando en silencio. Yo lo registraba todo y por la noche, en la cama, metía la cabeza debajo de las sábanas y me quedaba horas y horas así, temblando, rezando e invocando a la abuela con la fuerza del pensamiento, para que me llevase con ella.

—Tú no le pones una mano encima a mi hija. —Y me cogió de un brazo, invitándome a seguirlo.

La canción había terminado y la orquesta empezó a tocar un ritmo frenético, volvieron a subir las luces.

—Señor De Santis, solo estábamos bailando.

Papá se volvió a mirar a Michele. Parecía tranquilo, pero yo lo conocía bien y sabía que no le hacía falta gran cosa para arruinar incluso la boda de su hijo, así que traté de serenarlo.

—Vamos, papá, vamos a sentarnos.

Me observó mansamente. Parecía muy cansado.

Mucho después comprendí que la guerra que había decidido emprender contra todos en realidad era una guerra contra sí mismo.

«De joven era un muchacho bueno y soñador», me decía con frecuencia mamá para exculparlo. Hubiera querido hacerlo yo también, pero entonces su guerra me hacía mucho daño.

—Tú a mi familia no la tocas. —Y como esta vez alzó bien la voz recalcando las palabras, la escena atrajo la atención de mamá, de los invitados, de Maddalena y de los novios.

—Papá, todos te miran. Por favor, vamos a sentarnos.

—Lo siento, Maria, pero en la fiesta de mi hijo no tolero a un Sinsangre.

—¿Cómo? —preguntó Michele abriendo los brazos.

—He sido yo —intervino Maddalena—. Le pregunté a Giuseppe si podía llevar a alguien y me dijo que sí. Somos amigos todos, ¿no? —Pero mi padre ignoró la respuesta.

—Por si no lo has entendido bien, te lo repito. Yo con tu familia de ladrones y traficantes no quiero saber nada. Lleváis la desgracia en vosotros y se la traéis a los demás. ¿Cómo está tu hermano Carlo? Está bien, cómo no. Mientras que mi hijo está enterrado a dos metros bajo tierra. Hale, saluda de mi parte a tu padre. —Y escupió a un palmo de sus pies.

—Fue un accidente. Mi hermano será un cabrón, pero no es culpa suya si Vincenzo está muerto.

Y en aquel momento me miró y lo comprendió todo.

—Claro que sí, pedazo de mierda. Mi hijo no era un santo, pero no hubiera empezado con los tirones si ese canalla de Carlo no le hubiese iniciado.

Agachó la cabeza, como llevado de un repentino cansancio. Creo que en aquel instante comprendí que aquello nunca acabaría. Papá jamás cambiaría. También en aquel momento comprendí que la vida, la familia, el amor mismo estaban hechos de mentiras. Mi padre había mentido a sus propios hijos sobre muchos detalles de su vida y a sí mismo sobre sus propios sentimientos, sus propias culpas. Yo, a mi vez, nunca había tenido el valor de decirle que mi vida no me gustaba. Que sentía que no me pertenecía.

—Comprendo —recalcó Michele, colocándose el pelo—, es mejor que me vaya.

—Espera, me voy contigo —masculló Maddalena.

—No, tú quédate. Seguro que alguien te puede llevar a casa. Quiero estar solo.

Y se dirigió a la salida. Maddalena esperó unos momentos y luego lo siguió, pero con aquellos altísimos tacones no podía y al poco renunció. Giuseppe hizo una señal a la orquesta de que siguieran tocando, que la fiesta debía continuar. Era su boda y nadie tenía derecho a arruinársela. Volvimos a nuestros sitios en la mesa. Mamá frunció los labios como cuando quería hacerse la ingenua y la abuela Assunta, que creía que todavía podía ejercer el papel de madre, le reprochó a su hijo:

—Creo que podrías haberte ahorrado la escena delante de todos, hasta en la boda de tu hijo.

Papá le respondió con una mirada amablemente despectiva, algo que había aprendido a hacer desde que había tenido que resignarse a la idea de que la vida siguiese su curso según un orden ya establecido al que nadie podía oponerse. Un tictac implacable que ningún mecanismo podía parar. Él se hacía cada vez más viejo y no servía de nada blasfemar contra el hijo de Satanás, contra los malditos años que se llevaban sus fuerzas y el temperamento de antaño. Todo lo que la vida le había arrebatado, dentro o fuera, nada ni nadie podía devolvérselo. Así que miró a su madre, desmadejada en la silla.

—¿Sabe qué le digo, señora? —Todavía la llamaba así—. Que se vaya a tomar por culo usted también.

3

Una mañana de cualquier día después, poco antes de mi examen de selectividad, papá vino a despertarme.

—¿Quieres hacer una cosa conmigo hoy? —me preguntó mientras, sentado en la cama, me acariciaba la espalda con una mano.

—¿Una cosa?

—Sí, te llevo con la *Ciao Charlie.* Salimos al mar. Solo tú y yo.

En toda mi vida jamás había habido nada que hubiese compartido sola con mi padre, así que su proposición me dejó sin palabras. Asentí, evitando comentarios, porque tenía la sensación de que, de haberlo hecho, no hubiera podido evitar llorar. Me vestí rápido y desayuné con voracidad, mientras mi madre me rondaba malhumorada, quizá porque se esperaba que yo le insistiese en que viniera ella también. Atravesamos el barrio atestado y, al llegar a la altura del muelle, papá me mostró cómo se soltaba el cabo del amarradero. Me cogió las manos y me las guio hacia el nudo.

—Lo aprendí de mi padre, cuando tenía ocho años —me explicó.

Zarpamos bastante rápido y paramos cuando todas las casas frente al paseo parecían minúsculas. Del mar, tranquilo y resplandeciente, procedía una cantinela lenta, una especie de nenia. Si me adaptaba a aquel ritmo, podía cerrar los ojos y sentirme en paz, pero si me obstinaba en contraerme, unas náuseas malditas me cogían a traición. El aire apenas soplaba y llenaba los pulmones de un aroma a salitre que impregnaba la nariz y picaba en la garganta.

—¿Lo entiendes, Marì? ¿Por qué no dejo el mar?

Me hablaba con la mirada fija en el horizonte. No estaba segura de poder comprender lo que él sentía, pero tenía la clara impresión de que solo así, con el agua como único paisaje y su chapoteo como melodía, se sentía de verdad en paz. Estaba enamorado del vacío, habituado al silencio glacial de los amaneceres fríos que estrujaban el pecho como la nostalgia. Allí lo había aprendido todo, a distinguir lo blanco de lo negro, a desconfiar de los hombres.

—Lo siento —afirmó en un determinado momento mientras se encendía un cigarrillo—, sé bien que no soy un padre perfecto, digamos que ni siquiera soy un buen padre. Pero, como dicen, a los padres no los podemos elegir.

Y empezó a hablarme de una madre aprensiva y omnipresente y de un padre demasiado débil, de su infancia y su adolescencia. De cuando volvía a casa con los pantalones caídos porque había dejado como prenda los botones jugando al billar con los amigos. De la escuela elemental, que odiaba, pero de su amor por la lectura y por las películas americanas que veía en la escuela dominical con su hermana Carmela.

De cuando había conocido a mamá.

—Era hermosa tu madre, parecía sofisticada, una gran dama. Qué mala vida le he dado. —Y rio amargamente, apretando el cigarrillo entre los labios y secándose los ojos húmedos con las palmas de las manos. Yo lo escuchaba muda, aterrorizada por su relato agridulce. Lo que me asustaba era tomar conciencia de que su lado oculto era frágil. Era más fácil odiarlo. Sin compromisos, solo él entre mi felicidad y yo.

Ahora estaba tirada en popa, como si un viento fulminante pudiese barrerme a mí también con los recuerdos de mi padre. A toro pasado, siempre he pensado que hubiera podido aprovechar aquella ocasión para hablar con él, pero eran tiempos en los que las conversaciones entre padre e hija se limitaban a unas pocas alusiones. Volvimos al muelle y, apenas hubimos puesto un pie en tierra, el hilo de confidencias secretas entre mi padre y yo quedó de nuevo roto. A mi madre, que me preguntó curiosa qué habíamos hecho, le respondí con desgana:

—Nada, un paseo por altamar.

—¿Nada más? ¿No me he perdido nada?

Asentí, aunque el recuerdo de aquella mañana juntos lo he conservado toda la vida. En los días siguientes me enfrenté con inquietud a las pruebas de selectividad, una redacción de italiano sobre la globalización, una prueba difícil de matemáticas sobre parábolas y elipses y un examen oral centrado por un lado en Pirandello y por otro en los planetas.

Me presenté al examen de selectividad el 14 de julio y Alessandro un día después; había elegido para la prueba oral, cómo no, un tema de filosofía. Para celebrarlo me invitó a salir con él y yo acepté, aunque en las últimas semanas no había logrado quitarme de la cabeza las sensaciones que había experimentado al volver a ver a Michele.

Insistió en irme a buscar a casa, pero lo disuadí, porque no quería que viese la sordidez del lugar donde vivía ni que conociese a mi familia. Me avergonzaba de ellos. Me llevó a comer a un restaurante delicioso en corso Vittorio Emanuele. Lo pagó todo él y estuvo hablando toda la noche sin conseguir aburrirme. Estaba a punto de irse de vacaciones. Su familia tenía una casa en Gallipoli y pasaban todo el verano allí.

—Te voy a echar de menos —dijo de pronto poniéndose serio. No le respondí, solo me quejé de haber comido demasiado—. Eres increíble —exclamó abriendo los brazos de par en par.

—¿En qué sentido?

—Te digo que te voy a echar de menos y tú te quejas de tener la tripa llena.

Lo miré perpleja. Trataba de preguntarle con los ojos dónde quería llegar.

—¿Pero no sois vosotras las mujeres las que amáis el romanticismo, las frases almibaradas y cosas por el estilo?

—Vale, pues yo no.

Suspiró, retirándose el mechón rubio de la frente.

—En cualquier caso, gracias por la cena, has sido un encanto.

—¿Te parece si nos vamos?

—Muy bien —le respondí—, ¿damos una vuelta?

Me miró algo cohibido y luego, bajando la voz, me propuso ir a su casa.

—Mi familia está fuera hasta mañana. Podemos escuchar un poco de música, charlar en el sofá.

Consideré la propuesta unos minutos, luego acepté solo por un motivo. Sentía rabia imaginándome juntos a Michele y Maddalena y, aunque era un pensamiento que no tenía ningún sentido, fue lo único que me decidió a ir.

Nunca había visto su casa, solo sabía que vivía en Poggiofranco, un barrio nuevo y elegante. Ni siquiera había cogido nunca un ascensor, pero omití aquel particular porque me avergonzaba. Nos recibió un largo pasillo con luces intercaladas, espejos en las paredes y grandes plantas colocadas sobre alfombras grises. En realidad, el gris era el color predominante de su casa. Un gran salón antracita y muebles modernos que relucían y olían a barnizado. La única nota de blancura, una cocina reluciente, vivificada por una fragancia a limón.

—Es preciosa. Tu madre hace un trabajo de mantenimiento impresionante.

—Digamos que no solo es mérito suyo. Hay una mujer de la limpieza que la ayuda tres veces por semana.

Se quitó la chaqueta y abrió una gran puerta de cristal que daba acceso a un balcón.

—¿Te parece que salgamos? —le propuse.

Era un quinto piso y la preciosa vista sobre las mil luces de la ciudad me hizo olvidar por un momento dónde estaba.

—Pongo un poco de música —dijo bajando el tono de voz. Me sorprendió no ponerme nerviosa. Soplaba un viento tranquilo y constante que transportaba a través del río de callejas el perfume de un verano ya vivo. En el balcón, macetas de fresias y geranios expandían por el aire un aroma dulzón. Alessandro vino hasta mí, mientras la melodía de *Tragedy* de los Bee Gees inundaba la habitación. Fue entonces cuando empezó a besarme y rápido comprendí, por la vehemencia de su respiración, que aquella tarde tenía ganas de atreverse a más. Me levantó el vestido deslizando las manos entre mis muslos. Traté de bajarlo y volví la cara para otro lado. Entonces su boca me cogió una oreja, la mordió, la lamió, resbaló cuello abajo. Un escalofrío tibio me recorrió la pelvis y me clavó a la barandilla del balcón.

—Aquí no —susurró, antes de tomarme de la mano y conducirme a su habitación. Mientras lo seguía, un pensamiento me nublaba la vista, la sensación de la boca de Michele en la mía. Volví a besar los labios de Alessandro esperando que me hicieran olvidar el sabor de Sinsangre. Lo hice con ardor, dejé que su lengua se deslizara en mi boca, que sus manos apretaran mis pechos, que pellizcara mis pezones. Una agresión suave, indolora pero desconcertante, que por un momento absorbió toda mi atención.

—Eres muy hermosa. No sabes cuántas veces he soñado con esto.

El chico que me había cautivado por su espíritu rebelde, por su arrogante seguridad, ahora me parecía indefenso, un corazón frágil.

Me tumbó suavemente en la cama y se desabrochó el pantalón, se lo quitó rápido y torpemente y con la misma rapidez se deshizo de mis bragas. Yo suspiraba, jadeaba y me forzaba a mantener los ojos cerrados, quería que la excitación borrase todo lo demás. Cuando introdujo los dedos en mi sexo, fue como derretirse del todo.

—No te preocupes, voy despacio. No te va a doler.

Volví a abrir los ojos mientras Alessandro enlazaba mis piernas a las suyas e intentaba entrar en mí. Se abría camino con una mano, se esforzaba en sujetarme firmemente. Entonces lo miré de una manera distinta, una mirada clara y serena. Comprendí que no era allí donde quería estar.

En aquellos años había hecho lo imposible para convencerme de que todo era como debía ser, de que mi vida discurría por donde tenía que ser, pero no era así. La pérdida de Vincenzo, de mi abuela, la pérdida de Michele, habían imprimido a mi vida una apariencia que yo había tratado empecinadamente de contener en unos límites bien definidos. Ahora, en cambio, haber vuelto a ver a mi amigo de la infancia había abierto una grieta en la sólida muralla construida para protegerme. De pronto la muchacha educada que asistía al liceo y salía con el hijo comunista de un coronel del ejército me parecía tan lejana como ajenas a las monjas me parecían la Casabui y sus secuaces.

Sentí disgusto y vergüenza y cerré las piernas enfadada.

—No puedo —susurré—. No quiero.

Alessandro no paró enseguida, estaba demasiado excitado, el sexo erecto, la respiración jadeante, estaba enardecido. Trató de abrirme de nuevo los muslos, pero lo retiré.

—No quiero —remaché, mirándole a los ojos nublados por la excitación, apaciguándolo.

—Maria, disculpa. Pensaba que tú también querías. —Pero el tono de voz parecía contrariado—. Ven, voy despacio, te lo prometo.

Negué, con lágrimas en los ojos.

—No quiero —dije bajito, antes de coger mis cosas y salir corriendo de su casa.

Subí al autobús, bajé frente al teatro Petruzzelli y crucé corso Cavour para volver a casa. Las calles del centro estaban aún llenas de gente y el mar estaba iluminado con multitud de luces en el horizonte, parecían fuegos fatuos. Caminé hasta la Muralla. Esa parte de Bari estaba silenciosa, dormida. Se oían unas pocas voces en dialecto procedentes de las ventanas abiertas. Una vieja comía altramuces ante la puerta de su casa mirando el mar en lontananza. Un hombre gordo, en camiseta y pantalón corto, cantaba *Abbasc' a la marina**.

—Buenas noches, señorita —dijo con una especie de reverencia. Seguí andando con la cabeza baja.

«Quant'è bello lu primm'ammore», añadió guiñando un ojo.

Estaba nerviosa, no hacía más que mirar a todos los lados de la calle. Tenía una sensación extraña, como si cada cosa me apareciese de nuevo nítida, iluminada. Cada ros-

---

* *Abbasc' a la marina* es una popular canción en dialecto de Puglia: ¡Baja al puerto! / ¡Qué bonito es el primer amor! *[N. de la T.]*

tro, cada calle del vecindario se mostraban nuevamente a mis ojos como lo que eran, como si después de haber levantado una capa de papel de seda hubiera encontrado debajo la palidez enfermiza del folio en blanco. No estaba hecha para el mundo de Alessandro y, aunque hubiera creído sentirme atraída, cada vez que me acercaba a su sustancia salía corriendo para volver a mi verdadera esencia.

Cuando volví a mi calle me sorprendió el bullicio y el griterío del grupo de las mujeres al completo. A un lado Cesira, la *masciara, cumma* Nannina, y al otro lado los hombres fumando y de tanto en tanto escupiendo al suelo. La gente, las casas bajas, las *chianche* llenas de escupitajos me daban la impresión de una foto fallida, mal impresa como las de los periódicos. Más allá, estaban los *carabinieri* y una ambulancia con las luces de emergencia iluminando la calle como si fuera de día.

—¿Qué sucede? —pregunté sin dirigir la pregunta a un verdadero interlocutor. Un poco más lejos vi a mi madre. Fui con ella—. ¿Qué ha pasado?

Meneó la cabeza.

—Pobrecito. Mediahembra, que no ha aguantado más.

—¿Cómo que no ha aguantado más?

—Lo han encontrado maquillado y desnudo como vino al mundo. Ha utilizado el cinturón de los pantalones, mientras la madre dormía.

Hablaba intermitentemente, como si le pareciese demasiado feo llamar a las cosas por su nombre.

La *miss* había dejado el carmín en el suelo, se había pintado las uñas de los pies de rojo intenso. Mientras lo metían en la ambulancia, me fijé en lo largos y delgados que tenía los pies, lo largos que eran sus brazos. Y me impactó el sexo lacio, el pecho exiguo, el vientre fláccido y ligeramente abultado. Me acerqué a la puerta y miré dentro. No sé por qué lo hice. Los *carabinieri* estaban inspeccionando la habitación. Vi una combinación de encaje y una foto suya de niño. Me pareció el adiós de una persona que se despide en voz baja. Recordé cuando papá se hartó de dar patadas a Vincenzo por lo que le había hecho a Mediahembra. Y todos los que ahora meneaban la cabeza ante el cuerpo desnudo envuelto en una sábana blanca me parecían actores vestidos para representar una tragedia caduca. Ahora recitaban como encasquillados en sus monólogos de circunstancias. Pobre chico, pobre madre, pobrecito, cómo lo siento, qué cruel final.

—Ven, vamos a casa —dijo papá acercándose a mí desde el otro lado de la calle—, que esto da asco.

—No tengo sueño —comentó mamá después de ponerse el camisón. Y se fue al telar a trabajar—. ¿Qué tal tu noche? ¿Te has divertido?

Siempre me asombraba su capacidad para esquivar conversaciones dolorosas.

—Todo bien, fuimos a comer a un restaurante elegante.

—Alessandro es un buen chico, Maria. Otro mundo, muy diferente de nosotros.

No sabía si interpretar su afirmación como algo positivo o negativo, así que me encogí de hombros. La imagen de Mediahembra no quería abandonarme y el presentimiento de que la realidad otra vez me estaba desbordando, estaba superando los límites ciertos y seguros que yo había impuesto, volvió a hacerse poderoso.

—Vi cómo mirabas a Michele Sinsangre en la boda de tu hermano.

—¿Qué quieres decir, mamá?

—Que algunas cosas solo se dicen con los ojos.

Me serví un vaso de agua y lo bebí lentamente.

—Era mi mejor amigo. Me afectó un poco volverlo a ver, nada más.

El *tam tam* rítmico del telar me transmitía una sensación de reafirmante rigor.

—Hay vidas destinadas a cruzarse —continuó ella, y me pareció una frase sacada de las fotonovelas rosa que leía antes de dormir pero que en cualquier caso logró afectarme—. Al menos ahora Mediahembra está en paz —concluyó. Luego nos quedamos en silencio mucho tiempo. Ella pisaba el telar y yo la miraba pensando que era hermosísima, todavía maquillada y arreglada como una señora, con la combinación de algodón de dormir.

—Te quiero —le susurré. El telar se detuvo unos instantes y ella me miró sonriendo, después se reanudó el *tam tam.* No se lo decía desde hacía más de siete años.

Arena en los ojos

1

Era la fiesta de San Rocco. Cagaiglesia había invitado a todo el barrio por el santo de uno de sus hijos, que se casaba al mes siguiente y quería celebrar la última festividad en la casa paterna. Las comadres estaban todas reunidas frente al balcón conversando, en tanto los niños saltaban entre las columnas antiguas de la piazza del Buonconsiglio. Rocchino se besuqueaba en un rincón con su novia y no tenía ojos más que para ella.

—No es bueno casarse tan jóvenes —sentenciaba *cumma* Nannina, que los escrutaba con ojos codiciosos y malvados. Seguramente era pura envidia por el deseo que desprendían sus gestos y por su juventud. La *masciara* no parecía alegre como el resto; puede que la costumbre de pronosticar desgracias le hiciera sentirse a disgusto en las ocasiones festivas, casi como si el corazón le hablase y le hiciese verlo todo negro, mientras todos los demás reían y bebían. Papá y Cagaiglesia estaban sentados en la puerta hablando de pesca. Relataban las hazañas que cada uno había realizado durante las carreras de natación en el mar, apuraban un vaso de Primitivo y se servían otro. Cuando llegó Maddalena, sentí que el corazón se me aceleraba. Pese a todo, esperaba que detrás de ella apareciese Michele. Pero estaba sola. Él se había vuelto de nuevo invisible, de nuevo solo un recuerdo.

La casa estaba llena de gente, como cuando la muerte de la abuela y de Vincenzo. La mamá de Rocchino se había vestido de fiesta. Con una peineta de plata en el pelo y un vestido todo encajes y frufrú, las comadres le hacían corro alrededor, ávidas por saber cómo iba a ser la boda y cuánto iba a costar el banquete y el traje del novio. Era tal el cotorreo y las risas que no se hubiera oído ni un disparo de un fusil. Las mujeres se tronchaban con las divertidas anécdotas que contaba la comadre Angelina, lo que con el correr de los años le había valido el apodo de «Ametralladora». Los niños se disputaban los garbanzos secos y los altramuces sentados en la tapia y todo el mundo parecía haber olvidado sus problemas. La *masciara* estaba mirando a un grupito de gente que hablaba entre sí en una esquina de la calle, con actitud seria como si hubiese sucedido una desgracia. Ella, que padecía fascinación por las calamidades, dejó el corrillo de comadres y se acercó arrastrando a duras penas la pierna, afectada por una artritis crónica. Quizá por la misma perversa atracción, yo la seguí a cierta distancia. Había dos pescadores y algún que otro viejo recién salido del comedor social. Decían que era una injusticia intolerable, que hacía mucho que no se veía algo igual. Los demás ponían la oreja para escuchar, como moscas alrededor. Llegó entonces el dueño de la casa con los bigotes engominados como si fueran a perforar el aire.

—¿Qué pasa aquí? —preguntó resentido porque aquel grupito alteraba la fiesta de su hijo. Le contestó un viejo vestido con traje de domingo y bombín en la cabeza.

—*Abbasc' a la marina,* han volado una barca en el puerto, la han hecho pedacitos.

—¿Y quién ha sido? ¿Se sabe? —preguntó Cagaiglesia, mientras el rostro se le iba poniendo rojo púrpura como si fuera a prendérsele fuego de un momento a otro.

El viejo miró cauteloso alrededor y de pronto bajó el tono de voz:

—Han dejado un mensaje en un trozo de cartón, lo han colgado en el muelle. «Nadie jode a los Sinsangre». Es lo que ponía.

Aquel nombre me heló la sangre y también alertó a Cagaiglesia. La *masciara* sentenció con una de sus frases proféticas:

—Cuando algo ha de torcerse, nadie puede enderezarlo. Es mejor meterse uno mismo en el ataúd o dejarse cazar. Sin remisión.

Nos reunimos con el resto de los invitados y, mientras las mujeres seguían conversando, los hombres se dirigieron con paso rápido al muelle. Mi madre, *cumma* Nannina y yo los seguimos a cierta distancia, mamá con inquietud, porque la barca podía ser de cualquiera, y yo con un mal presentimiento que no quería abandonarme. Había más gente en el muelle, un viejo que callaba y se rascaba la cabeza frente al cartel con la amenaza, un mendigo que decía a todo que sí.

—¿Has visto quién ha sido?

—Sí.

—¿Cuál de los hermanos?

—Sí.

—El loco cabrón.

—Sí.

Bastó un instante para que papá reconociera los restos de su barca y las letras que formaban su nombre tan amado, *Ciao Charlie.* Mamá se llevó una mano a la boca para no gritar, mientras papá daba patadas al aire. *Cumma* Nannina hizo tres veces la señal de la cruz y murmuró en voz baja:

—Pobre familia. Tienen la negra.

Pero Cagaiglesia la oyó y la miró con expresión severa.

—Estate muda. Pero muda, que no eres más que una vieja chocha.

Los demás, amontonados en torno a los restos de la barca, murmuraban meneando la cabeza.

—¡Yo lo mato! —despotricó mi padre volviéndose hacia mí—. A tu amiguito lo mato. Ha sido él, está claro. No ha olvidado lo que le dije en la boda y se ha vengado.

—¿Quién, Michele? —pregunté casi a mí misma—. No puede ser —afirmé con convicción.

—Abre los ojos, Malacarne, es muy fácil. El mensaje lo dice claro y rotundo.

Hacía tiempo que papá no me llamaba de ese modo, Malacarne había terminado oculta en el cajón de las cosas olvidadas de mi infancia. Se remontaba al periodo del Sagrado Corazón, cuando cogía de los pelos a la Casabui o escapaba a escondidas con Michele al mar. No podía creer que hubiera podido cometer una acción tan tremenda, de ser así, significaba que el chico al que yo conocía estaba enterrado con Malacarne. Que solo quedaban de ambos recuerdos desvaídos de una época inexistente.

Cagaiglesia se acercó a mi padre para calmarlo.

—Piénsalo, Antò, podría haber sido cualquiera y haber culpado a Sinsangre.

—Nadie dice el nombre Sinsangre en vano. Si te pilla, acabas muerto y enterrado —concluyó.

—Se acabó, Terè —suspiró papá derrumbándose en el amarradero—. Se acabó la barca, se acabó el mar, se acabó el dinero.

Mamá se persignó y comenzó a rezar.

Desde aquel momento empezó a sentir una devoción sin límites por la Dolorosa, hasta el punto de llegar a convencerse de que aquel cuerpo largo que yacía sobre las piernas de su madre, con las costillas negras y las rodillas ensangrentadas, era el retrato de Vincenzino. Que nuestra familia al completo tenía la ardua tarea de expiar los pecados de todo el barrio. Quizá, diría más tarde, tuviera razón *cumma* Nannina, todos teníamos la negra, por eso ella iba a rezar y rezar hasta obtener el perdón de Cristo. Desde aquel día, cada noche empezó a acudir a la capillita de los Santi Medici a rezar a los pies de la Dolorosa, ganándose así el sobrenombre de «Teresa la dolorosa».

Papá recogió el trozo de madera donde estaba escrito *Ciao Charlie* y se lo llevó a casa. Durante el trayecto solo habló mi madre.

—Ya he perdido un hijo, no quiero perder también a mi marido. Tú donde los Sinsangre no vas porque te matan.

Siempre en la vida lo hemos hecho todo a tu modo, esta vez lo vamos a hacer al mío.

De vuelta en casa, papá desahogó toda su ira contra las figuras de adorno, los platos del fregadero, el jarrón del chinero, escupiendo las peores blasfemias que su lengua podía concebir. Mamá y yo recogimos todos los pedazos sin decir nada, ambas sabíamos que cuando la furia lo atacaba la única arma de defensa era el silencio.

—¡Marì, como descubra que todavía ves a ese bastardo, no vuelves a salir de casa en toda tu vida! —voceó al final levantando el índice y hablándome a una distancia tan próxima que los perdigones de saliva me daban en la cara. Mi madre probó a ponerse en medio, pero la calló con un gesto seco de la mano. Hice ademán de que sí, que había comprendido cada palabra, me temblaban las piernas y sentía náuseas. Me atormentaba el pensamiento de que Michele pudiese ser culpable de algo semejante. No había sabido nada más de él. ¿En quién se había convertido? ¿Quién era ahora? Solo tenía la sensación de que haberlo vuelto a ver había creado un puente entre el pasado y el presente, como haber regresado al punto exacto en que nuestras vidas se habían separado. Luego todos nos quedamos callados. A través de las ventanas abiertas me fijé en un grupo de chicos que jugaban a empujar una piedra con la punta del zapato, bromeaban y reían. También se oía la voz de Cesira arremetiendo contra el marido con una de sus filípicas. Pasó un viejo junto a la puerta empujando una bicicleta por toda la calle. Una leve brisa agitaba las hojas de albahaca en el alféizar de la ventana.

—Esperemos que cada día que nos llegue sea mejor que el anterior —dijo mamá, quizá sintiendo el aliento de la vida en la piel, una petición muda de felicidad que deseaba que pudiéramos coger al vuelo. Papá se caló a fondo el sombrero y salió dando un portazo.

—Virgen de los Dolores, haz que no vaya donde los Sinsangre.

Esta vez la Virgen escuchó su plegaria.

2

Los rayos de sol de la mañana se filtraban como dedos curiosos entre las lamas de las venecianas y me rozaban la cara con delicadeza, tibios y reconfortantes. Me moví un poco en la cama, volviéndome hacia el otro lado. Me sentía muy inquieta. Apreté los párpados y sacudí la cabeza para liberarme de los últimos restos de sueño. Afortunadamente papá ya se había ido, le había oído afanarse con la cafetera y rezongar en tono grave ya con las primeras luces del alba. Imaginaba que le iba a costar encontrar otro trabajo y que la búsqueda lo iba a tener bastante inquieto. Quizá también fuera el momento de que yo abandonase mis sueños literarios y contribuyera a la economía familiar. ¡Pero se sentía tan orgullosa mi madre de que fuera a ir a la universidad! Mi profesor de literatura, el tristemente célebre maestro Di Rienzo, apodado «el ogro», además de cincuentón seductor y antiguo piloto de las

Fuerzas Aéreas, era también un literato de renombre en la ciudad, amante de Dante y del latín. No sé bien por qué, pero al igual que la tremenda madre superiora del Sagrado Corazón, también había advertido algo destacado en mi manera de escribir y, como conocía mis estrecheces económicas, había tomado por costumbre prestarme libros que yo devoraba durante las vacaciones de verano que pasaba en el campo, en Cerignola. De ese modo había descubierto mi amor por Gabriele d'Annunzio, que me conmovía ante una página de Beppe Fenoglio y que soñaba despierta con la Annina de los poemas de Giorgio Caproni. En cuarto nos asignó un trabajo de curso muy difícil: *Pia de los Tolomeos: qué representa para ti.* Al resto de la clase aquel tema sobre una mujer a la que Dante había dedicado únicamente unas cuantas líneas le resultó absolutamente incomprensible, pero yo le encontré muchos puntos de discusión sobre el papel de la mujer en la familia y en el mundo. Fue en esa ocasión cuando el profesor Di Rienzo se mostró benevolente conmigo. No tenía las maneras gélidas del maestro Caggiano, hablaba susurrando, tenía un bello rostro de actor y los ojos claros y sinceros, pero el rigor de su juicio le convertía en uno de los profesores más temidos de la escuela.

—Vienes del barrio viejo, ¿verdad, De Santis? —me preguntó al devolverme el trabajo, en el que destacaba un nueve. Asentí, temiendo que lo hubiera considerado demasiado irrespetuoso, un poco fuera de tono—. Para muchos es una condena —siguió tranquilo—, pero para ti, De Santis, creo que es un don. No se puede conocer realmente algo si antes no te ha traspasado su exacto contrario.

Todo lo que es bello, lo que consideramos perfecto y magnífico, llega tras haber probado lo feo y lo imperfecto. Si conoces el mal, sabrás con la misma certeza lo que es el bien.

Fue por él por lo que poco tiempo después me matriculé en la Facultad de Letras.

Ahora, sentada al borde de la cama, meditaba sobre qué sentido tenía tratar de huir de mi destino. Quizá tenía razón Maddalena, hubiera debido buscar un trabajo, uno cualquiera, conseguir un sueldo para ayudar a mi familia. Crucé las piernas y miré de frente, preparándome despacio, agotada, para afrontar aquella jornada. Me volvieron a la mente las palabras que mi abuela me había dicho poco antes de morir, que tenía que utilizar la mala carne que llevaba dentro para defenderme. Quizá no fuera de los demás de quien debía protegerme, sino de mis propios sueños.

Debía ver a Michele, pedirle explicaciones, escupirle a la cara. Era lo que debía hacer, así que recorrí la habitación y detuve la mirada en la cama vacía de mis dos hermanos, guiñando los ojos con la frecuencia rítmica e imperturbable de un recién nacido. Me sentí sola. En la cocina una tarta de chocolate esparcía su toque dulce de aroma a canela. Solo mamá había podido responder a una desgracia semejante con una tarta. Al verme, vino a darme un beso.

—¡Te has despertado pronto!

Después continuó canturreando bajito la canción de Baglioni que sonaba en la radio. Tuve la sensación nítida de que en el fondo se alegraba de lo que había sucedido, quizá en su corazón ingenuamente esperaba que papá podía cambiar de vida y transformarse en un hombre distinto. Comí con prisa y sin ganas, movida por la urgencia de irme.

—¿Dónde vas a estas horas?

—A la universidad —me inventé—, a informarme sobre el comienzo del curso.

Suspiró dos o tres veces.

—¡Ay, mi chica, que va a ir a la universidad! La abuela estaría orgullosa de ti. —Y me plantó un beso en la cabeza.

Recorrí los callejones recordando cuando de pequeña había ido a espiar a Nicola Sinsangre esperando verle transformarse ante mis ojos en un horrible monstruo de lengua de fuego y cabello de serpientes. Daba por descontado que Michele vivía aún en aquella casa. No había ido a buscarle más y en realidad no había vuelto a saber de él. Lo primero que me saltó a la vista fue la fachada recién pintada de un blanco inmaculado, con los marcos de madera nuevos y macetas en flor en los antepechos. La casa estaba completamente restaurada.

Llamé, tratando de tragar la saliva que me secaba la garganta y me impedía respirar. Vino a abrirme una mujer guapa y arregladísima. Me costó reconocerla, era la madre de Michele. Llevaba el cabello cardado como las muñecas Barbie y una línea negra y gruesa le delineaba los ojos oscuros. Tenía las uñas largas y pintadas de rojo fuerte, como los labios. También ella estaba cambiada respecto a la última vez que la había visto. Enseguida noté el contraste entre la piel pálida y lisa del rostro y las manos delgadas y rugosas, única parte visible de su cuerpo que evidenciaba su edad.

—¿Puedo ayudarte en algo? —preguntó en un italiano pulcro, sin flexiones dialectales.

—Estoy buscando a Michele.

Movió los labios rojos, le vi los dientes y sonrió.

—Vamos, entra.

La cocina estaba limpia y en orden. El blanco predominaba en las paredes, en el color de los muebles y en las cortinas. Me hizo sentarme a la mesa y me ofreció café y unas galletas. Poco después llegaron los gemelos, que se habían transformado en dos pequeños gorditos. El niño se parecía muchísimo a Michele de pequeño.

—¿Y tú quién eres? —preguntó la niña en tono impertinente.

—Es una amiga de Michele.

—¿Una amiga nada más? Pues él ya tiene novia. Se llama Maddalena, como la novia de Jesús.

—¿Pero qué dices, maleducada? —le reprendió la madre—. Id a jugar fuera. No molestéis a la señorita.

Los niños obedecieron y nos quedamos solas. Por un momento se puso seria, siguió mirándome pero distraídamente, como si hubiese perdido el interés en mí, luego mordió una galleta y dio un sorbo al café.

—¿Tú y Michele os conocéis bien?

—Éramos amigos de pequeños, íbamos al mismo colegio en primaria, luego dejamos de vernos. Nos encontramos después de muchos años en la boda de mi hermano, hace algún tiempo.

—Ah, ¿que tienes un hermano casado? ¡Qué bien! De mis hijos ninguno tiene mujer todavía. Mi marido y yo no hacemos más que repetirles que ya es hora de formar su propia familia, pero no quieren saber nada. —Se arregló un bucle y volvió a mirarme—. Son los jóvenes de ahora. Tienen la cabeza en otras cosas. En mis tiempos, a la edad de Michele ya había tenido al primero.

Me disgustó la idea de que una chica tan joven se hubiese podido casar con un hombre tan horrible como Nicola Sinsangre.

Y fue mientras meditaba sobre aquel pensamiento cuando el ogro de mis sueños se me apareció en la puerta. Era el que más había cambiado de todos, tenía la cara hinchada, la piel tirante y enrojecida. Los ojos se reducían a dos estrechas hendiduras a los lados. Avanzó a pasos muy lentos hacia la mesa, pues las piernas le temblaban, al igual que los brazos y el cuello. La mujer corrió a acercarle la silla al tiempo que lo sujetaba.

—Una amiga de Michele —me presentó. Él esbozó una sonrisa antes de toser ruidosamente. De alguna manera podía despreciarlo sin sentimiento de culpa, con indiferencia, como si el desgaste que lo había mermado le afectara a otro. La mujer le acercó una taza de café y Sinsangre, con dedos inciertos y temblorosos, probó a levantarla. La mano dispuesta de ella acudió en su ayuda.

—Si no está Michele, no les molesto más —susurré de puro azoramiento. Ver a Sinsangre en aquellas condiciones me trastornaba, transformaba mi odio y mi miedo en una sustancia fluida que lentamente se desprendía de mi piel. Permaneció unos instantes observando la inseguridad de su propia mano, la tosquedad de sus movimientos. Como un médico que ve la enfermedad apoderarse de su propia piel y no hace nada para evitarlo, se contemplaba, casi como si exhortara a su propio cuerpo y lo regañara por desobedecer sus órdenes.

—Disculpa, cariño —me respondió la dueña de la casa—, prueba a llamar en la puerta de al lado. Ahora Michele vive más allí que aquí.

Era la casa que me había llevado a ver Vincenzo, la que Tanque alquilaba a los drogadictos y a las mujerzuelas. Pensar que ahora Michele vivía allí me provocó náuseas, por lo que me puse rápidamente en pie y antes de salir respiré hondo. Pero no había cambiado de idea, en cualquier caso tenía que verlo y aquella espera tomando café en lugar de aplacarme me había llenado de rabia. Así que llamé con insistencia a su puerta. También aquella casa había sido restaurada, olía a nuevo y a limpio.

—¡Maria! —me acogió con estupor. Llevaba unos pantalones blancos de lino enrollados hasta las rodillas y una camiseta azul sin mangas que hacía destacar el tórax ancho y la musculatura de sus brazos.

Su imagen me impactó y sentí un escalofrío por la espalda. Quizá para defenderme de aquella sensación lo primero que hice fue atacarle.

—Eres un cobarde. ¿Qué cojones le has hecho a mi padre, cobarde?

Todo cuanto había sido yo en el pasado volvió con fuerza. Volvió el dialecto, volvió la rabia de los tiempos en que había mordido la oreja a Pasquale. Volvió el marimacho que arañaba a la Casabui, la niña con el casquete de monje y las orejas de soplillo que de tanto en tanto me visitaba en sueños.

—¿Pero qué dices, Maria? Yo no le he hecho nada a tu padre —se justificó—. Entra y cuéntame qué ha pasado.

—Alguien ayer por la noche destrozó la barca de mi padre y dejó un mensaje firmado por Sinsangre. «Nadie jode a los Sinsangre», es lo que habían escrito. Has sido tú, ¿verdad? No has olvidado lo que mi padre te dijo en la boda.

Aunque no quería, me puse a llorar. Llevaba la vida entera ejercitando una media sonrisa perennemente estampada en la cara para simular tranquilidad, frialdad, escondiéndome en un rincón alejado e invisible para pasar inadvertida, creando una distancia al compás del mundo de los demás, pero en aquel momento era como si hubiera perdido todas las defensas.

—Ven aquí, siéntate —me dijo despacio, cogiéndome del brazo y acompañándome a la mesa. Él también se sentó frente a mí, abrió las piernas, cruzó los brazos y empezó a hablar—. Escúchame, Maria, no sé nada de esa historia. Te juro que no he sido yo, yo no hago esas cosas. ¿Pero cómo has podido pensar que soy capaz de destrozar la barca de tu padre? Tú me conoces.

Negué con la cabeza, secándome los ojos una y otra vez.

—No he vuelto a saber nada de ti, Michele. Puede que te hayas vuelto como tu padre, ¿cómo voy a saberlo?

Alzó los ojos y miró a su alrededor.

—Yo no soy como mi padre —recalcó lentamente—. Y además mi padre ahora está enfermo, no está en condiciones de hacerle nada a nadie. Quien se ocupa de todo ahora es mi hermano.

—¿Tu hermano? ¿Qué hermano?

—Del que nunca te quise hablar cuando era pequeño. —Ahí estaba su secreto, por fin desvelado.

—Tanque —susurré.

Asintió sonriendo con amargura.

—El nombre ya habla por sí mismo. Desde que lleva él los asuntos de mi padre todo es más complicado. Mira, Maria, sé que lo que hacía mi padre era repugnante, pero, créeme, él al menos tenía unos principios, su propia moralidad, aunque la cosa pueda parecerte absurda. Mi hermano en cambio solo tiene esto en mente. —Y se frotó unas con otras las yemas de los dedos—. Para él solo cuenta el dinero y a tomar por culo la gente.

—¿Y tú? ¿Tú qué papel tienes en todo esto?

Me miró a los ojos; los suyos eran limpios, verdes, hermosísimos.

—Yo trato de mantenerme todo lo lejos que puedo, pero algunas veces es inevitable terminar en medio.

—Terminar en medio... —repetí, suspirando—. Y esta vez has terminado en medio de los que nos han destrozado la barca.

Se levantó empujando ruidosamente la silla, se me acercó y me cogió por los hombros.

—No he sido yo, Maria. Alguien debió de contarle a mi hermano lo que dijo tu padre, puede que Maddalena. Ella va a menudo a casa de mis padres y no sabe estarse callada. Seguro —concluyó, cada vez más convencido del asunto. Empezó a andar por la habitación—. Tiene que haber sido eso, fue ella, puede que se pusiera celosa al vernos juntos. ¡Qué zorra —dijo alzando la voz—, cuando la vea se va a enterar!

—¿Y qué vas a hacer? —le pregunté levantándome yo también y yendo a su encuentro. Con tono provocador, rabiosa—. ¿Y qué vas a hacer, eh? ¿Destrozarla a ella también, como tu hermano hizo con la barca? Y así lo resolvéis todo los Sinsangre, ¿no es cierto?

Tenía los puños apretados, de haber sido todavía la Malacarne niña le hubiera mordido la oreja, pero me limité a acercarme a su cara tanto como para poder distinguir cada minúsculo detalle de aquel rostro afeitado y lozano de grandes labios.

—Yo no hago esas cosas, Maria. —Y de nuevo me cogió por los hombros y me sacudió—. ¿Te acuerdas de cuando siendo niños me contaste lo de tu padre? ¿Lo de su mal carácter y sus arrebatos?

Asentí, sintiendo sobre mí un peso opresor que me hizo temblar las rodillas.

—Yo siempre he sabido —siguió quedo— que no eras como él. Siempre lo he sabido. ¿Por qué, en cambio, tú no puedes creer que yo no soy como mi padre? Cuando éramos niños me creías. ¿Por qué ahora no puedes?

De pronto me sentí como si, por encantamiento, hubiera desaparecido de un lugar oscuro, opaco, para reaparecer en un lugar lleno de luz, como una promesa de felicidad. Basta ya de barrio, la casa de mala muerte, el dinero que no llega, basta de mi padre, las comadres, la *masciara,* Maddalena, basta de mí, la estudiante modelo, la lectora solitaria, la hija obediente, perdida, sola. En aquel momento la parte de mí que cogía el timón era la que sentía más semejante a Michele.

Entonces fue cuando se acercó y me besó, metió las manos entre mi pelo y me sujetó la nuca, como si temiera que pudiera salir volando. Un beso que duró un tiempo indescriptible. Y cuanto más me besaba, más sentía nudos desanudándose, más la tierra baldía que había habitado en mí comenzaba de nuevo a florecer. El dolor que había acogido y custodiado durante todos aquellos años parecía cesar. Un dolor cuya procedencia ignoraba, pero que Michele conocía bien porque también era el suyo. Aquel día hicimos el amor por primera vez, y fue como si también fuese a ser la última. Como dos amantes bajo un cielo de bombas.

3

Después de clase, salía corriendo a todo correr por las calles del centro hasta llegar a la piazza del Ferrarese y tomar por via Venezia. Michele dejaba la puerta abierta y yo entraba jadeando y con el corazón latiéndome tan fuerte que parecía que me fuera a estallar. Tenía miedo de que me viese alguien, que mi padre se enterase, nos hubiera matado a los dos, estaba segura de que hubiera sido capaz.

Durante una de aquellas tardes, mientras miraba mi cuerpo desnudo en la cama, me dijo: «Querría estar siempre así», y pese a que sus palabras me hacían feliz, sabía que tras su esperanza de amor eterno se ocultaba el terror. Lo sentía pensar, padecer con la duda de si levantarse y escapar o quedarse a mi lado. Estaba sentado junto a mi cuerpo desnudo, me daba la espalda. Tenía la piel del color del trigo, un pequeño lunar abultado justo bajo la escápula, la nuca despejada, un pendiente brillante en el lóbulo izquierdo. En aquel momento tuve la certeza de que cada milímetro de aquella piel era mía. Era mi compañero, el niño que se lanzaba al mar con gracia a pesar de sus kilos de más, que llegaba tarde al colegio por acompañarme a la parada del autobús, que escuchaba mis historias obsequiándome con sus silencios. Era mi pasado: tapias, mar, tardes de verano, un beso robado en la escollera. Tenerlo a mi lado me provocaba tristeza y alegría. Por él albergaba algo que iba más allá de la atracción, más allá del amor, era una necesidad. Y, sin embargo, si me hubiesen preguntado qué sentía por Michele, no hubiera dudado en responder: le necesitaba como se necesita el aire, la comida, un techo bajo el que estar.

Los meses transcurridos con él fueron sin ninguna duda los más hermosos de mi vida. La casa de Michele era cálida y acogedora. Hacíamos el amor en su cama, en el sofá, en una manta tirada en el suelo. Mientras él me tomaba con ardor, de cuando en cuando yo le interrumpía con mis preguntas, mis pensamientos, mis carcajadas. Bajaba el ritmo, me respondía, me besaba en la cara, el pelo, el cuello. Michele no era alguien que hablara demasiado, entre nosotros no había largas conversaciones sobre política y filosofía como con Alessandro, pero nunca las eché de menos. Mientras me acurrucaba tras su espalda, amplia como la coraza de un legionario, me parecía estar exactamente en el lugar justo.

Recuperé el placer de sentarme con mi madre en la cocina a la hora de la cena. Ella la preparaba y yo estudiaba, me hablaba y yo respondía. Escuchábamos las canciones en la radio y las cantábamos juntas. Cada noche la acompañaba a rezar a la Dolorosa y el domingo al cementerio.

—¿Mamá, ha vuelto a visitarte la tía Cornelia? —le pregunté durante uno de nuestros paseos.

Ella negó con la cabeza y siguió caminando.

—Se ve que la necesitan en el otro mundo.

Pero yo sabía que el motivo era otro. Por fin también ella había hallado algo de paz, aunque con frecuencia me la encontraba apretando entre las manos una vieja foto de Vincenzo de niño o la oía sollozar de noche. También yo me paraba frente a la cama vacía de mis hermanos y pensaba en cuando vivíamos todos juntos. Entonces experimentaba un dolor cauto y sin preaviso, un mal físico que se concentraba todo en el vientre.

La vida había seguido su curso. Papá había encontrado trabajo en el matadero municipal. Aquel sitio daba repugnancia y cuando volvía a casa se traía, junto con el hedor de la sangre, también un rastro de disgusto y de rabia. Pero en compensación el sueldo era bueno y podíamos permitirnos un vestido y un par de zapatos nuevos. El único que no se sentía feliz era precisamente mi padre, que más bien parecía un alma en pena. Un día entró en la cocina con cara de loco y la emprendió contra la radio, dándole porrazos hasta reducirla a un montón de cables retorcidos y pernos. Al día siguiente mamá compró otra radio y la tuvo encendida incluso durante la cena. Él fingió no darse cuenta. Rememoraba con cariño los tiempos en que era muy pequeña y, aterrada por la presencia de mis hermanos y de papá, seguía a mi madre como una sombra, escondiéndome entre sus faldas, hallando refugio en una de sus tiernas caricias. Admiraba sus ojos luminosos del color de la ortiga, el cabello desgreñado que a menudo llevaba sujeto en un recogido del que escapaban cabellos rebeldes, las manos increíblemente blancas estropeadas y con ampollas, el índice ligeramente curvado por las horas pasadas con el hilo y la aguja. En cierto sentido volvía a verla de nuevo con los mismos ojos de cariño. Una vez, hablándome de mi padre de joven, me dijo que había conocido también su lado más débil, el más oculto. Quizá era realmente así. Yo también empezaba a tener ojos bastante atentos para ver otro lado de mi padre hasta entonces solo revelado en ciertas circunstancias, un rostro frágil que él trataba de mantener bien oculto y que quizá mamá había descubierto hacía mucho tiempo. Por eso lo soportaba, lo perdonaba y seguía queriéndolo. Me bastaba juntar algunos pedazos para verlo claramente: la mano muda que trataba de estrechar la mía, la nostalgia del mar, la melancolía latente, la misma rabia contra Michele, ¿no era quizá otra señal de su lado débil?

Una tarde —faltaban diez días para Navidad— Alessandro se presentó en mi casa. No nos veíamos desde el verano, desde la cena a la que me había invitado para celebrar el título de selectividad. No me había portado bien con él desapareciendo de aquel modo, pero había tomado el camino más fácil, lo que desde luego no me hacía sentirme particularmente orgullosa de mí misma. Me había esforzado en que no supiese nunca dónde vivía, quería que conociese de mí solo aquello que yo estaba dispuesta a enseñarle, por eso me sorprendió que diera conmigo.

—¿Qué haces aquí? ¿Cómo me has encontrado?

—Menuda acogida —dijo irónico—. Ha sido fácil, me parece que aquí todos te conocen.

—Perdóname —traté de arreglarlo—, es que no me esperaba verte.

—Maria, ¿quién es? —Mamá se asomó a la puerta con la bayeta en la mano y olor a ajo en los dedos—. ¡Alessandro! —comentó asombrada—. ¡Tanto gusto, soy Teresa! —exclamó tendiéndole la mano—. Antonio, ven, ven a conocer al amigo de Maria. Ya te he hablado de él.

—No, mama, no hace falta, Alessandro se tiene que ir.

Se nos unió papá, traía la sonrisa de circunstancias y las manos cruzadas a la espalda.

—Tanto gusto, creo que tu padre es coronel —sentenció, para demostrar que para él la esencia de cada uno de nosotros pasaba por la de los padres.

—Estoy preparando la cena, quédate. ¡Tenemos teléfono, puedes avisar a tus padres! —exclamó mamá con orgullo, visto que el teléfono era otra de las comodidades que nos habíamos podido permitir gracias al sueldo de papá.

Detestaba cuando se comportaba de aquel modo, decidiendo en mi lugar y por mi bien. Alessandro buscó por unos instantes mis ojos, notó mi desaprobación, pero al final aceptó. Reparé en que papá lo estaba examinando con mirada severa. Llevaba puestos unos vaqueros y una chupa de piel marrón. Era muy guapo, los ojos azul celeste de un niño, el rostro pulido, pero lo que sentía por Michele era otra historia. Le hicieron sentarse a la mesa de la cocina y papá le ofreció un vaso de vino. Esperé a que Alessandro comenzase uno de sus complicados discursos sobre filosofía. Momento en el que papá se hubiera sentido menoscabado y se hubiera puesto a atacarlo. Siempre lo hacía en esas circunstancias, pero no sucedió.

—Bueno, cuéntame cómo es el trabajo de tu padre —le preguntó en cambio. Yo sabía que no tenían buena relación, que siempre estaba ausente, que era despótico y bastante presuntuoso, aspectos todos ellos que Alessandro hizo bien en omitir.

—Suele viajar —se limitó a decir—. De pequeño le echaba mucho de menos.

Mamá lo miró con ternura.

—Debió de ser difícil para ti —comentó.

Me invadió un sentimiento de rabia. La infancia de Alessandro comparada con la mía y la de mis hermanos había sido una maravilla, no podía culparlo a él, pero empezaba a sentir un malestar difícil de disimular, un deseo de ofenderlo, y aquella sensación fue acrecentándose durante todo el tiempo que duró la cena.

—Es verdad—exploté—, vivía en una casa inmensa con una mujer de la limpieza a su servicio. Siempre tenía ropa nueva y todos los veranos iba de vacaciones a una villa en el mar. Tienes razón, mama, tuvo que ser una infancia realmente difícil.

Le sonreí con ironía, luego miré a mi madre, que violenta se puso a remover la comida en el plato. Y yo mientras sentía crecer dentro un deseo insatisfecho que me bullía en las entrañas, un fuego imposible de apagar, un hambre que ni siquiera en los momentos de amor más fogosos lograba saciar. La piel de Michele me faltaba ya, aunque solo hiciera unas pocas horas que no le tocaba, no deseaba otra cosa que volverle a acariciar. Terminé de comer sin prestar demasiada atención a la conversación entre Alessandro y mis padres. Solo de vez en cuando notaba su mirada en mí, pero la esquivaba. A la hora de irse lo acompañé a la puerta.

—¿Cuándo te puedo ver otra vez? —me preguntó apretándome la mano. No tenía nada en su contra, en el fondo había sido el único chico con el que había logrado relacionarme en los años del instituto. Siempre había permanecido cerrada y, cuando sentía que alguien se interesaba por mí, hacía lo posible para mantenerlo a distancia. Alessandro siempre me había atraído por su inteligencia, pero no lo amaba, y había tenido la certeza absoluta después de haber vuelto a ver a Michele.

—No podemos vernos más, Ale. No es culpa tuya, pero, créeme, es mejor así.

—Si es por lo que sucedió en mi casa, te juro que seré más cauto, no te presionaré más. Por favor, Maria. Yo quiero volverte a ver.

—Tú no has hecho nada, no es por ti.

—Y entonces ¿por qué?

Miré abarcando el callejón entero, el viento cortante que azotaba los árboles desnudos, el castillo en lontananza. ¡Y pensar que un poco más lejos estaba su casa! En aquel momento me di cuenta de que estaba dispuesta a hacer lo que fuera. Pensé en sus manos, fuertes, rudas, pero delicadas cuando me acariciaban. En sus ojos siempre un poco melancólicos, en el tono ronco y apasionado de su voz. Inquieta, me debatía entre el fuego de mi cuerpo —que se había transformado en el de una mujer— y la dulzura de un sentimiento aún teñido de la inocencia de la infancia.

—Estoy enamorada de otro —confesé mirándole fijamente a los ojos. Él se mordió un labio, se colocó el pelo y miró al cielo más allá de las casas.

—¿Cómo sabes que estás segura? Hace poco que lo conoces, puede que te equivoques.

Mantuve la mirada, no quería herirlo, pero tenía que comprender.

—No, lo conozco de toda la vida.

4

Lo vi alejarse deprisa por la avenida de *chianche,* con una mano en el bolsillo del pantalón y la otra yendo de la cara al pelo y otra vez a la cara. Cuando entré en casa, una preciosa milonga esparcía su melodía envolvente por la cocina. Papá había bebido de más y eso le ponía de buen humor. Reconocí la voz de Cheo Feliciano, uno de sus cantantes favoritos. Custodiaba el disco como una reliquia, y es que era una de las pocas cosas que le quedaban de su estancia juvenil en Venezuela. Tenía nostalgia de la época de su juventud, cuando todavía soñaba. Una vez nos contó que cuando vivió en casa de sus padres en Venezuela, en el pueblito de Puerto La Cruz, se mandó hacer una silla de mimbre para colocar junto a una ventana. Todos los días al caer la tarde se sentaba en aquella silla, en el ala más expuesta a los vientos del océano, ante exuberantes palmeras, a contemplar el atardecer incendiado de rojo y naranja, mientras la melodía de un son cubano o de una rumba apasionada le calentaba el corazón. En aquel momento, al tiempo que la voz de Cheo Feliciano inundaba la habitación, mamá y él bailaban, la frente de ella en los labios de él. ¡Qué extraños y excéntricos y distintos eran! Se odiaban, se amaban, se evitaban, se encontraban. Cerré los ojos y dejé que la melodía me abstrajera del mundo. Por un momento me sentí libre, arrojada a una dimensión irreal donde todo parecía posible, incluso que mi padre aceptase mis sentimientos por Michele. Luego la música terminó, papá se tambaleó camino del dormitorio y mamá se acicaló contenta, canturreando palabras incomprensibles en un español trastabillado.

—Entonces ¿cuándo volvéis a veros Alessandro y tú?

Me senté junto a la ventana a mirar la luna.

—No, mama, no nos vamos a ver más. Le he dicho que hemos terminado.

—¿Cómo? ¿Terminado? ¿Y por qué?

Dejó caer la bayeta y plantó las palmas de las manos en la mesa.

—No estoy enamorada de él, mamá, y se acabó.

—Pero es un buen chico —insistió—, de buena familia. Te puede ofrecer muchas cosas.

—Mamá, no quiero hablar más de ello.

Entonces se me acercó y me obligó a subir la barbilla para mirarla a los ojos.

—¿No será por Michele Sinsangre? ¿Vas a dejarlo por él?

Seguí mirando la luna, convencida de que el tono de nuestra conversación no iba a llevarnos a nada bueno.

—¿Pero no fuiste tú quien dijo que algunas vidas están destinadas a cruzarse? —le respondí enfadada.

—Sí, pero yo no he dicho para nada que eso sea bueno. Escúchame, Maria, soy tu madre y sé lo que te conviene. Con Michele no vas a ninguna parte. Es un buen chico, no lo discuto, pero el fruto no puede crecer lejos de la planta. —Era una frase que ya había oído y que me negaba a tomar en consideración.

—No creo que tú seas la persona más indicada para darme consejos. Elegiste un marido como papá y no creo que pueda considerarse un ejemplo de buen matrimonio.

Le temblaban los labios y tenía los ojos anegados en lágrimas. Alzó la mano y me dio una bofetada. En aquel momento me pareció que tenía el aspecto del espectro de la tía Cornelia, los ojos inexpresivos de las muñecas y el rostro de color ceniza. Me detuve a mirarla y pensé en cuánta distancia había entre nosotras. Yo, una mujer joven en la flor de la vida, de mirada sensual, ojos astutos, figura suave y sinuosa; ella, una madre rozando los sesenta, el aspecto decadente de una fértil matrona, arrugas verticales en los labios, hilos de plata encaneciendo la cabellera crespa. Me toqué la mejilla casi incrédula. Muchos años después, la única ocasión en que a mi vez le di una bofetada a mi hija, pensé en aquella noche y en el rostro de mi madre.

Más tarde, aquella noche tuve un sueño: había más luces de colores de las que había visto en mi vida, mi cuerpo se hacía enorme, se elevaba como un globo sobre la superficie del mar, la recorría toda y cruzaba al otro lado. La gente corría a la rompiente para despedirme con la mano. De pronto, antes de tocar tierra en la otra orilla del mar, mi cuerpo comenzaba a hacerse más y más pequeño, perdía la ligereza que lo mantenía suspendido en el aire y caía. Me desperté sobresaltada e instintivamente me toqué la barriga, la cabeza, los ojos. Comprendí que no había sido más que un sueño y entonces me llegó la voz de mi madre desde la cocina. Lloraba ruidosamente, parecía un lamento subiendo y bajando. Hubiera querido ir a abrazarla, hacer con ella lo que tantas veces había hecho ella conmigo desde pequeña, dejar que apoyara su cabeza en mi hombro y mecerla. Acunarla y dejar que se acurrucara como una niña. Decirle: lo siento, soy mala carne, la abuela tenía razón, tú también tenías razón.

En cambio di vueltas en la cama, volví la cabeza hacia la pared y escondí las manos entre los muslos. Como una babosa escondiéndose en su concha, quería dejar de existir, o mejor dicho, existir en otra parte. Las horas en mi habitación pasaron lentamente, vacías, me dormí de nuevo para despertarme poco después.

Cuando abrí los ojos en la radio estaba sonando Baglioni y mamá cantaba mientras el café borboteaba.

Mala carne

1

Era uno de los últimos días de universidad antes de las vacaciones navideñas. En el aula magna se oía el vocerío alegre de los estudiantes esperando la llegada del profesor de Historia Medieval. No había hecho aún demasiadas amistades, se limitaban a unas cuantas palabras intercambiadas con Roberta, la única de mi clase matriculada en la Facultad de Letras, aparte de Alessandro. Afortunadamente, Alessandro y yo no estábamos en el mismo grupo, por lo que no era frecuente que nos cruzáramos por los pasillos del edificio. Seguía pensando en mi madre cuando vi a Michele entrar en el aula. Se me aceleró el corazón; hasta entonces solo habíamos mantenido encuentros secretos en su casa y la idea de verle entre tanta gente me confundía. Recogí mis cosas y fui a su encuentro.

—¿Qué haces aquí? —Tenía una expresión feliz, los ojos brillantes.

—¡Sorpresa! —exclamó antes de robarme un beso—. Quiero llevarte a un sitio, para que veas una cosa.

—¿Tú y yo? ¿Pero estás seguro? —Ya me había acostumbrado a nuestra clandestinidad. No me respondió. Michele era una persona de gestos y odiaba las palabras de más, así que me cogió de la mano y me arrastró corriendo a la salida. Nos esperaba una flamante motocicleta negra. Mis conocimientos al respecto eran bastante limitados, pero me parecía una de esas motos que se ven en las películas americanas, de las que te transmiten de inmediato una sensación de libertad.

—Monta y agárrate fuerte. —Notó que titubeaba y quiso calmarme—: Estate tranquila, vamos lejos, así que no nos pueden ver. Tienes toda la mañana, ¿no?

Me sentía como el día de hacía tantísimos años cuando había aceptado acompañarlo al mar. Experimentaba la misma sensación de peligro y excitación. Por unos instantes estuve a punto de preguntarle cómo había conseguido una moto así, al igual que muchas otras veces hubiera querido preguntarle otras cosas. ¿De qué vivía? ¿Qué hacía para ganarse la vida? Pero en todas las ocasiones prefería escabullirme y elegía no saber.

Monté y me agarré fuerte a él. Atravesamos a gran velocidad las calles del centro y llegamos al paseo marítimo. Nos escabullimos veloces a través del tráfico, entre los puestos ambulantes que empezaban a aparecer en las aceras, dejando atrás a la gitana que vendía flores en el semáforo y un par de prostitutas vestidas de cuero por la zona de Torre Quetta. Después solo campos abandonados y el mar, el mar gris de una mañana de invierno. Mientras respiraba el aire cortante de diciembre de pronto me sentí llena de energía y de esperanza, la inocencia de la juventud me llenaba de expectativas y buenos propósitos. El cielo era límpido, la luz radiante y aquella moto grande y negra hubiera podido llevarnos a cualquier parte, solos él y yo. Llegamos a Polignano. Permanecimos un rato admirando el espectáculo de las casas colgadas en el acantilado, luego volví la vista al mar, que veía batir al final de una calleja de *chianche* blancas. A ambos lados, tenderetes repletos de baratijas.

—Te invito a algo caliente. Te vas a congelar en la moto.

Asentí, aunque hubiera podido proponerme lo que fuera que hubiera aceptado. Lo seguí llena de una alegría inesperada, tratando de ocultar bajo la euforia una sensación pequeña, solapada, una especie de presentimiento, que quizá tenía que ver con aquella tendencia, heredada de mi padre, a encontrar siempre un pero de imperfección en una imagen por otro lado perfecta. Aquella sensación creciente e imperceptible susurraba que la felicidad no era más que una ilusión y que mi vida seguiría girando sobre su eje, que las cosas hermosas se me escaparían de las manos. Mientras saboreaba un espléndido chocolate en una cafetería del casco histórico, me embelesé observándolo, la piel aceitunada, la boca grande en forma de corazón, los ojos verdes profundos y moros.

—Nunca te dejaré —le dije, buscando sus dedos.

Contrajo ligeramente la mandíbula y me miró largo rato, luego me cogió las manos.

—Vamos —me sugirió sonriendo—, quiero que veas una cosa.

De la mano, corrimos hasta la dársena. En la orilla flotaban filamentos de algas putrefactas junto a restos de plásticos y cartones.

—Cierra los ojos. —Le hice caso, agarrándome fuerte a su brazo para no caerme.

—¿Te acuerdas de cuando de pequeño te decía que quería ver el otro lado del mar?

—Me acuerdo, es verdad, y tú me preguntaste si mi padre me había llevado en la barca con él. Pues lo hizo, ¿sabes?, hace poco.

—¿Y fuisteis lejos?

Negué.

—Abre los ojos —susurró. Como por encanto ante mis ojos apareció una barca, un precioso *gozzo* de pesca de un blanco inmaculado con la madera reluciente como un espejo.

—¡Es una maravilla! —exclamé.

—Mira bien el nombre —me pidió, señalándolo con el índice.

—*¡Malacarne!* —exclamé—. ¿Pero qué significa?

—Es mía, Maria. La he restaurado con mis propias manos y la he llamado así porque me recuerda a nuestra infancia. ¿Qué me dices? ¿Crees que con esta podríamos irnos juntos a ver el otro lado del mar?

Lo abracé con lágrimas en los ojos. Me cogió la barbilla y me besó. Un beso interminable, que acababa y volvía a empezar, como un remolino que toca tierra y se va de nuevo. En torno solo sentía silencio. Cuando nuestras bocas se separaron, leí en sus ojos la fuerza de sus sentimientos hacia mí. Entonces cada ruido de fondo volvió, como si hubieran alzado de repente el volumen del mundo en torno a nosotros: el coro de las gaviotas, el claxon de los coches, el solo de pájaros ocultos en los olivos, las ráfagas de viento que rizaban la superficie del mar.

—Si decidieses dar la vuelta al mundo en la *Malacarne,* te seguiría —le confesé con los ojos brillantes.

—¡Considérate ya la asistente del comandante! —replicó. Después me cogió en brazos y me dio vueltas—. Aunque pesas mucho, tendré que reforzar la barca.

Caímos sobre la arena riéndonos a carcajadas, despreocupadamente, sin intención alguna de soltarnos.

—Estás completamente loco —dije riendo, mientras él ahora me miraba mudo. Se había puesto muy serio—. No me mires así —le susurré. Nos besamos con los ojos abiertos, un roce leve, luego necesitó soltarse.

—Te quiero —me dijo—, suceda lo que suceda, no lo olvides nunca.

Volvimos a la ciudad montados en la moto negra. Me bajé a unas manzanas de su casa por temor a que alguien nos viese, luego me reuní con él y entré a hurtadillas, esperando librarme de ser sorprendida una vez más. Al poco estábamos en la cama jugando como dos micos. Él me miraba acariciar distraída el vello de su pecho, mientras yo movía de modo imperceptible la pelvis, restregaba los pies en las sábanas recién perfumadas, esperaba ansiosa a que él empezase a tocarme. Lo miré y tuve la certeza de que, si no lo besaba enseguida, me iba a morir. Un beso tímido, primero, apenas rozado, luego otro y otro más. Y cuanto más profundo besaba los labios cálidos de Michele más notaba que el abrazo entre ambos se hacía más desinhibido.

Me hizo ruborizarme cuando me penetró con los dedos y me recorrió toda y dejó hasta mi último rincón húmedo y caliente. Sonrojo y deseo se mezclaban en una dulcísima danza. Jadeaba, apretaba, pero aún no estaba dentro de mí. Se demoraba, como si ese día quisiera saborearme con calma. En aquella trama de piernas y brazos, sentía su pubis hirsuto presionándome. Me arrolló la necesidad de tocarlo, de recorrerlo todo hasta el ombligo, de sentir su sabor. Entró en mí moviéndose despacio, cada impulso más lento, calculado. Hasta cuando dolor y placer se mezclaron y los gemidos se hicieron más dulces, como en las cantinelas de buenas noches. Entonces hicimos el amor por un tiempo infinito. Ninguno de los dos podía saber que aquella sería la última vez.

2

Unos días más tarde paseaba con mi madre por via Sparano, llena de tiendas adornadas para las fiestas. Caminaba con la sensación de que montones de zarzas me arañaban el vientre. Haber visto la *Malacarne* me tenía inquieta y feliz a un tiempo. Mamá llevaba los ojos pintados de verde y los labios de naranja vivo, hacía poco que se había teñido el pelo y parecía diez años más joven.

—Estas son las casas donde quiero que vivas, Marì —afirmó suspirando, mostrándome sus hermosos edificios, la sobria arquitectura, los bellos balcones panzudos—. Aquí viven los hijos de abogados, médicos, profesores, ni siquiera el hermano de Maddalena se podría permitir vivir aquí, pero una hija mía sí debe estar.

Mientras la oía fabular sobre mi futuro, me envolvió la oscuridad. Comprendí que ya no solo era su hija, sino que representaba su rescate de todos los modos posibles.

Mamá admiraba a las señoras elegantes, los bolsos y los vestidos caros, aspiraba la estela de su perfume y me imaginaba a mí. Se le aceleraba el corazón al observarlas, se aferraba a mi brazo, y si le acechaba algún pequeño temor enseguida lo desechaba. Entonces una inspiración profunda y tranquila y volvía a coger el timón.

—En el barrio todos reventarán de envidia —dijo, dirigiéndose más bien a sí misma.

Mirábamos los escaparates de una pastelería en via Melo cuando le pregunté lo que desde hacía tiempo quería saber:

—Mamá, ¿qué harías si te confesase que estoy enamorada de Michele Sinsangre?

No se volvió, siguió mirando las tartas y los petisúes.

—Ya lo sé, hija mía, pero es algo que tienes que guardarte para ti. Aliméntalo en tu interior, si es tu deseo, pero en ninguna otra parte.

—¿Qué quieres decir?

Continuó muy lentamente, como si tuviera que hacer acopio de toda su fuerza de voluntad para detener las palabras que pugnaban por escapar de su garganta.

—Escucha, Marì. —Se volvió a mirarme—. Puede que Michele sea un buen chico, aunque sea un Sinsangre, pero como ya te he dicho no es a él a quien debes querer. No puede ofrecerte nada diferente de lo que ya tienes. ¿Te lo he explicado o no? Que el fruto no puede crecer lejos de la planta. ¿Te acuerdas de lo que me dijiste el otro día?

Se refería sin duda a cuando le había hecho llorar.

—Tenías razón. Yo elegí a tu padre y mira dónde he llegado, ya no puedo volver atrás, pero tú tienes toda una vida.

Al final suspiró, me cogió de la mano y me invitó sonriente a acompañarla.

—Ven, Marì, vamos a comprar algo rico de comer para el día de Nochebuena.

La seguí triste por la despreocupación con que había zanjado la conversación, como si lo mío se tratara de un juego intrascendente de niños. Mientras caminaba a su lado una sensación de hormigueo me recorrió los brazos, yendo y viniendo desde la punta de los dedos en oleadas irregulares. Dejé escapar el aire de los pulmones y respiré lentamente, del modo más tranquilo posible.

Nunca como en aquel instante he sentido tanta nostalgia de mi infancia. El verano, las carreras con Michele hasta Torre Quetta, las persecuciones a la caza de lagartijas, el sol bañándome brazos y piernas, pardos como la tierra, la escuela y el maestro Caggiano, la abuela Antonietta cocinando sus deliciosas salsas, Vincenzo contando y recontando los ahorros en su caja. El callejón que Michele y yo recorríamos cada mañana para llegar al teatro Petruzzelli, el aroma a cruasán recién horneado en la calle. Y a lo lejos el mar. En el larguísimo día de verano que en aquel momento me parecía mi infancia, Michele y yo, maravillados y silenciosos, escuchábamos el murmullo del agua, intercambiábamos confidencias secretas y promesa de miradas. Me parecía poder oír incluso la voz de Michele de niño, que con su cadencia aún inocente surcaba como un puente invisible el abismo de los años. Ahora que ambos éramos adultos todo se había vuelto complicado.

Compramos anguila para preparar con limón y laurel, sardinas saladas y pescaditos en escabeche. Mamá estaba satisfecha, así que emprendimos prudentes el camino de vuelta. Me sentía como la princesa de los cuentos, presa en una torre inexpugnable.

Cuando llegamos a la piazza del Ferrarese nos encontramos con una aglomeración de gente en las aceras y en la calzada. Frente a la casa de Michele, una multitud de curiosos. Mamá reconoció a la comadre Nannina, la *masciara* y Cesira.

—¿Qué ha pasado? —preguntó levantando la barbilla.

Cumma Nannina primero se santiguó, luego dijo con parsimonia:

—El Señor ha decidido que había llegado su hora. Nicola Sinsangre ha muerto.

Acogí la noticia con estupor. A pesar de haber visto cómo la enfermedad lo había golpeado, todavía pensaba en él con los ojos de una niña. Y a los ojos de una niña Sinsangre padre era el ogro malo de los cuentos, también él eternamente prisionero entre las páginas de un libro. Con todo, mi pensamiento voló a Michele. También se llora a un padre desgraciado, torcido y delincuente.

Traté de acercarme a su casa abriéndome paso entre la gente.

—Si estás buscando a Michele, no está aquí. —La voz de la *masciara* me sobrecogió como un sonido del más allá, velada como una noche oscura. Le hice caso a mi pesar, luego me alejé de ella. Las casas estaban silenciosas y la gente aglomerada fuera esperaba a que alguien de la familia saliese a dar la noticia de dónde y cuándo, porque al funeral de Sinsangre, aunque muerto, odiado y condenado, todos sin excepción querían ir.

—Venga, Marì, vámonos a casa.

Dije que sí a mi madre, pero no podía dejar de pensar en él. Tenía que verlo. En los momentos de mi vida en que he tenido que hacer el cómputo de los días buenos y los malos, los más o menos llenos de significado, siempre he pensado en aquel suceso como en la divisoria entre el antes y el después.

Volví a ver a Michele el día del funeral, que más bien recuerdo como un acontecimiento festivo en el que participó todo el barrio. La banda entonaba el *Ave María* de Schubert, seguida por una bandada de mujeres vestidas de negro con un velo de encaje sobre los ojos. Los hombres llevaban el traje de los domingos y hasta los niños parecían vestidos de fiesta. El ataúd fue portado por tres de los hijos mayores y un sobrino. Michele iba detrás de Tanque. Llevaba el rostro contraído, traje negro, camisa blanca y corbata negra. Tras ellos retumbaba el ruido de los cascos de los caballos sobre el enlosado. Cuatro caballos blancos, hermosos y fuertes como los jóvenes Sinsangre, montados por cuatro niños con atuendo de mayores. Faltaban tres días para Navidad y un fuerte viento mistral azotaba el aire, pero, a pesar de todo, la cabellera cardada de la viuda Sinsangre no oscilaba ni a izquierda ni a derecha. Llevaba de la mano a los dos gemelos y en mitad del abrigo negro destacaba un collar de oro y un broche de nácar prendido en el pecho. La basílica estaba abarrotada, en tanto dos monaguillos rociaban el aire con el aspersorio. Colocaron el ataúd ante el altar, rodeado de coronas de crisantemos y jarrones de agapantos azules.

Apareció el cura con el rostro de cera, los ojos líquidos y apagados y la voz temblándole. Recordé todas las veces que la abuela Antonietta me había invitado a confesar mis pecados porque de lo contrario los demonios vendrían a por mí para ensartarme, asarme en las llamas y luego llevarme al infierno. «Virgen santa, lo feo que es el infierno, no te lo puedes ni imaginar siquiera», me decía persignándose varias veces. Y ahora me sentía justo ahí, cerquísima del infierno. Diez avemarías, veinte padrenuestros y acto de contrición con golpes de pecho. Era así como la abuela me redimía de mis pecados. ¿Pero cómo te redimes del pecado de amar a la persona equivocada? «Señor Dios, perdóname, porque no quiero arrepentirme. No creo en el infierno y tampoco en ti. Si de verdad existes, fulmíname, castígame, pero no hagas que me pierda».

El sacerdote comenzó su sermón con el rostro contrito. Tenía una fuerte cadencia dialectal y el hábito de inclinar la cabeza a la derecha cada vez que llegaba al final de un fragmento. La viuda se pasaba un pañuelito por los ojos llorosos cada vez que el sacerdote nombraba alguna virtud del difunto marido.

—Creo que este tipo tiene la cabeza en el culo —dijo mi padre cuando el sacerdote pronunció las palabras «buen cristiano» refiriéndose al muerto. No había renunciado a asistir al funeral, no se lo podía perder. Creo que para él representaba una especie de mísera revancha. Mamá le hizo señas para que se callara, que aquel no era el lugar apropiado para hacer determinados comentarios. De vez en cuando Tanque pasaba un brazo sobre los hombros de su madre. Su mole me volvió a sorprender, aunque no me hizo el efecto de la primera vez, cuando lo vi de niña. Era enorme en todo: alto, pies grandes, piernas poderosas, tórax y hombros anchos y musculosos. Pero su cuerpo no tenía la armonía del de Michele. Alcanzaba a verlo solo de perfil y podía advertir el brillo de las lágrimas en sus ojos. Había una gran determinación en su mirada y en sus gestos tranquilos. Sobre el ataúd habían colocado una foto de Nicola Sinsangre, parecía bastantes años más joven y estaba más guapo, un gesto de orgullo le inflaba el pecho como una coraza. Recordé cuando papá lo llamaba don Nicola. Tras la muerte de Vincenzo para él pasó a ser sencillamente «ese cabrón».

3

Durante los dos días siguientes la casa de la viuda fue una procesión de mujeres. También participaba mi madre, quien insistía en que la acompañase. La viuda tenía al lado a los dos gemelos, el pelo cardado como en el día del funeral y el maquillaje perfecto y la mesa siempre dispuesta con los cubiertos de plata y la cristalería. Yo por mi parte no lograba apartar la mirada de sus manos secas y ajadas, me parecía que solo en aquella parte de su cuerpo el tiempo había pasado y que todo lo demás había estado sometido a una especie de magia que la hacía prisionera de un rostro de niña. Con nosotras estaban las comadres Nannina y Angelina, la *masciara* y Cesira, el rocambolesco y habitual grupo del barrio. Mientras las mujeres hablaban del tiempo, la viuda adoptaba el aire despreocupado de una diva de incógnito, charlando de los tiempos de su juventud, de los viajes que su marido le había obligado a hacer, de cuando la había llevado a Roma a ver dónde se rodaban las películas, el trasiego de las cámaras, los actores vestidos de antiguos romanos. Gesticulaba continuamente, dejando a todos con la boca abierta con sus relatos. Luego, como si nada, agitaba una mano en el aire y volvía a la realidad.

—Os preparo café —exclamaba sonriente, y se levantaba moviéndose con soltura por la cocina, abriendo puertas y cajones y sacando dulces sin parar. Dos días después la procesión terminó y todos se olvidaron de Sinsangre. Todos menos mi padre.

La mañana de la víspera de Navidad Michele se presentó en mi casa. Papá había estado cortando la cabeza de la anguila sobre una tabla de madera, le sujetaba el cuerpo viscoso y resbaladizo con un cacharro azul y le ensartaba un espetón de hierro entre los ojos para que no se le escurriese, luego le asestaba un golpe seco. Yo había ayudado a mamá a lavar los trozos de pescado y a colocarlos en una cazuela de barro con limón y laurel. Había pasado las dos últimas noches pensando en Michele, repitiéndome mentalmente, palabra por palabra, lo que le diría cuando le volviera a ver. Había tenido tiempo de imaginar cada frase, pausas, comas, pero había olvidado un único particular, que se presentase en mi casa.

—¿Qué carajo haces tú aquí? —le soltó papá. Tenía las manos manchadas de sangre y un aspecto descuidado, la barba crecida y muchas greñas.

—Tengo que hablar con usted, señor De Santis. —Había llegado con una idea muy precisa, poder vivir libremente su vida tras la muerte de su padre. En cierto modo, hasta aquel momento había sido un hombre prisionero de un niño.

—Solo que yo no tengo tiempo de escucharte. —Papá siguió limpiándose las manos en el paño. Mamá se colocó el pelo y se quitó el delantal con la intención de darle sus condolencias—. Oye, chico —siguió papá—, sé que acabas de perder a tu padre y que a los padres no se les puede elegir, pero sí podemos decidir a quién queremos en nuestra casa y a ti no te queremos.

—Estoy enamorado de su hija —continuó, ignorando que el odio de mi padre le revolvía las tripas.

—Esta sí que es buena. ¿Y qué te da derecho a venir y contármelo?

—Que Maria siente lo mismo —añadió buscando mis ojos.

—¿Qué carajo dice, Marì? ¿Esa gilipollez es verdad?

Asentí con la cabeza, porque mi garganta era incapaz de articular un solo sonido.

La que sí se soltó a hablar fue mi madre, un largo rosario de palabras sobre que la juventud se dejaba llevar por los sentimientos sin atender a las consecuencias, sobre el hecho de que Michele y yo teníamos destinos diferentes, una larga sucesión de frases gastadas que no lograron en realidad su verdadero objetivo y que de golpe se interrumpieron.

—Escúchame bien, Michè —siguió papá, después de callar con la mano a su mujer—. Esto no tiene ya nada que ver con la muerte de Vincenzo, tiene que ver con mi hija. No la he tenido estudiando tantos años para que lo mande a la mierda contigo. Así que, si has venido aquí a preguntarme si puedes verla, te debo decir que no y te lo digo definitivamente, porque no voy a hablar del tema nunca más. —Miré a Michele, luego a mi madre. Quizá esperaba que, contraviniendo una vez más las órdenes de papá, tomase la palabra para hacerle cambiar de idea—. Eso es todo, ahora te pido que salgas de mi casa.

Espantadizo como un caballo de raza, colérico, melancólico. En la expresión que tenía en aquel momento se condensaba toda su esencia. Michele y yo nos miramos unos segundos, antes de que él saliese dando un portazo.

—Y ahora prepara una maleta que nos vamos donde mi madre, a Cerignola. Pasamos las Navidades en el campo —concluyó papá casi susurrando, como si de repente estuviera muy cansado. Creo que quería acabar con aquella historia y se temía que Michele pudiera volver. Sin rechistar, fui a mi cuarto a recoger mis cosas. Me sentía confusa, rabiosa y herida, pero en pleno torbellino de emociones al que no lograba poner nombre, un sentimiento me aparecía nítido en lo profundo del corazón: sentía que odiaba a mi padre, lo odiaba con todo mi ser.

Durante el camino por la carretera nacional, yo taciturna en el asiento trasero del coche, me sentía vacía. Los árboles que no se riegan, que crecen en un terreno árido y pedregoso, se secan sin siquiera darse cuenta. Era así como veía nuestra historia.

Cuando llegamos a Cerignola era ya media tarde. La tía Carmela y la abuela no nos esperaban. No tenían teléfono, así que no habíamos podido avisarles de nuestra llegada.

—Tengo el maletero lleno de vino, aceite, latas de sardinas saladas, pimientos picantes y una cazuela llena de anguila y pan —exclamó papá, casi como si quisiera hacerse perdonar la visita inesperada.

A la abuela Assunta se le llenaron los ojos de lágrimas y no paraba de dar gracias a la Virgen por la hermosa sorpresa. Empezó a besarme por todas partes y a alabar mi belleza.

—Esta nieta es una santa, esta nieta es una flor —repetía plantando besos sonoros primero sobre sus dedos y luego sobre mis mejillas. Me abracé a ella con un nudo en la garganta que nunca había tenido las otras veces que la había visto. Me hubiera gustado que también ella viese a Michele, que lo viera la tía Carmela y todos los que conocía, que comprendieran que estaba hecho de una pasta especial, que había nacido para otro mundo, una especie de mundo al revés en el que por fin todos pudieran quitarse de encima sus apodos. Porque, mientras siguiéramos atrapados en los cincuenta pasos de tierra de nadie, siempre seríamos la Malacarne y el Sinsangre, y juntos daríamos vida solo a otros árboles secos, áridos, podridos.

La abuela me instaló en una habitación del primer piso, la misma donde habían transcurrido mis veranos lejos del barrio de San Nicola. En verano, desde la ventana de mi cuarto se gozaba de la vista del huerto y de los olivos, hileras de camelias a lo largo de la casa y adelfas en flor. En cambio, en aquella época del año el campo estaba apagado y adormecido y en aquella ala de la casa la abuela Assunta solía amontonar los vestidos desechados y la ropa que se usaba para trabajar en el campo al llegar la primavera. Así que mi dormitorio tenía el aspecto de la trastienda de un vendedor de ropa usada o del proscenio de una mísera compañía de teatro de gira. De algunos clavos en las paredes colgaban sombreros de paja, enaguas desteñidas con encajes raídos, viejos tirantes y pantalones con innumerables remiendos. Por todas partes imperaba un fuerte olor a naftalina.

Mamá se ofreció a ayudarme a instalarme. Sabía que quería decirme unas palabras de consuelo, como siempre.

Se sentó en la cama y fingió mirarlo todo con curiosidad. Acarició el encaje de la colcha y recorrió con los dedos el trenzado de rosas dibujado en las almohadas.

—Lo siento, Maria, tu padre solo quiere tu bien.

Le daba la espalda, pendiente de colocar mis vestidos en el armario, lleno aún, a pesar de los años, de los trajes de vestir del abuelo Armando. Chaquetas, chalecos, camisas de lino y de franela. Todo permanecía intacto, como si de repente fuera a volver de un larguísimo viaje.

—No sé por qué Dios se llevó a Vincenzo —dije con firmeza—. Tendría que haberse llevado a papá.

—¿Qué dices, Maria?

—Digo que querría que papá muriese. —Me volví hacia mi madre, el labio superior temblando. Hubiera querido llorar, pero no lo hice.

—¿Cómo puedes decir una cosa semejante? Eres su hija.

Estaba magnífica en su aflicción de reina de los pobres, los labios rosa, la sombra verde resaltando sus ojos claros, el pelo con la permanente recién hecha. En aquel momento la consideraba responsable de tener un padre demasiado intrusivo, autoritario, agobiante. Su modo de ser exigía que nuestras vidas gravitaran todas en torno a la suya.

—¿Nunca has pensado —continué— que quizá, si hubiese sido un hombre diferente, Vincenzo posiblemente no estuviera muerto?

—No fue tu padre quien hizo que Vincenzo muriera.

Saqué un traje del abuelo y lo extendí sobre la cama para observarlo bien. Nunca había visto a mi padre vestido con un traje como aquel y de pequeña me hubiera gustado.

—Lo crio en la violencia. Es lo único que Vincenzo aprendió. Una vez lo dijiste tú también.

—Maria... —Y dejó que la voz se le agotara, como si le faltasen fuerzas para afrontar el tema.

Entonces fui yo quien continuó, con la frialdad y el temple que había aprendido en el barrio y que —lo descubriría más tarde— formaba parte de mí, lo quisiera o no. Permanecía en lo hondo y emergía de cuando en cuando, guiando de ese modo mis pensamientos y mi punto de vista sobre las cosas. En tales circunstancias, la maldad del barrio afloraba, junto a la lengua y a los gestos. Sentí crecer mi rabia.

—Y si quieres la verdad, mamá —seguí—, la culpa también es tuya, porque siempre has sabido de qué pasta estaba hecho papá, pero jamás has pensado en irte, en coger a tus hijos y dejarlo. Te has quedado a su lado aguantando que te maltratara por un quítame allá esas pajas.

Los latidos de mi corazón eran tan potentes que parecían capaces de hacer saltar la apariencia de las cosas. Todo a nuestro alrededor, los muebles, los vestidos colgados, la cama, parecían hechos de humo. Esperaba que mamá me diera otra bofetada en toda la cara, quizá así hubiéramos estado en paz, pero se dejó caer en la cama como un fardo vacío. Lentamente sentí que mi respiración se hacía regular y la forma de los objetos volvía a encajar.

—Tú no puedes comprender, Maria. No es tan fácil, sabes. Son muchas cosas —comenzó a decir balbuceando, pero era evidente que le costaba seguir un hilo lógico y encontrar las palabras adecuadas. Quizá, pienso ahora, las palabras adecuadas no existían, porque es difícil comprender a una persona que a nuestros ojos parece haber nacido torcida. Se la soporta y nada más, se la perdona—. Los hijos, los años pasados juntos, la edad —intentó todavía, pero llegada a ese punto se encasquilló. Se quedó un segundo en silencio, luego dijo una última palabra—: Perdona. —Y su voz entonces supo llegarme de inmediato, persuadirme. En aquel momento no conseguí pedirle perdón, pero comprendí que debía seguir con mi vida en otro lado. La dejé sentada sobre la colcha de flores y me reuní con la tía Carmela y con la abuela.

Un árbol de Navidad todo iluminado lucía frente a la ventana, y a la mesa ya preparada fueron llevando *panzerotti, calzone* de cebolla, salami, sardinas saladas, regados con el vino tinto que el tío Aldo —el marido de la tía Carmela— producía en la viña en torno a la masía, una gran casa sólida y soleada que se alzaba como un hongo entre el verde y geométrico entorno. Pensé que en el fondo no era un lugar feo para vivir y lo preferí al caos y al ruido de la ciudad. Mamá se nos unió poco después. Se había retocado el maquillaje y se había cambiado de ropa. Entretanto, la tía Carmela había sacado el tocadiscos y en aquel momento sonaba por la estancia un clásico navideño, *Tú vienes de las estrellas.* Para la ocasión, habían preparado la mesa en la estancia principal, un salón amplio con las paredes tapizadas de azul, muebles de madera maciza de castaño y grandes ventanas con cortinas de lona que hacían que la estancia pareciera un velero. El tío Aldo hizo los honores de la casa, levantando la copa y brindando en honor de sus huéspedes. Mi padre le respondió con una cordialidad y una jovialidad que en él no eran habituales. Mira, pensé, el otro rostro de Antonio De Santis, el que quizá había cautivado a mamá y que de niña también me había cautivado a mí.

—Maria va a la universidad —siguió—. Se examina de primero, de Historia Medieval. —La abuela asentía y de vez en cuando besaba una figura imaginaria que parecía fluctuar ante sus ojos, puede que el alma del abuelo, quién sabe.

—Maria es una buena chica —añadió mi madre—. Y Giuseppe también, lo celebran con la familia de Beatrice. Tenemos una sorpresa, ¿sabéis? Bice está esperando una criaturita, un pequeño Antonio o una pequeña Teresa. —Y buscó la mano de papá para estrechársela.

La noticia me cogió por sorpresa y, aunque me alegró, no dejó de molestarme un poco. Mi hermano iba a ser padre, era maravilloso, y aunque sabía que la envidia no era un sentimiento bueno no podía dejar de sentirla. Quería mucho a Giuseppe, estaba convencida de que era el mejor de todos nosotros, envidiaba precisamente su capacidad de vivir siempre al margen de todo, de no dejarse afectar ni por mi padre ni por el barrio. Había hecho de su vida exactamente lo que quería, mientras yo no tenía ni idea de lo que iba a ser de mí. Para celebrar la noticia el tío

Aldo trajo de la despensa otras dos botellas de vino, así que cuando llegamos a la anguila con limón y a la fritura de pescado en el aire se respiraba ya la despreocupada ligereza que proporciona el alcohol. La tía Carmela sustituyó los villancicos navideños por una serie de twists encadenados. La abuela Assunta sacó el bingo y llenó un cuenco con judías secas para ponerlas en los números que iban saliendo. Antes de comer el *panettone* con sabayón, el tío Aldo se levantó con el vaso de vino en la mano.

—¡Por las vidas que se van y por las que vienen! —brindó.

—¡Santas palabras! —replicó mi padre sonriendo complacido. Me pregunté por qué nunca se le había ocurrido pasar la Navidad de aquel modo, visto que parecía tan contento, pero la respuesta era excesivamente obvia, ya que residía en su deseo de autocastigarse, de expiar alguna cosa.

El resto de la velada transcurrió en una atmósfera amable y distendida. Con el pasar del tiempo el ritmo de la música fue decayendo y, tras el espumoso, papá sacó de una de sus maletas su amado disco de Cheo Feliciano.

—Oye qué maravilla —le dijo a su cuñado, y se colocó en el sillón junto a la chimenea, mientras la suave melodía latinoamericana llenaba la estancia como una sustancia densa se pega a la piel.

—Marì, voy a enseñarte una cosa —dijo mi abuela acariciándome la mejilla con el dorso de la mano. Se fue unos minutos y luego volvió con un álbum de fotografías. Era de madera pesada, con pequeños escudos dorados en las cuatro esquinas. Al abrirlo, un carillón comenzó tocar una canción infantil—. Ven, ven aquí —me invito, dándome golpecitos en la pierna. Nos sentamos en el sofá del comedor grande, la abuela en el centro y yo a su izquierda. Al otro lado, mamá y la tía Carmela. Al mismo tiempo que el álbum, se abrió ante mis ojos toda la vida desconocida de mis abuelos. El abuelo Armando de joven, parecidísimo a papá, y la abuela Assunta vestida en cada fotografía con atuendo impecable. Luego apareció un bebé guapo hasta el punto de parecer una niña. La primera foto era en el pupitre del colegio, con un gran lazo en el cuello y el pelo con tirabuzones. Era mi padre. Me asombró lo que se parecía a mí, aunque nadie me lo había hecho observar. Un pensamiento cruzó mi mente como un relámpago y me tuvo con los ojos atónitos ante la imagen: yo era el fruto de aquel niño que ahora se había transformado en un hombre próximo a los sesenta, con el rostro oscuro y pocas arrugas en las comisuras de los ojos, ojos poderosos, de un color casi irritante por extraordinario, una pincelada de gris claro y celeste fuerte. Miré el resto de las fotos con una extraña calma en el corazón, seguida por la sensación de vacío de las horas precedentes. Había un hilo de seda invisible que me ligaba a mi madre y a mi padre, el mismo hilo que me ligaba al barrio. Y por mucho que me esforzase en quebrarlo, permanecía allí con una fuerza delicada pero indestructible. La abuela besó la foto de su marido difunto, de la hija que vivía lejos y que casi no había vuelto a ver y con la misma mirada nostálgica también la imagen de papá, como si también lo hubiera perdido a él, a pesar de tenerlo en la misma habitación. Luego se forzó a sonreír y me dio dos besos afectuosos en las mejillas.

—Y ahora vamos a dormir, que mañana es Navidad y toca ir a misa.

La obedecimos todos, hasta el tío Aldo y papá, que hubieran continuado gustosos bebiendo otra copa de espumoso.

—Buenas noches, Maria —me susurró mamá acariciándome el pelo. Creo que esperaba que le dijese algo, pero las dos callamos. Me eché en la cama, con las manos bajo la nuca y las piernas cruzadas. Miraba el techo, imaginando que un viejo proyector hacía desfilar uno por uno todos los rostros de las personas que habían significado algo en mi vida: la abuela Antonietta, Vincenzo, el maestro Caggiano, sor Linda, Alessandro, la abuela Assunta, Giuseppe, mi madre, mi padre. A pesar de todo, no lograba borrarlo de mi vida, aquel hilo invisible me tenía ligada también a él. Dejé para el final que se sucedieran las imágenes de Michele, para saborearlas despacio y que me acompañaran dulcemente al sueño. Cada minuto transcurrido con él, cada gesto, cada palabra se me metieron dentro, como la metralla de una bomba tras la explosión.

Pasaba un minuto de la medianoche.

—Feliz Navidad, mi amor —susurré antes de cerrar los ojos, pero cuando iba a abandonarme al sueño sentí unos golpecitos en la ventana, como el tintineo de una cuchara en una taza.

Encendí la luz. Soplaba un viento fuerte que doblaba los árboles y empujaba las hojas en vertiginosos remolinos. Me acerqué a los cristales y lo vi. No podía ser. Y sin embargo me sonreía desde la ventana. Era él de verdad.

—Feliz Navidad, mi amor —me dijo. Abrí la ventana y lo besé por todas partes, arrasada por una felicidad que en aquel momento me parecía indestructible, como si aquel rincón del campo, aquel viejo cuarto de una antigua masía, fuera el mundo donde habíamos existido desde siempre.

—¿Pero cómo me has encontrado? —Y cómo había hecho para encontrar mi cuarto...

—Ha sido fácil —sonrió—, se lo pregunté a tus vecinas. Les he puesto mirada lánguida y no se han resistido. —En aquellos momentos agradecí la costumbre de mi madre de airear todos nuestros asuntos. Amaba su carcajada, hacía que todo pareciera posible. La noche era clara y se respiraba un aire que llevaba un olor dulzón a miel. Su camisa blanca destacaba en la oscuridad.

—Te estarás congelando ahí fuera, salta dentro.

Cerramos de nuevo las ventanas y nos abrazamos fuerte. Sentí una especie de calor que me fluía por los huesos y me aflojaba las piernas. Hundí mi cara en su pecho, respiré su olor, luego cerré los ojos y me abandoné a sus besos.

—Siento lo que ha ocurrido con mi padre.

—No importa, volveré a hablar con él. Antes o después entrará en razón.

Lo miré con los ojos llenos de lágrimas. Él vio realmente el miedo y la desesperación en mi mirada, porque trató de consolarme:

—No te preocupes —me dijo—, todo se arreglará.

Acababa de perder a su padre y sin embargo estaba allí conmigo.

—No lo conoces, nunca cambiará de idea —exclamé con resignación.

A lo largo del tiempo siempre he vuelto a considerar los acontecimientos de aquel periodo de mi vida como algo necesario, hasta convencerme de que nada sucedió por casualidad, sino que formaba parte de un destino bosquejado desde mi nacimiento. Y mi padre, también él, para bien o para mal, formaba parte de aquel bosquejo. Como un trazo tosco y torcido, un borrón casi molesto, pero ninguna pincelada es inútil.

—Vámonos juntos —susurré, como si de pronto la solución me pareciese al alcance de la mano—. Podemos coger tu barca. Ver qué hay al otro lado. Ir donde nos parezca. —Y cuanto más hablaba más me parecía que todo tenía sentido—. Le escribiré una carta a mi madre. Quizá ella logre comprenderme.

Michele me cogió por los hombros, quería mirarme a los ojos.

—Maria, yo me escaparía ahora mismo contigo, pero para mí es distinto. Para mí escapar de aquí es una liberación. Ahora que mi padre ha muerto mi hermano hará lo que sea para implicarme en sus negocios. Tendré que ser más listo que él, mantener las distancias, ser fuerte. Pero tú tienes a tus padres, la universidad. No sé, Maria, ¿algunas veces no crees tú también que tu padre tiene razón? Puede que no esté a tu altura. Tú estás hecha de una pasta diferente, eres la mejor de todos nosotros. Desde pequeños, tú eras diferente, eras una flor blanca entre la inmundicia. No te mereces esta vida.

Se plantó frente a la ventana con las manos dentro de los bolsillos.

—A veces me paro a contemplar el Palazzo Mincuzzi y me digo, es ahí donde Maria debería estar.

Lo abracé por detrás y le ceñí la cintura.

—A mí no me interesan los palacios ni el dinero, solo me interesa que estemos juntos. Vámonos, será como volver a empezar en el punto donde lo dejamos hace muchos años.

Se volvió y me cogió la cara entre las manos:

—De acuerdo, Maria, vámonos.

Salté a su cuello y lo llené de caricias.

—El día que empieza la universidad, el 7 de enero —planeé muy excitada.

—Nos vemos en *n derr' a la lanze.* Te espero con la *Malacarne,* hago provisiones y en los próximos días reúno dinero en efectivo. Será bastante para empezar.

Cuántas veces había visto a mi padre descargar el pescado de su barca justo donde estaba el muelle de Sant'Antonio. Los bareses lo llamábamos *«n derr' a la lanze»* porque en dialecto *lanze* es como se llama a las barcas. Y los pescadores venden el pescado en tierra, a pie de *gozzo.* Desde ese mismo lugar ahora me iba a escapar.

—Mi padre saldrá pronto para ir al matadero —añadí—, a las nueve en punto me reúno contigo.

Acabábamos de sellar nuestro pacto cuando súbitamente oí la voz de mamá.

—Marì, ¿con quién hablas?

—¡Vete, que te van a descubrir! El 7 de enero, a las nueve —repetí rozándole apenas el pecho y las mejillas, casi para convencerme de que todo era verdad.

—La *Malacarne* y yo te esperamos, llegaré mucho antes para prepararlo todo.

Aquel fue un momento perfecto: sus ojos confiados y enamorados, nuestro proyecto de fuga juntos, el paisaje, la luz amarilla de la luna, el instinto que lo había llevado hasta allí aquella noche, entre los campos de Cerignola, a pesar del viento que tumbaba los árboles, el blanco de su camisa destacando en la oscuridad. Era como volver a empezar, mejor, comenzar de verdad, por primera vez.

4

Pasé el resto de las vacaciones de Navidad dividida entre un sentimiento de excitación eufórica y una enorme sensación de culpa. Estaba mal sobre todo si pensaba en mi madre. ¿Le partiría el corazón? ¿Me comprendería después? Cuando me cruzaba con la mirada de papá ya no era odio lo que sentía por él, sino ansias de revancha. Era como decirle: «Muy bien, ahora vas a ver quién toma de verdad las decisiones». El aire saludable del campo le hizo bien a mi talante y reavivó mi color. En los días de sol paseaba entre los olivos y los frutales, observaba a las gallinas y los cerdos y estudiaba desde lejos el trabajo del tío Aldo y la tía Carmela, inclinados durante horas sobre la tierra rojiza. El último día que pasamos allí comimos de nuevo en el salón para celebrar la Epifanía. Experimentaba un sentimiento de aturdimiento porque sabía que sería la última vez que me sentaría a la mesa con mamá y papá.

La abuela llegó de la cocina envuelta en una nube que olía a albahaca, orégano y romero y, cuando levantó la tapa de la gran cazuela de barro, el perfume de la salsa se esparció por todo el comedor. Detrás de ella llegó papá. Lo vi llegar de la luz blanca de la cocina sujetando una gran bandeja de chuletas humeantes.

—Le he puesto un poco de guindilla, porque hace frío, así nos caldeamos —puntualizó la abuela. La había ayudado a rellenar cada trozo de carne con un picadillo de ajo, perejil y queso rallado, todo sazonado con una pizca de guindilla. Luego había preparado rollos sujetos con palillos. Era bonito trabajar con ella en los fogones, siempre tenía algún consejo especial que ofrecerte.

—Las cocineras han estado soberbias —exclamó el tío Aldo en cuanto lo probó.

—Maria lo hace todo bien —replicó papá. ¿Por qué lo hacía? ¿Por qué mostraba solo su mitad amable, la difícil de odiar? La mirada de mi madre comenzó a velarse, mientras los labios de corazón se fruncían en levísimos temblores. Por un momento las lágrimas le nublaron los ojos.

—Es culpa de la guindilla —dijo—, pica mucho.

Por la tarde salió un tibio sol casi primaveral. Cargamos el coche de aceite, vino, embutidos hechos en casa y fruta y yo abracé a mi abuela como nunca lo había hecho. Sentí la suavidad de sus mejillas y de sus pechos grandes oprimiéndome.

—Ven a vernos más a menudo —me dijo reteniendo las lágrimas. Yo asentí, pero sabía que no lo haría y sabía también que la extraña magia que se había creado en aquellos días desaparecería apenas hubiese puesto de nuevo el pie en nuestra casa.

Era casi de noche cuando dejamos la gran masía blanca. Algún pajarillo trinaba como si estuviéramos en marzo, a los lados de la finca un bosque se abría en torno a nosotros y el cuadro en conjunto formaba una imagen de un lugar casi paradisiaco. Durante el trayecto por la carretera nacional ninguno de los tres habló. Un velo de somnolencia me envolvió a medida que nos acercábamos a la ciudad. Me hubiera metido con gusto en la cama y hubiera dormido hasta la hora de la cita con Michele.

Mi padre, sin embargo, sufrió una especie de metamorfosis en la carretera. Al silencio inicial le siguió unos kilómetros antes de llegar su habitual tono de voz, alto y presuntuoso. Sus palabras parecían ahora una sinfonía macabra con un solo tema, monocorde y desafinado. Cuando llegamos, también se le transformaron los gestos y la expresión de la cara, evolucionando hacia una mímica agresiva. «Coge el aceite, mete el vino, quita de aquí, ponte allá, estúpida, no entiendes nada».

Al entrar en casa tuve la impresión de que las últimas dos semanas habían sido solo un larguísimo sueño. Ayudé a mi madre a colocar las provisiones, me lavé mucho la cara para tratar de despertarme de aquel entumecimiento y di las buenas noches. Ya en el umbral de la puerta de mi cuarto, me volví hacia mi madre con un nudo en la garganta que casi me impedía respirar, entonces volví hacia ella y la abracé con todas las fuerzas de que era capaz.

—Te quiero mucho —le dije cogiéndola por sorpresa. Ella me colocó un mechón de pelo detrás de la oreja.

—Y yo a ti —me respondió tranquila. No podía saber que la iba a traicionar, dejándola sola para transigir con papá y aguantar su ira. Volví a la habitación y llené una mochila con un poco de ropa. Tenía solo diez mil liras y las puse en el bolsillo del abrigo, luego me senté en la cama y escribí una larga carta a mi madre, en la que esperaba que entendiese mi decisión. En el fondo tenía aproximadamente la misma edad que ella cuando se había casado con mi padre. No le estaba diciendo adiós, iba a volver, pero necesitaba tiempo para que papá aceptase mi resolución. A él ni siquiera lo nombré y lo más increíble fue que en aquel momento ni siquiera me di cuenta. Decidí esconder la carta en el bolsillo de la falda que mamá se iba a poner a la mañana siguiente y que estaba preparada en una silla de la cocina. Luego me metí en la cama vestida, ya sabía que en la almohada me esperaba un grumo de fantasmas.

Al día siguiente me desperté temprano, nerviosísima. Estaba feliz y angustiada a un tiempo, y tenía miedo porque no sabía hasta dónde podríamos llegar a bordo de la *Malacarne.* El sol brillaba. Me aseguré de que en la mochila estuviese todo lo necesario para afrontar al menos un mes de invierno. Cogí de la cómoda un pañuelo de mamá que había formado parte de su ajuar de novia. Tenía bordadas sus iniciales y quería llevarlo conmigo. Por el mismo motivo, durante la noche había colocado en el bolsillo, junto a la carta, también un dibujo mío de cuando era pequeña, uno que ella guardaba en una caja de galletas holandesas, nuestra caja de los recuerdos. Era de los tiempos del parvulario y en el dibujo ella y yo estábamos de la mano. Los largos dedos ahusados de su figura formaban un todo con los míos, que estaban representados solo por unas líneas inciertas y muy breves. Sonreí al ver cómo había dibujado su espesa melena color caoba, como una especie de sombrero rojo vivo. Mi pelo en cambio estaba prácticamente pegado a la cabeza.

Traté de no pensar en mi padre, en el fondo nunca se había preocupado ni por mí ni por sus otros hijos. O puede que fuera yo que no le había comprendido. Desde la cocina oí a mi madre decirme que me apresurara, que ya estaba la leche preparada y que en un rato empezarían las clases en la universidad. Para ella era una mañana como las demás, para mí la divisoria entre la adolescencia y la edad adulta, el día que iba a cambiar toda mi vida. Tomé unos sorbos de leche y no logré meter al estómago nada más.

Cuando me despedí de ella, en la puerta, tenía ganas de llorar, pero me contuve y me imaginé el rostro de Michele —que iba a ver dentro de nada— para consolarme. La abracé fuerte, con el nudo en la garganta de todo comienzo, de euforia y miedo. Siguió despidiéndome con la mano unos segundos, para luego echar un vistazo a la calle y ver si ya había salido alguna comadre para darle los buenos días.

«Adiós mama, adiós papá», dije para mis adentros con un peso en el corazón, aunque de papá ni siquiera me había despedido. De él recordaría el tintineo de la cucharilla removiendo el azúcar en el café al amanecer y las pocas palabras rencorosas y somnolientas con que se había despedido de mamá.

Eran las ocho en punto y faltaba una hora para encontrarme con Michele. Decidí dedicarla a despedirme como era debido del barrio. Aunque lucía el sol, una brisa fría me estremecía toda. Me encogí y metí las manos hasta el fondo en los bolsillos. Tenía ganas de volver a ver mi escuela de primaria, el castillo Svevo, la explanada de la iglesia del Buen Consejo, donde Giuseppe, Vincenzo y yo jugábamos desde niños. Vagué absorta, con un deseo infinito de absorber cada retazo: las casas derruidas y negras, los espacios angostos donde se abrían improvisadas tiendas, los patios donde las solteras tenían a los niños pequeños de las mujeres que trabajaban, las sillas de paja a la puerta de las casas esperando a que alguien se sentara a charlar. Cada esquina del barrio, por odiado o amado que fuese, guardaba un recuerdo.

Poco antes de las nueve llegaba al muelle de Sant'Antonio. Michele no estaba todavía. Lo esperé mirando el mar e imaginando el lugar maravilloso donde comenzaríamos nuestra vida juntos. Sentí unos pasos que se acercaban y cerré los ojos, me volví dispuesta a echarme a la espalda todo. Era un viejo pescador. Algo decepcionada, lo saludé y él empezó a aparejar el sedal sentado en un banco de madera. Observé sus gestos cautos y al fin tuve la impresión de que tenía la mente libre de toda angustia. Esperé una hora más, pero Michele no llegó. Presa del pánico, lo busqué en su casa, en la de su madre. Ambas daban la impresión de estar abandonadas, no salía de ellas ni un solo ruido. Entonces deambulé desesperada por la ciudad, fui hasta casa de Maddalena, que me recibió con rencor pero me juró que no sabía nada. Me deshice en llanto en el paseo marítimo y me embargó esa soledad especial que se siente entre la gente. Entonces comprendí que Michele nunca iba a venir y que quizá no le viera nunca más. Volví a casa, donde encontré a mi madre sentada a la mesa con mi carta en la mano. Quién sabe las veces que la había leído durante las últimas horas.

—No ha venido, mama. No lo comprendo —le confesé antes de echarme en sus brazos.

Ella me dejó llorar, no dijo nada durante un rato y se limitó a acariciarme el pelo como hacía cuando era pequeña; luego me cogió por los hombros. Quería verme bien la cara antes de manifestar una sola cosa, una afirmación con la que por su parte consideraba zanjado el tema:

—Entonces es que te quiere de verdad.

Poco después llegó papá, anticipadamente con respecto a su horario habitual de salida. Mamá escondió a toda velocidad mi carta en el bolsillo de su falda y yo me enjugué las lágrimas. Mi padre se sentó y se sirvió un vaso de agua.

—¿Cómo es que estás ya en casa? —le preguntó.

—Hoy ha sucedido una cosa rara —dijo limpiándose la boca con la mano—. Estaba en el matadero cuando vino un fulano de capitanía, uno que conocía de hace mucho.

—¿Y qué quería?

Entretanto, yo me había sentado frente a él.

—Me ha dicho que había ido a verle uno al que nunca había visto, con acento extranjero, para decirle que tenía una barca para entregar a Antonio De Santis, un precioso *gozzo*.

—¿Cómo? ¿Una barca? ¿Desde cuándo se regalan barcas? Y además, ¿por qué no ha ido a ti directamente?

—No lo sé, Terè, ya te he dicho que es algo extraño. En cualquier caso, el de capitanía ya me ha entregado el título de propiedad. La barca es mía, sobre ese punto no hay duda.

Mamá se levantó y se puso a dar vueltas por la cocina, luego se detuvo ante la ventana viendo a un grupo de niños que jugaban en las *chianche* a las canicas.

—Es raro hasta el nombre de la barca —siguió papá—. Se llama *Malacarne.* No sé cómo, pero el hecho es que ahora esta barca es mía y no pienso renunciar —sentenció seco, casi como si la última afirmación la hubiera dicho más que nada para convencerse a sí mismo. No le interesaba quién se la había dado, regalado, dejado o entregado como chantaje, solo sabía que con aquella barca podía recuperar el mar y al tiempo también a sí mismo. Me uní a mi madre en la ventana, con el propósito también de observar a los niños. En realidad, solo esperaba que así papá no se diera cuenta de que estaba llorando.

—Traía una sola nota con la documentación que decía: «Un día me contarás cómo es el otro lado».

Intercepté la mirada de mi madre antes de caer sobre mí. Había comprendido todo y obviamente esperaba que no añadiera nada. Me gusta pensar que hubiera querido decirme que, aunque en aquel momento todo me pareciese tan sombrío, con el tiempo las tinieblas se disiparían y volvería la luz, aunque me tuviera que costar esfuerzo. Mi rostro seguía crispándose y sentía en el vientre una maraña de espinas. Mi padre había vuelto al mar y yo había perdido a Michele.

—Maria y yo estábamos a punto de salir —dijo de pronto—, para ir al cementerio.

—Sí, sí —asintió en voz baja papá, tratando de leer y releer los datos de identificación de la *Malacarne.*

El viento había arreciado. Era uno de aquellos días de mistral que dejan el cielo de un limpio resplandeciente. Los árboles del camposanto habían dejado al desnudo sus esqueletos negros y arremolinaban las agujas contra los muros y los setos. Permanecían los cipreses, intactos y orgullosos. Aunque era mediodía, la hierba todavía estaba cubierta de rocío. El guarda nos saludó con su habitual reverencia, las mujeres estaban concentradas en cambiar el agua de los floreros y limpiar las lápidas con un pañuelo. Todo estaba exactamente como antes, aunque yo lo percibía de manera completamente diferente. Nos paramos ante la tumba de Vincenzo. Mamá como siempre besó la foto, la limpió a fondo y le puso flores nuevas.

—Lo que nos es arrebatado prematuramente permanece más tiempo en nuestro recuerdo. En ocasiones, para siempre —se dijo a sí misma y sobre todo a mí, luego me cogió de la mano y permanecimos así, madre e hija, velando la tumba de Vincenzo—. No debemos llorar por lo que hemos perdido, Maria, sino ser felices por lo que hemos tenido.

Quería creer que Michele no me había dicho adiós, que el suyo había sido un modo de decirme que viviera un poco mi vida, que él viviría la suya y que luego nos encontraríamos más fuertes y con muchas cosas que contarnos. O puede que me hubiera dejado para siempre. Su rostro entonces aparecería en el álbum de los recuerdos que de cuando en cuando desempolvaría y sobre el que lloraría como hacía la abuela Assunta. Y, sin embargo, sentía que un día iba a revelarle lo que había al otro lado del mar, lo que había visto a bordo de la *Malacarne,* con Antonio De Santis a la proa, escrutando el horizonte.

Este libro
se publicó en España
en el mes de febrero de 2019